长篇小说

我们都是好男人

丑丁◎著

東方出版社

图书在版编目（CIP）数据

我们都是好男人 / 丑丁 著．—北京：东方出版社，2012
ISBN 978-7-5060-4829-3

Ⅰ．①我… Ⅱ．①丑… Ⅲ．①长篇小说－中国－当代 Ⅳ．① I247.5

中国版本图书馆 CIP 数据核字（2012）第 100981 号

我们都是好男人
（WOMEN DOUSHI HAONANREN）

作　者： 丑　丁
责任编辑： 傅跃龙　王云霞
出　版： 东方出版社
发　行： 人民东方出版传媒有限公司
地　址： 北京市东城区朝阳门内大街 166 号
邮政编码： 100706
印　刷： 三河金泰源印装厂
版　次： 2012 年 6 月第 1 版
印　次： 2012 年 6 月第 1 次印刷
印　数： 1—8000 册
开　本： 710 毫米 ×1000 毫米　1/16
印　张： 15.75
字　数： 250 千字
书　号： ISBN 978-7-5060-4829-3
定　价： 32.00 元
发行电话：（010）65210059　65210060　65210062　65210063

目　录

1. 鞠向东被放了鸽子

鞠向东被放了鸽子。

鞠向东坐在茶餐厅最里边，临窗，一个火车座，鹅黄色的椅子皮面，中间的桌子貌似胡桃木，桌上一个高脚玻璃杯，里面漂浮着一层茶叶，热气氤氲，有淡淡的茶香飘出。看上去，一切都挺舒适。

可是鞠向东并没有感到舒适，他心里正在烦躁。他坐在这里，已经整整等了两个小时又四十分钟，他等的人却没有来，不光没有来，还一直“不在服务区”。

放鞠向东鸽子的，是一个女地产商，鞠向东把她定位为他的爱人。

女地产商虽然不在服务区，但在那两小时四十分钟里，女地产商的音容笑貌，一直在鞠向东的眼前晃动，就像过电影，弄得鞠向东心里很是抓挠。那两小时四十分钟他基本上干不了别的，脑子里都是女地产商，他们过往的很多交往，快速地在他眼前闪回着，尤其是那些浓烈的床笫欢愉、暧昧甜腻的短信，以及那些完全可以称之为奢侈的激动人心的消费场面。

回忆使他不由得心神荡漾，同时也越发地焦躁不安。

鞠向东，男，四十四岁，一家三流杂志社的主编。

杂志社虽然五脏俱全，但是不能否认，它实在是个很小的麻雀。总共二十几个人，上级主管单位早已经给他们断了奶，没有了财政拨款，杂志社的运转一直很勉强。可以吃饱，但是吃不香甜，不能想吃什么吃什么，想吃鲍鱼海参，得仔细掂量一下；当然也饿不着，也就是说，宫保鸡丁和大米饭还是管够。

鞠向东是在一次采访中认识女地产商的。

那是一次人物专访，配合一个房地产选题的专题报道，做一个系列人物小传，女地产商属于其中一个次要人物。本来是一次小规模采访，问几个问题就算完成任务，没想到，女地产商表现得非常热络，不仅态度积极地配合了采访，还主动跟鞠向东提出，要做一个整版的广告，还说钱不是问题，以后要和鞠向东的杂志长期合作。

收获得如此意外，当时把鞠向东乐晕了，暗中多次偷偷掐了自己的大腿。

后来，女地产商除了继续保持高涨的合作热情，还给鞠向东介绍了其他广告客户，甚至把自己公司的一些其他宣传业务，也无比信任地交给了鞠向东。除此之外，她动不动就向鞠向东请教各类问题，包括夫妻感情维护和怎么清理邮件箱，当然，也动不动就请鞠向东吃饭，给鞠向东厚厚的大信封，一会儿说是劳务费，一会儿说是提成，把腰包一直羞涩、生活勉强支撑甚至是穷困潦倒的鞠向东，弄得天上人间。

很快，鞠向东和女地产商的关系，就发生了质的变化。

事实上，质变之前，鞠向东和女地产商的关系还是有些距离的。虽然一开始就比较热烈，比如相谈甚欢、合作愉快等，后来也很快就向着暧昧大步迈进，比如短信很多、黄段子你来我往、回复真真假假、言语近乎调情，肢体上也有些简单接触之类。但是，他们的关系还处在相互迎合、相互调剂的程度上，没有更升级的造次发生。

调情就是调情，没有动情。

肢体的确有接触，不过，肢体接触也仅限于社交性质的拥抱，或者说，对他来说是拥抱，对女地产商来说就是依偎。比如有时候，看女地产商在他跟前做扭捏妩媚状，暧昧的情绪似乎不可抑制，鞠向东就会投其所好地把她拦腰轻轻一搂，女地产商一般不拒绝，甚至以迅雷不及掩耳之势，迅速靠近他的怀里给予响应。尽管做得像是自己没站稳，但足以给鞠向东一个感觉，对肢体接触这种事情，女地产商对他是满怀期待的。

不过，也有让鞠向东疑惑的。比如，他要是按照自己的感觉，拦腰一搂后再顺理成章地把她拥入怀抱，更或者把嘴巴凑上去，女地产商就会作嗔怒状，一把把他推搡开，像是遭到冒犯，让他一时弄不清真伪，不知道女地产商到底需要什么——明明是索要暧昧，却要故意玩扭捏，鞠向东经常给她弄难堪了。此类疑惑有过多次，多得让鞠向东既疲软又亢奋。

看上去，他们之间有点情——不是那种合作者之情，也不是同事之情，更不是朋友之情，有点男女私情的意思。但一切都发乎情而止于礼。

实际上，那时候，以他们之间的供求关系，鞠向东的暧昧表现更显突出，有点讨好人家。他的确不想也不敢让女地产商生气，只要女地产商有所暗示，他会及时给予迎合。诸如过马路护人家腰肢、伸出胳膊让人家扶一下、贡献一下肩膀让人倚靠之类。鞠向东是个聪明男人，女地产商的一次次暗示，他都心明眼亮地及时洞察，并且表现得很配合。事实也证明，他配合得很正确很到位，因为女地产商每次都美滋滋地笑给他看。他深知，女地产商是他的财神，再说，跟女人接触这件事，他是男人，他不吃亏。

显然，女地产商喜欢鞠向东，这一点令鞠向东暗自得意。有时候，女人对男人的喜欢，比男人对女人的喜欢还来得一览无余，这一点倒是叫鞠向东始料未及。

女地产商的喜欢持续升级。

她很喜欢拉着鞠向东散步。

每一次见面谈事情，或者饭店吃饭茶馆喝茶，最后的节目一定是散步。一起散步，女地产商一定要挽着他的胳膊，并且很喜欢把头结结实实地扎在他的肩膀上，说是借他的肩膀用一下。她动作起来毫不客气，显得自然而又随意，就像他是她的男人，也像是好朋友之间的玩笑，只不过玩笑开得有点大而已。挽着他散步的时候，女地产商偶尔会跟他说一句，自家男人从来没让她享受过这种依偎。此类话每每都听得鞠向东心里泛酸。

鞠向东思考过自己的泛酸，觉得有点来路不明。他也每每都想跟女地产商问个明白，诸如你家男人干什么的？你家男人对你好不好？话到嘴边又憋了回去，觉得这么问，有失自己男人的自尊。

这种距离没有持续太久。

女地产商姓莫，自从他们有了第一次含糊不清的散步，鞠向东就亲昵地叫她“小M”，女地产商很开心他这么叫她，说像港台女明星。女地产商比鞠向东大两岁，凭空得这么一“小”字，心花有点怒放，每次他一叫“小 M”，她就哼哼唧唧地作古典羞涩状笑，他就越发叫得欢。

不得不说，鞠向东的这个“小 M”叫得很有些个性，那个“小”字发音很重，但是到了“M”，就很特别了：发了前面那个“艾”音，后面的那个“母”音，他不张嘴，就那么一抿嘴，从鼻腔里出声，听上去像是“嗯”，也像是“姆”，总之是有些哼哼唧唧，有些撒娇，有些惹逗，让小 M 不由得要精神坍塌、身体酥软。鞠向东不是故意的，因为鞠向东从来都不是个哼唧男人，都是迎合惹的祸。

直到终于有一天，他哼唧、撒娇、惹逗的一声“小 M”，把女地产商扎扎实实地叫到了自己怀里，继而，又叫到了一家宾馆的大床上。

鞠向东记得很清楚，他们的第一次，是女地产商主动带他去的。散步的时候，女地产商说走累了，不等他有所反应，人家径直就近进了一家酒店、径直走到前台开了一个房间、径直进了卧室上了床。径直地跟两个人商量好了似的。

那一次，鞠向东很紧张，紧张得居然一入就泄，还弄得满床泄物，感觉自己风度全无狼狈之极。小 M 则不然，像是忘记了自己是因为走累了才开房，倒像是饿狼扑食，一反平日里古典羞涩状，像条蛇一样在床上蜿蜒起伏。接吻的时候，肆无忌惮的舌头，更是横扫鞠向东的口腔。折腾了一次她明显嫌不够。

实际上，因为鞠向东的一入就泄，她的确没有遭到什么折腾，准确地说，她一直在自己折腾自己，或者说是在折腾鞠向东，所以她似乎有理由嫌不够。当鞠向东羞愧地瘫倒在枕头上，她却精神抖擞、呼哧带喘地摇晃着鞠向东的肩膀，要鞠向东再来一次。

那天，鞠向东很不争气，苦战几个小时，不可思议地失败再失败，最终未果。

事后，鞠向东暗自总结失败的原因，除了自己思想上精神上准备不足，导致身体上呼应不够，他觉得最主要的原因，是由于最初有一刻，他脑子里突然出现了太太的脸。

鞠向东总是有意无意地把自己老婆叫太太，似乎这么称呼才算有身份，才不辱文化人的雅致。当然，这么称呼自己老婆，主要是在人前，跟人说起自己家里的女人，喜欢我太太我太太的这么说，很是与众不同，独显斯文气质。

自那以后，小 M 显然没打算放过他，她密集地约他，他们密集地见面，每次都是小 M 定好宾馆在房间里等他，每次他们都是直奔主题，有时候，甚至一句对话都没说就直接上床。

鞠向东正值壮年，但却不是每次都成功，时而成功时而失败，每次失败都是因为太太的脸。有时候，太太的脸始终挥之不去，并且一张脸上全是恼怒，有时候鼻子眼睛都扭曲变形，于是他就闭眼。可是他一闭眼小 M 不依，说应该满含深情地看着她才对。

为了不让太太的脸出现，他每次都努力不去想太太，可是，他越是不去想，思路却越是往太太那里跑，整个过程就好像在太太的监督下完成。和小 M 的专心投入相比，他觉得自己应该深感抱歉。

鞠向东非常自责，检讨自己思想不集中。无意中，他把这件事当工作了。

终于，可能是熟能生巧，也可能是渐入佳境，还可能是自己脸皮变厚，在他们开始密集约会两个月后，鞠向东做得越来越从容了。太太的脸依然会出现，但太太的脸再也不能影响到他的正常发挥了，更甚至，太太的脸还能帮助到他。身为女人，小 M 属于其貌不扬，尤其是在床上装高潮的时候，要是实话实说的话，简直称得上面目狰狞。说心里话，那时候，鞠向东不太想看女地产商的脸，太太如果适时浮现，就全当跟太太做爱，他来得更加自然、更加措置裕如，会减少自己单方面做贡献的感觉。

鞠向东心里明白，小 M 今天没来见他，是因为那天他们发生了争吵。

那是他们认识三年以来第一次争吵，争吵级别堪称高级别。鞠向东认为，第一次发生争执就攀升到高级别，不算是一件好事情，一定是日积月累的结果。他为此作了长远规划，觉得以后有必要，应该时不时有些小争吵，免得积攒太多，一吵就不可收拾，比如这次。但他也乐观地认为，他们相爱已经三年，三年总是有些忍受和积累的，属于正常发挥。

每次想到“相爱”这个词，鞠向东都会满腹幽怨地想起另一个词“相好”，这个词是小 M 的认定。

有一次，小 M 说起有人问她鞠向东是不是她的相好时，她笑得乐不可支，浑身乱颤。当时鞠向东没乐，他不喜欢“相好”这个词，觉得龌龊，不是他这样的文化人所为。这让他想起一个段子，说中央领导找的女人叫“保健医生”，省领导找的叫“秘书”，市领导找的叫“情妇”，县领导找的叫“二奶”，乡领导找的叫“相好”……鞠向东不愿意跟乡领导相提并论。

鞠向东几乎什么都迎合小M，唯独不迎合这个“相好”。小M一拿此逗笑，他都觉得小M内心有点恶俗，虎着脸不理睬。

小M对鞠向东的文化人情结浑然不知。明明知道鞠向东不喜欢，小M偏偏经常拿“相好”惹逗鞠向东。每次她故意招呼他“相好的”，鞠向东就眉头紧皱，一副不能忍受的样子，小M就开心大笑，说他那个样子很可爱。

鞠向东真的讨厌这个词，除了觉得太俗，像是乡间男女的媾和，更觉得亵渎了他们的爱情。可是小M不以为然，她觉得相当有趣，主要是“相好”里面“偷”的意思比较明确。她喜欢这个意思。

那天，他们正在一家宾馆的大床上，又是一番激烈的云雨之后，两个人疲惫地依偎着，一边聊着天，一边吃着鞠向东带来的水果拼盘。

鞠向东从来都不是个体贴女人的男人，但是，自从和小M约会以来，他觉得自己有变化，主要是体贴女人的心思见长，并且觉得，一个人只要有了心思，本领就会随之而来。比如，他发现他们每次约会的宾馆，房间里都空无一物，完事以后，小M嚷嚷着口渴，要么没什么解渴的，要么就简单喝一口随身带来的矿泉水，有时候忘了带，只好就那么忍着，让他们的约会变得有了缺陷。于是，鞠向东就想到了水果拼盘。

第一次他变戏法一样拿出水果给小M往嘴里喂的时候，听到小M欢快的尖叫声，鞠向东就知道，自己的心思，得宠了。

可是那天，小M把他喂到嘴里的一个草莓，“呸”的一声给吐了出来，还有点不耐烦地说“怎么不甜”。

鞠向东很清楚，让小M不耐烦的，不是草莓甜不甜，而是他说的一句话。在把草莓喂到小M嘴里时，鞠向东也把一句话喂了过去：“你什么时候离婚啊？”

当然，问完那句话，鞠向东又说了很多：“我为了你，都和太太分居了。你知道吗？她天天纠缠我，天天指着我鼻子质问我为什么不要她，还赤身裸体地在我眼前晃……儿子也察觉到我和她妈妈的关系很紧张了……你到底是怎么想的，我们不能就这么下去吧？总是这么偷偷摸摸，打一枪换一个地方……”

那天，鞠向东也不知道自己都说了些什么，不知道自己是怎么了，3年都平静地过来了，怎么突然就有了一肚子的委屈，突然有了那么强烈的渴望，渴望他们之间有结果。

“你怎么像个怨妇！”说这话的时候，女地产商小M完全不扭捏，更不妩媚，甚至有点气势如虹。

“我现在不能离婚！我女儿要考大学了！这是关键时刻。”说完那句气势如虹的“你怎么像个怨妇”，小M又补充了后一句，并且一抬屁股，翻身下了温热犹存的大床，径自进了卫生间。背影很强硬。

小M的一席话，顿时让鞠向东灰心丧气。

他想起来了，3年前，小M也是这么跟他说的，句式都一样，只是理由换了，那句“我现在不能离婚，我女儿要考高中！这是关键时刻”，如今想起，依然如雷贯耳。即便如雷贯耳，鞠向东还是固执地想，要是如此类推的话，她女儿还要求职、恋爱、结婚、生子……哪一个都是关键时刻，那她的离婚，他们之间的关系明朗化，岂不是遥遥无期？

严格意义上说，他们之间的这场白热化，更应该叫对话而不是争吵——既没有高声喊叫，也没有撕破脸。可是鞠向东却觉得，这就是一场争吵，并且暗藏杀机，性质严重，因为话题扯到了一个根本问题，那就是他们的未来。关键是这么重大的话题，两个人根本没有说到一起去，更严重地说，完全是不欢而散了。

独自喝茶的鞠向东，突然觉得自己的鼻子有些发酸。他使劲来了个深呼吸，把泛上来的酸楚压住，然后起身招呼服务员结账。

2. 高就又被相亲了

高就又被相亲了。

自从高就离婚，他家的门槛就变得格外忙碌。所有自觉担当介绍职责的人，都态度积极地跟他说，你不用担心，一点都不用担心，你就是传说中的王老五，吃香得很，你这辈子算是幸运了。那时候，高就也跟他们说，你们不用忙乎，一点都不用忙乎，我就是传说中的受伤族，倒霉得很，我这辈子不结婚了。

私下里，高就跟一个铁哥们说，我不可能再爱上别的女人的。我要等她，要把她追回来。

铁哥们笑了。

高就说的“她”，是已经离婚的前妻，也是他的初恋，他过去和目前唯一的女人。

面对他的痛苦，铁哥们却笑了，并且非常残忍地告诉他，结束一段痛苦爱情的最好办法，就是尽快开始一段新恋情，还逼问他，说你信不信？不出半年，你就爱上别的女人了。当时，高就跟铁哥们急了，差点翻了脸，说身为铁哥们，竟然无视他对感情的专一，根本不了解他的心，他认为一个人一生，真正的爱情，只能有一回，他怎么可能再爱上别人？

铁哥们没理睬他，继续残忍地给他扔下一句，我不了解你的心，但我了解男人的心，了解情感是怎么回事。末了，铁哥们拍拍他被痛苦压斜了的肩膀，说，我相信，你的痛苦很快就会成为过去，曙光在前头。

高就，男，36 岁，中央某机关副处长。

别人丝毫没有夸大事实，高就就是那个传说中的王老五，虽然算不上钻石级别，但足够王老五。根据目前的形势，一个 36 岁、位居国家大机关某要害部门副处长职位，并且事业呈绝对上升趋势、离异却没有子女、回家有自己独立住房、屁股底下有自己的座驾、具有一张男子气质的硬朗的脸、一个恰到好处的身板……的男人，绝对是那些 30 出头单身女性的最理想目标。

还根据目前形势，那些 30 出头的都市某阶层、某学历、某才气、某气质的单身女性，基本上都是些“白骨精”，几乎都是身居白领岗位、单位骨干、高学历的精英级人物。尽管她们足够精英，可形势对这样的女性却很残酷。事实是，觊觎她们的男人，都难入她们的法眼，能入她们法眼的，她们还来不及觊觎，就已经被抢走了。

匹配的严重失衡，导致她们被剩下。

别人没有恭维高就。形势，显然对高就很有利。

可是面对如此大好形势，高就很苦恼。高就的苦恼在于目不暇接，因为目不暇接的后果是无能为力，导致高就对目不暇接表现得毫不珍惜，每次都是被提溜着去相亲。每次相亲，都让高就有意无意地搅黄了。不是他成心要蔑视人家女嘉宾，而是每次一见到女嘉宾，他的脑子里不由自主地首先会出现一个女人，就是他前妻。每每两张脸在他脑子里并排而立，女嘉宾都会被很快枪毙，不管他面对的是一张多么无可挑剔的脸，也不管那是一副多么乖巧贤淑的模样，前妻浮现，她们都难逃败下阵来的结局。

朋友说他的痴心比较罕见。他当然听出了其中的揶揄，但他宁愿把这当成高度表扬来听，并且相信自己的痴心会有回报，上苍一定会被感动，前妻一定会回到他身边。

前妻终于回来，说是取一些遗忘的东西。

前妻翻找东西的时候，高就坐在一边看着。他很奇怪，之前的强烈思念，怎么竟然感觉不到了，前妻的身影近在眼前，却恍惚一个魅影，时不时出现些许的变形，影像虚幻，让他有隔世之感。但是他也深知，机会实在难得，他企图让自己重燃爱火。他使劲回忆过往家庭生活的甜蜜场景，努力想要调动自己的残存爱恋，可是，始终没有见效。直到前妻收拾完毕拎包离开，他的血液还处于不够热乎的状态。

带着一颗始终没有热乎起来的心，他眼睁睁看着前妻开门，随即人到了门外，然后又关门。那一刻，高就对自己恨之入骨。他觉得自己再也没有机会了，曾经满怀希望的那个自己，那个将要沉溺的自己，却没有抓住眼前晃悠的稻草。

没有抓住机会的高就，告诫自己不能死心，还告诫自己坚持到底就可能胜利。他一如既往地给前妻送去问候，一如既往地有求必应，坚持和前妻保持一定的联系密度。前妻似乎比较配合，也是一如既往地接他问候的电话，一如既往地有事必求。只是，前妻再也没有回来，再也没有踏进他们曾经的家一步。高就试图邀请，前妻似乎完全洞察了他的心思，跟他说，她一直把他当哥哥、当家人，还说他是个好哥哥。前妻婉言拒绝了高就那路人皆知的心思。

这让高就无比地懊悔，他只好不断地自责，自责前一次前妻到来，自己表现得不够热乎，并且很肯定地判断，那一次，前妻一定是来试探他的，如果他表现足够热乎，前妻一定会不计前嫌，可能会重新回到他们的家。他怪自己没有抓住机会，让前妻失望了。他跟自己说“你活该”。

可是，这种自责的情况并没有持续多久。

高就现在已经不再谴责自己，并且用实际行动践行了铁哥们的说法。他们说他的伤感很快就会过去，一切都会再有，他体贴地让朋友们的预言顺利得到了实现。主要表现在，他很快就以一种新的态度，貌似被迫实则情愿地投入了新一轮的相亲，并且，很快就有了下文。

高就的下文，是一个年薪 20 万的白领，33 岁的外企经理大 H。外企经理相貌平常，但气质出众，身材一流，硬件也好得吓人：国内名校出身，又留美又留英，属于绝对的白领、骨干、精英。人家“白骨精”很坦诚，说就想找一个坐大机关的，钱她挣、面子他挣，说这样的分工最合理。一番话，说得原本还有些自卑的高就，一下子挺直了腰板。

第一顿饭，人家姑娘就抢着买了单，当然，用的是相当优雅的姿势。不是高就不懂事，就在高就准备买单的时候，人家姑娘温情地按住了他的手，用极为柔美的声音说，让我来嘛。高就当时有点发酥，已经没心思坚持。他很长时间没有接触过女性的手了，那种熟悉又陌生的感觉，让他大脑发生了短暂的迟钝。就那么一迟钝，姑娘的银联卡已经递给了服务生。

第三次见面，姑娘就提出到他的住处看看，高就稍稍愣了一下，就点头答应了。高就的迟疑，一方面来自于他的矜持，主要认为进展不能太快；另一方面，他怕自己两居室的小房子，入不了人家白骨精的眼。

进了高就那 80 多平米的家，姑娘先四处看了看，然后跟高就说，等我们结婚的时候，我们买一套新房子吧？姑娘用的是问句，充分表达了对男士的尊重，也表现了自己的恭敬。用完这个问句，姑娘的下一句就比较铿锵了，姑娘说，房子你就不用操心了，我买就行了。

喜讯来得太突然，高就顾不上反应房子谁买的问题，姑娘就已经说到他们将来的分工了；“家里的事你就负责出政策把方向，外面的事你负责积累资源介绍关系，家务的事情你不用考虑，挣钱的事情你更不用考虑……”在姑娘的一番畅想和安顿下，高就感觉自己已经被架在了空中。

未来十分美妙。

那天，姑娘磨磨蹭蹭地不想走，高就当然能够洞察姑娘的心思。可高就之前丝毫没有思想准备，他一时拿不定主意，就试探地问了句：“天不早了，我送你回去吧。”姑娘没有回答，却起身离开沙发，径直走出客厅进了卧室，然后慢慢走到床边坐下，落座的时候，嘴巴明显地微微撅起来，脸上带出一副委屈的样子。

高就的确没经验，除了前妻，他没有单独和一个女人在家里待过，并且是晚上，并且是一个坐在他床上、正在和他处男女朋友的女人，并且这女人还撅起了嘴……他的确不知道接下来该做什么。

高就是男人，此时此刻，他当然有一个男人想做的事，但他害怕自己会错了意，弄得很尴尬；又怕自己没及时会意，让人家生气。高就左右为了难。

姑娘没有让他继续为难下去，人家翻身倒在了床上，身子蜷成一团，把头埋在了枕头里……此寓意已经相当地明显。高就的荷尔蒙，被不可抑制地调动出来，并且一下子就顶到了极点。

高就豁出去了，他在心里鼓噪自己说，你再不行动，你就不是男人了。

那晚后，高就和外企经理大H同居了。

他搬进了外企经理的公寓，是外企经理大H坚持要他搬过去的。大H的坚持很娇嗔，她说方便。高就不知道她说的“方便”，到底是上班方便，还是别的方便，他怀疑她说的是别的方便，他希望自己没有猜错，如果真是他猜的那样，他们就想到一起去了。因为，他也觉得方便。

两个人都有些饥渴，昏天黑地地同居了不到一个月，高就就有点要被掏干的感觉。夜夜当新郎，绝对令高就喜忧参半，喜的是，想尽欢时就尽欢；忧的是，荒废太久，不尽如人意时有发生。尽管如此，高就依然愿意先这么处下去。

高就的相处概念跟别人有点不一样，他的相处就是过日子。他像过去跟前妻过日子一样，只要单位没大事，每天必定按时回到外企经理大H的公寓，进门先一头钻进厨房洗菜做饭，等大H进门，至少三菜一汤已经上桌。饭后陪着外企经理大H看电视说话，接受人家姑娘的一些哼哼唧唧、腻腻歪歪，然后洗澡上床，几乎每日云雨。

同居一个多月的时候，有一天，外企经理大H跟高就说，我们都不小了，那个也很和谐，结婚吧。外企经理大H的问题有些突兀，高就还没有想过，他不好回答，于是就没有回答。后来，人家又追问了他几次，他就实话实说，说没想好。

这有点惹恼了外企经理。

在以后的日子里，外企经理大H有些无事生非，或者是没事找事，然后把小事变成大事。有一次，两个人正脑袋挨着脑袋，亲昵地一起上网浏览，画面上出现了一些女护士的小道新闻，说女护士都和医生有染。外企经理大H立即不屑地说，一个小护士，也就这点本事了。

说者无心，听者有意，更或许，是说者本就有意。高就的脸色立即就变了，并且迅速起身离开，起身后又好像不知道要去哪，就犹犹豫豫地走进了卫生间。

在卫生间里，高就听见外面传来铿锵的声音：“你是不是太敏感了？是不是说到痛处了？看来你还是忘不了她啊！那你跟我在一起算什么啊……”

高就把水龙头开到最大，企图用哗哗的水声，掩盖住外面的声音。终于，他听到外面声音消失了，打开了卫生间的门，却惊愕地发现，外企经理大H怒目圆睁，堵在卫生间的门口。

“你说啊！怎么啦？我连女护士都不能说了？就因为你前妻是个护士？你那

么放不下她，你干吗跟我在一起呢？你不想跟我结婚，是不是想着跟人家复婚呢？”

全是疑问句。

高就是个息事宁人的男人，不管那些问题他能不能回答，想不想回答，他都一一回答了。他解释得唇焦口燥，中途想喝口水润下嗓子，都被大 H 一把夺下。总算，外企经理大 H 不言语了，反而忽然又变了一副面孔，她热辣辣地贴上来，三下五下脱下了高就的衣服，在高就的身上狂吻起来。

很奇怪，和外企经理大 H 同居的日子，高就却越来越多地想起前妻，不是那种情人间的想念，而是一种参照。实际上，除了前妻，他也没有更丰富的参照了。

前妻是一个沉静的女人，他们虽然离婚了，可他们结婚七八年，从来没有发生过激烈的争执，最严重的时候，就是前妻坐一边发呆，任他在另一边着急上火。前妻嘴里就是一句话，都是我不好，你不要理我。让他的火气完全没有出口。他们一直相敬如宾，丈夫做得很尽职，老婆当得很贤淑。

身为一个活在当下，并且给人做老婆的女人，高就的前妻，显得太不像个老婆。诸如那些查看手机、追问晚上和谁在一起吃饭、埋怨日子过得不富裕等等，那些不少女人擅长的让男人头疼的问题，从来没有在他前妻身上发生过。一个完全不虚荣不吃醋的女人，让高就心里有种说不出来的滋味。很长时间，高就觉得前妻的贤淑比较过分，宽容比较登峰造极，他甚至怀疑过前妻是不是爱他。每当这个念头一起，他都觉得自己非常罪恶，非常不知好歹，自己怎么能怀疑一个对他百依百顺的女人呢？

外企经理大 H 则不同。外企经理大 H 是个有控制欲的女人，也是个热情似火的女人，这样的女人，忽而是火，忽而又是冰，稍有不慎，很可能男人还没有感到有什么不妥，她已经反应过度不依不饶。还很可能，男人荷尔蒙还没有到位，她已经温柔得叫人不能抵挡。这会儿她要燃烧你，可能过一会儿，她又要冷冻你，让你天天过着冰火两重天的日子，够刺激，可也够麻烦。

高就怕麻烦。

比来比去，高就觉得自己和外企经理大 H 这样的女人过日子，好像不太合适。他以为，过日子，最好平平淡淡，偶尔激情一下，更多的日子，还是简单点好，就像他和前妻。这么一想，和外企经理大H该不该往下走的问题，时不时地就浮出水面。

高就陷入了犹豫。

犹豫的日子，高就很想一个人待一段时间。

他又是实话实说。他跟外企经理大H说，我想搬回去住，想一个人待几天。外企经理大H没有拦。外企经理大H很想拦，还很想委屈地抹眼泪，很想声讨高就的没良心，但她没有拦，没有抹眼泪，更没有声讨，那种哭天抹泪死活不答应的事情，显然不是有素质有气质的外企经理大H的风格。有素质有气质的外企经理大H，最喜欢也最擅长的是提问题和总结中心思想。此时，她不提问题，她直接总结。她冷眼看着高就，说，我明白你的意思，你可以搬走，不过，搬走了就不要再回来了。

高就一听，又迟疑了。

不要再回来了？这一点他真的没想好。他说搬走不过是想一个人待几天，想回到自己的独立空间去，想大声说话大口喘气，想和女人有个距离，不管是外企经理还是别人。外企经理大H一说不要再回来，他想到了分手一词。分手这件事，他的确没想过，并且一想到分手，外企经理对他的种种好，居然统统涌上心头。谁会拒绝别人对你的好呢？何况还是那种床上床下都好的好。他必须迟疑。

迟疑的高就，搬走之心并没有撤离，他既不想把关系搞僵化，又想回到自己家清净几天。迟疑中，他也是反复思考，认定自己还是需要一个人清静一下。既然此举遭到了大H的明显反对，他也不能硬来，硬来就等同于撕破脸，高就不愿意干撕破脸的事。他只好伺机再说。

由于一直没有死心，机会果然就等来了。

高就妹妹来京，住在高就的家里。高就跟大H说得搬回去几天，妹妹来看病，他不能让妹妹一个人住，他得回去照顾她，再说……高就嘟嘟囔囔地说，我家里人还不知道我有女朋友了，我不回家住他们会……

本来，外企经理大H这回准备痛快地答应，可是一听高就那最后一句嘟囔，外企经理大H来气了。她一口气又抛出了一串问题："为什么还不告诉家里？你和我这到底算什么关系？你是不是没想好？没想好你干吗搬过来住？谁强迫你了吗？你是不是还想复婚……”尽管都是些老问题，但再经她嘴里提出时，依然是充满委屈和气愤，好像这些问题她刚刚发现。

末了，外企经理大 H 依然没有说一句拦他的话，但是收拾衣服时，她坚持只让高就拿走了几件衣服，说用的时候可以回来换。

这次搬走，高就再也没有搬回到外企经理大 H 的公寓。

妹妹病好回家，他好像没有理由待在自己家了。大 H 掐算着时间问他何时回来，他先是以这段时间要加班为由，然后又以出差为由，再然后，还先后以生病和犯懒为由过。这么推诿了几次，时间已经过去一个多月，两个人似乎又已经习惯了独自的空间，就都不再说这事了。

同居之事不了了之。

看上去，他们还是男女朋友关系，偶尔会见面吃饭，气氛如果愉快了，就回到外企经理大 H 的公寓往下进行。进行完毕，高就就穿衣服往外走，外企经理大 H 要拦他，他也不多说，一边随口宽慰着，一边脚底下就出了门。如果饭吃得没那么愉快，高就饭后就径直回家了。外企经理大 H 的电话，他要是不想接，都可以不在服务区了；外企经理大 H 要是在电话里指责他，或者如惯常跟他讲做人的道理，他也不挂断电话，就把电话放一边，继续平静地做手边的事情，任她一个人唱独角戏。她一次次被他弄得气急败坏，用很难听的话攻击他，说他不是男人，说他没有胸怀，说他没良心不知好歹云云，他也不急。

高就真的不急。

他觉得，搬回自己家的自己，一下子自由了，做人的权利也似乎放大了，有了更多自主的权利。以前他对自由和权利没有多少感觉，自从被大 H 爱慕以来，他对自由和权利体会很深，知道女人很不一样，不都像不管不问的前妻。

一时间，高就的耳根子清净了许多，尽管偶尔需要应对电话里的喋喋不休，但是和短兵相接、面对面地听大 H 铿锵相比，他已经很知足了。他忽然又发现一个重要区别，和前妻相比，外企经理大 H 的话实在太多。

高就和外企经理大 H 最后一次见面，距他们上一次见面，已经相隔半个月。

那天，外企经理大 H 用几乎强制绑架的办法，把高就带到了她的公寓。事后，高就回忆那场面，还觉得很奇怪，当时他们一边争吵一边做爱，外企经理大 H 一会儿眼泪在飞，一会儿笑靥如花，一会儿向高就扔东西，还满嘴脏话，拷贝一个市井悍妇；一会儿又抱着高就倾诉衷肠，用柔弱的样子哭哭啼啼，又复制了一回林黛玉。场面既奇怪又混乱。

等这个奇怪的场面结束之后，高就终于清醒，知道自己该下决心了，自己得赶紧离开这个女人，自己又要单身，并且急需单身了。

3. 南禾源离家出走了

南禾源离家出走了。

其实，准确地说，是南禾源亲自把自己调到外地工作去了。从某种个人意义上说，算是一种出走，更算是一种自我放逐和解脱。

在北京几十年了，南禾源从来没有想过，自己有一天会离开北京，到一个陌生的城市去工作——尽管那个城市足够有名，也足够大，尽管他获得了一次重要的提升。

南禾源的这次调离，众人皆知的理由，是一个男人要改变事业现状，一个机会放在了这个男人眼前，他伸手抓住了。还有一个众人不知的理由，这个理由深藏在心，永远不可告人：南禾源想逃离他的那个家。

南禾源，男，53 岁，某央企高管。

离开北京的时候，南禾源给朋友发短信广而告知，说自己要到外地任职。发信的时候，他的眼睛停留在一个名字上，犹豫了一下，然后还是点了发送。那个名字，他一辈子也不会忘记；可是，这个名字，已经渐渐远离了他的生活，几乎已经石沉大海。

暗自掐算，她已经 4 年没有和他联系了。

南禾源心里装了一个女人。这个女人装在他的心里，好像已经很久了，到底有多久，他没有仔细算过。南禾源自己也不知道，从什么时候起，“小鸟”飞进了他的心里。

“小鸟”是个女医生，女医生就是“小鸟”。“小鸟”是南禾源在他们认识多年后，悄悄给她起的昵称。也不知道为什么，南禾源一见到女医生，甚至一听到女医生的声音，就想起“小鸟依人”那个词。他不太好意思当面这么称呼，就经常在心里悄悄地叫一声。

女医生是个眼科医生。十几年前，南禾源带儿子南楠去医院看眼睛，在医院门诊的眼科诊室，他第一次见到了她，一个年轻的女医生。

其实，他当时见到的，仅仅是一双眼睛。

一个戴着大口罩的女人，只看得见一双眼睛，之所以判断对方是个年轻女人，因为南禾源注意到，那双眼睛几乎完美无缺。那是一双很亮的眼睛，眸子干净清澈，透着很浓的关爱，眼睛周边没有任何多余的纹路。他还注意到，在那双大眼睛的上方，有一个光滑的额头。

一双明亮清澈的眼睛，有理由夺人眼球。南禾源的眼球也没有例外，更何况那双眼睛，明亮温柔，让南禾源的心，不由自主地轻轻颤动了一下。

那的确是一双特别的眼睛。长长的睫毛，每当眨眼，几乎覆盖了整个下眼睑；不眨眼的时候，浓密黝黑，使整个眼睛看上去毛茸茸的，让人联想到洋娃娃。除了眼睫毛，眼神也很特别，似乎有一种深邃的力量，从那双又黑又亮的大眼睛里，小心地探究出来。还有眼皮，那是一对很特别的双眼皮：一部分，浅浅地藏在上眼皮里，看上去，眼睛有一点点不露痕迹的内陷，增加了眼睛的深邃感；一部分，弯弯地从上眼皮划过，弧线很美。

那双眼睛让人停留。

一双深邃的眼睛，却透着一股子温柔，这样的一双深邃和温柔并存的眼睛，在一个大白口罩的衬托下，看上去尤为动人。

南禾源的心动，不是两性之间的吸引，也不是那种惊鸿一瞥，更不是似曾相识。但是就那么动了，像被人拨弄了一下，然后就转瞬即逝。

那天，接下来的事情很简单，询问、回答、查看、处方。女医生的大眼睛，一直停留在儿子南楠的眼睛上。坐在一旁的南禾源，静静地看着。最初的颤动划过后，心已如止水。这个女人，只是儿子问诊中很多医生中的一个，和他没有任何关系。

至今，南禾源还记得当时的感觉。他一直奇怪，就那么轻轻的一动，并且随即就淹没在女医生的问诊中，为什么却如此长久地留在了他的心里。这个疑惑，多年后他才终于找到答案。

南禾源的这次调离，从某种意义上说，和女医生关系深切。

十几年前，南禾源刚到四十岁，女医生也不算年轻，已经三十有三。当时，他们对对方的年龄判断，同时出现了误差。女医生以为南禾源不到四十岁，也就三十五六；而南禾源，也觉得女医生很年轻。尤其是脱下口罩，他发现女医生是个美丽的女人，矜持的时候，看上去有几分腼腆，笑起来，嘴角有个很可爱的弧度。美丽和可爱的女人，总是显得很年轻，南禾源以为，女医生可能刚走出校门，最多二十五六岁。

因为儿子南楠的眼疾，南禾源和女医生相熟了。

后来，儿子的弱视，在女医生的关照下，逐渐得到好转，进入自身恢复期，他们就不再联系了，或者说，他们没有了联系的理由。儿子的眼睛基本康复后，女医生从南禾源的生活里，消失了。

几年过去，一个偶然，在夫人的手边，南禾源看到了一本女性杂志。

那一天，后来南禾源多次想起，觉得有点鬼使神差。从来没有可能翻阅一本女性杂志的南禾源，居然伸出手，拿起了那本看上去极为普通的杂志，并且认真地翻开了，并且一直认真地翻到了杂志的最后一页。

在快翻到杂志最后的时候，他的眼睛定住了。那一页，登载了一位女医生的采访，标题是“她擦去了弱视孩子眼前的雾”，文章里有一张照片。女医生微笑地看着他。

照片上的女医生，眼睛依然那么深邃而温柔，依然是一抹浅浅的笑，嘴角有一个可爱的弧度。

那一刻，南禾源已经沉睡的那一个心动，被不自觉地悄悄唤醒。

如饥似渴地翻阅那篇文字，南禾源的心率不太安静。按捺住自己莫名的激动，他细细研读。从记者的采访中南禾源得知，女医生在网上开通了博客，专门给一些弱视孩子的家长提供咨询。他丢下杂志急忙打开了电脑，搜索了一下，找到了女医生的博址，轻轻一点，他进去了。这一看，他整整浏览了几个小时，把女医生的全部博文，几乎一篇不落地细细阅读了一遍，有的，甚至反复琢磨。

看博客是假，了解女医生是真。

从那以后，南禾源经常到女医生的博客，以一个游客的身份潜水。博文里那些关于孩子弱视的内容，他都一扫而过，南禾源专注的，是从博文的字里行间，还有和孩子家长的一些互动里，探寻女医生不经意流露出来的心情，还有现状。

让他略感沮丧的是，他得到的有效信息不多，想了解的内容没有看到，反而在博文的只言片语中，给自己弄出了许多猜测，叫他平添了不少烦恼。

除了替孩子家长解答疑问，女医生偶尔会提到自己的家人，写了一些生活点滴，说到了一些生活的感悟，还说了自己的女儿，个别处会出现孩子爸爸的字眼。

说不清楚为什么，看到这些信息，南禾源有些莫名的紧张，并且，南禾源的心情，居然被某些字眼刺痛了。在反复的刺痛中，有一种情绪，在南禾源心里变得越来越强烈，他渴望亲耳听到她说她的生活，他希望自己的烦恼是空穴来风，他需要证实他的烦恼来源。

南禾源无法解读自己的烦恼，更无法给这些烦恼找到理由，他不敢正视这些烦恼，又无法赶走这些烦恼，他被烦恼烦恼。那时候他好像才终于明白一个词，什么是莫名的烦恼。

烦恼是因为有了冲动。

面对一种莫名的思念，南禾源很想冲动。但是，来自一个男人的自尊，尤其是一个有身份的男人的自尊，一次次挡住了南禾源的冲动。他看着办公桌上的电话机，想象着接通电话后的情形，觉得自己脸颊发热，他为此百般辩解，然后又犹疑不决。终于，南禾源对自己说，不过就是一个患儿家长和主治医生之间的问候，抑或，是一个患儿家长给主治医生汇报一下孩子的视力近况，打个电话，应该不算唐突。

南禾源逼迫自己，果断地拿起办公桌上的电话。电话通了，对方是一个女声。

由于紧张，南禾源根本没想到，接电话的有可能是别人，对方刚一出声，他就紧接着说了一句，你好吗？他的声音格外温柔，甚至带了一点气声发声，冷不丁一听，会起鸡皮疙瘩那种。对方“啊”了一声，显然被他的温柔怔住了。

很快，对方就反应过来，说，你是不是找金医生？金医生不在门诊了。调走了？

南禾源又问了一遍自己。瞬间，失望的情绪迅速包裹了南禾源，南禾源有点茫然，懵懵懂懂地就把电话挂了。

几天后，南禾源又拨通了电话，电话一接通，他知道不是她，就直接问，你能把金医生的联系方式告诉我吗？对方居然没有多问，这多少鼓舞了南禾源的勇气。对方很快报上来一串手机号码，南禾源忙不迭声地说感谢，听上去感激过度，谦恭得有点肉麻。

女医生的电话，终于握在了南禾源的手中。可是，南禾源却失去了勇气。

一想到女医生，他就想到了那双眼睛，南禾源很渴望也很紧张。他在心里责怪自己，明明就是一个普通的医患通话，完全是一个普通朋友的问候，紧张什么呢？此时，南禾源已经有意无意地认为，他和女医生之间，已经是一种超出普通医患的朋友关系。越是这么认为，南禾源越是没有了勇气，他又是回忆又是自问：我们是朋友吗？人家还记得我吗？人家怎么会把我当朋友呢？不过我们曾经的确很熟悉。应该不算不熟悉。很多次我们是谈笑风生的……南禾源翻来覆去给自己找理由。

就在南禾源失去勇气的时候，他意外地接到了一个电话，是女医生。

女医生的声音很温柔，也很平静。她说，因为要写一本治疗孩子弱视的书，她需要一些一手资料，南禾源的儿子南楠，她选择作为其中的一个病例。她需要一些南楠的康复信息。她还说，不知道他号码变没变，她也是试一试，没想到拨通了。

南禾源的心情，完全可以用喜出望外来形容。他坚定地认为这是命中注定。

他们终于恢复了联络。

这一次恢复联络，内容不同以往。他们的联络，不仅仅因为孩子的眼疾，有时是因为孩子，有时，就是因为他们自己。

在他们之间，更多的时候，是南禾源对女医生的关心：关心她的事业，问她工作辛苦不辛苦；关心她的专著，问她下一步的著作计划；关心她的身体，要她注意休息。除此之外，实际上，还有更多的时候，是女医生对南禾源的求助。

南禾源身上有一种天然的亲和力，说话语气亲切，声音温和，身体微倾，眼睛里充满真诚，身边的人都愿意亲近他。女医生也难逃此劫。看上去，女医生很愿意跟他交流，她工作上的烦恼、事业中的艰辛，她对他都毫不避讳。

话题很多，不过他们始终没有说到家庭，还有感情。

但是，南禾源隐约感觉，他们之间一定会有那一天，有敞开心扉的一天。于是，他就在这种不确定中等待着，在说不清中期盼着。他的直觉告诉他，女医生也在等待和期盼。很多事实表明，他们的心是相通的：她苦恼的时候，他劝慰她的话，她说就是她想听的，句句都能说到她的要害；他暗自焦急悄悄等待的时候，她的电话就会如约而至。那时候他就想，她就像是知道我在悄悄等待似的。

按照俗理，男女之间的所谓友情，总是会在模模糊糊之间，就向爱情延伸了，可他们的确没有。那时候，他们之间的话的确很多，但不是情话。

事情最终发生了变化，但不是按照俗理，向着爱情的方向变化。事情的变化，可以称得上是恶化，是因为一次对话。

算是又一次鬼使神差。

这又一次的鬼使神差，和上一次南禾源突然翻阅了一本女性杂志，继而得到了和女医生再见机会的鬼使神差，相隔了整整 4 年。只不过，上一次，他是失而复得，而 4 年后的这一次，他是得而复失。

那一天，电话那头女医生情绪不佳，南禾源问她话，她不像平时那么欢快地有问有答，无论南禾源怎么问，她总是欲言又止。南禾源判断，女医生的欲言又止，多半和感情有关，因为关乎工作和生活的话题，女医生对他从来都是有什么说什么。有时候，她自己都会嘲笑自己，说自己太依赖他了，说他是她的心理治疗师，还问他自己这样是不是很烦人。除此之外，能让她吞吞吐吐的，只有情感话题了。

如果和感情有关，他不好追问。南禾源就说了一些宽泛的宽慰话，宽泛到他自己都觉得有点不知所云。哪知，他宽泛的宽慰话，竟然把女医生的眼泪招了出来，嘤嘤的抽泣声，从电话那头清晰地传过来。

那天，女医生到底也没跟南禾源说清楚她为什么难过，但是随后的几天，南禾源的心却乱了，被那一阵嘤嘤的抽泣。

如果说，之前对女医生的关心，仅仅是出于一种好感，出于对一个美丽并且有才气的女人的敬佩，那么，从女医生嘤嘤的抽泣开始，南禾源对这个女人的心境变了，他的心里出现了一种叫“疼惜”的东西，这是个叫男人揪心的东西，也是个叫男人变得柔软的东西。这个东西让人牵肠挂肚，甚至魂牵梦绕。

他开始心疼这个女人。

或许就是从那天开始，南禾源已经不是那么强烈地想知道，她到底为什么哭泣难过了。他对她的情感变得很纯粹，不管她的生活怎样，不管她遇到什么问题，不管她愿不愿意跟他说，他只想让她每天都开心，这成了他对她最大的愿望。因为他再也不想听到那个嘤嘤的哭泣了。

真的仅此而已。

想让她开心，又不知怎么才能做到，一度叫南禾源很费心思。送花送礼物的花招，他实在做不来，约会吃饭也觉得不妥当，再说，他也没有多余的时间。于是，只要有一点可能，南禾源就每天给女医生打电话。他算准了时间，在她下班前的十几分钟，让她准时接到他的电话。他给她讲笑话，给她讲自己遇到的有趣的事情，给她讲好玩的典故，古今中外，只要他能想到的。每次都能如愿以偿地听到她的笑声，那笑声让他心醉。

为了女医生的笑声，南禾源尽己所能。

只要时间允许，开会的间隙、出差的路上、阅件的空当，他总是抽出几分钟时间，给她提供发泄倾吐的机会，她想说他就听，她如果没有情绪多说，他也不介意，叮嘱几句就放下电话，

那时候，南禾源在单位是个领导，处事严谨、做事认真，基本上没有机会跟旁人讲笑话讲趣事，并且还是大讲特讲，并且是专门给一个女性讲。尽管他曾是文学男青年，是清华园走出来的学子，饱览了不少书籍，脑子里有不少存货，但是，追着撵着给人讲笑话讲趣事，完全不是他这个领导干部的常态。

那段时间，南禾源嘴里罗织着笑话趣事，心情却非常矛盾。他既想关心她，想知道她为什么难过，想知道她的日子到底过得怎么样，想知道她的丈夫对她好不好……他想知道的很多，想了解有关她的一切，可是同时，他又担心，如果她日子过得不幸福，他知道了她的痛苦，他又该怎么办？做她的兄长大哥，真的能帮助她吗？他还有别的选择吗？

一切似乎都在劫难逃。

就在南禾源矛盾纠结的当口，南禾源自己的一句话，终于让事情变得更加纠

结，甚至是难堪。

那次，电话那头的女医生正在诉说，话题刚刚触碰到她的家庭，还没有说到她的丈夫，更没有说到她的幸福，突然地，完全是鬼使神差，南禾源嘴里冒出了一句话。

南禾源说的那句话是："我和我爱人过得挺幸福的……"

这是一句没头没尾的话，依据当时的情况，还有点没头没脑。人家女医生没有问这个问题，他们之间的话题也没有涉及南禾源的家庭是不是幸福，南禾源完全是没来由地说了这么一句。他说完就知道有后果，可是，已经来不及了。

南禾源说了一句叫他深感难堪的话。实际上，后来的事实能够充分证明，他为这句话，难堪了很久，久到整整贯穿了他的下半生。

南禾源为什么要说这句话？

这个问题，一下子把他们的关系变纠结了。这个问题，在那一瞬间，同时出现在两个人心里。南禾源这句话的抵挡之意，已经昭然若揭，但是他如此抵挡的初衷，在他们两个人心里都是一个谜。为什么要说那句话？有必要说那句话吗？那句话要证明什么呢？是话赶话？或是蓄谋已久？还是脱口而出？

话赶话的理由自然是不存在，因为他们当时没有讨论谁的婚姻是不是幸福，没有非要说那句话的前因或者基础；如果是思虑已久，那就说明，南禾源的婚姻没有那么好，但由于担心和女医生的关系从友情发展到爱情，危及自己那尽管不那么好，但并不想改变的婚姻，更甚至是他的事业，于是，他用这句话抵挡女医生，让女医生不要有错觉；如果是脱口而出，那说明，他的婚姻真的很幸福，幸福到不说都不行了，不说都要把人憋死的地步，最终目的，还是用来抵挡女医生的。

女医生显然从他突然而至的那句话里，有了自己的判断。那天，女医生突然中断了诉说，并且没有追问他，她若有所思地"哦"了一声，然后，就迅速结束了通话。

她从南禾源的生活中，再次消失。

南禾源深知，他的那句话，把女医生一把推开，并且一下子推得那么远，远得也许永远都看不见。女医生的精神趔趄，南禾源深深体悟得到，这显然不是南禾源的初衷。女医生的敏感和自觉，超出了南禾源的预料。

南禾源悔恨又无奈。

女医生消失的日子，表面上看，并没有对南禾源产生重大影响。几年间，他的头衔越来越多，他的工作更加繁重，儿子上了大学，一周才回家一次，爱人依然天天坐在电视机前，坚定地守着她的肥皂剧。他的家庭生活没有波澜。

可是，日积月累，一个事实却越来越清晰，那就是：南禾源的感情，渐渐进入了真空，该放进去的人，他把她置之度外，想放进去的人，却咫尺天涯。

偶尔，女医生会出现在南禾源的脑海中，除了一些美好的回忆，还会出现一些疑问。对她，对自己，他弄不清楚这是一种什么样的情感。真真切切的关心想念，真真切切的困惑埋怨，还有真真切切的分开离别，他剪不断，也理不清。

女医生消失了 3 年。

3 年后，一个外任的机会摆在了南禾源的面前，他没有犹豫，毅然选择了远离。爱人不理解，儿子不明白，他没有多做解释，当上级组织部门跟他谈话时，他很快就跟组织部门点了头。

踏上飞机前，女医生的形象在他的脑子里一闪而过，他微微有点心酸，知道自己离她更加遥远了。曾经内心残存的那一丝丝奢望，希望有一天突然接到她的电话，或者，在某一个他们熟悉的地方相遇，也许将被时间彻底带走。他不知道，这对他们，是告别还是永别。

4. 南楠是个 80 前

南楠是个 80 前。

严格意义上说，或者按照惯常的说法，1983 年出生的南楠是个 80 后，可要是有人这么说，他就可能跟人家急赤白咧，强调说自己不是 80 后，自己是 80 年代前期出生的，应该叫 80 前。

之所以把自己和 80 后们使劲掰开，因为在不远的曾经，南楠对一些 80 年代出生的男人，很有意见。

南楠，男，28 岁，某民营培训机构英语老师。

南楠不愿意当 80 后，并且对 80 后有意见，源于他求学经历的曲折，还有求爱经历的纠结，以及挫折之后不断勤奋的深入思考。

当年从国际关系学院国际政治系毕业，南楠又考取了中国人民大学的国际贸易专业研究生。此求学轨迹的路径充分显示，他曾经想当外交官，后来又有了做跨国贸易的梦想，如今当上了英语教师，几番种种，都跟“国际”有关。

尽管跟国际有关，但人生轨迹看上去并没有向外扩展，反而呈滑落趋势，他自己说，自己是被自己“国际”致死，属于自杀。当然，几番曲折和纠结，也被他归罪于当初的“国际”选择。

究其深层原因，南楠总结，不怪政府不怪爹娘，是 80 后男人的毛病，害他不浅。

考大学的时候，他对前程毫无目标，不知道自己到底想干什么，更不知道什么才是自己应该学的。当公务员的老爸让他学金融，说他个性不专，做不了太专业的技术活。他想都不想就选择不从，说不想天天数钱当钱串子。后来他自作主张要学国际政治，说是踏着老爸的足迹走，将来也争取做个小官，并且把官做成国际的。老爸当时给了他一个字：“哼。”他也气哼哼，并且坚持报考最后被成功录取，还拒绝亲人们相送，亲自拎包，亲自跨进了大学校门。

大学第一年，他就茫然了，对自己的选择表示出极大的怀疑，外语和政治成了他最大的障碍，几门必修外语弄得他头大，政治更是避之不及，偏偏当外交官最需要这两点。不好意思跟老爸说后悔，只好隐忍。隐忍的日子充斥着逃脱，学习变成了一件被动挨打的事情，逃课外加考试作弊，60 分是最高目标。到了大四，外交官的梦想就已经渐行渐远，基本已经破灭。

由于失望，由于必须隐忍，大学那几年，他几乎把所有时间都贡献给了各类社团。他是朗诵团的领诵，是摄影协会的首席，是国际经济研究社的旁听，是模拟联合国协会的骨干，是电子部落协会跟班，还是手语社的积极分子、网球协会的运动员、创意策划协会的创始人。他几乎无所不掺和。

快毕业那阵子，他看上去基本就是个愤青，看什么都不太顺眼，总想反对些什么，可社会越来越开放，信息越来越多元，他越来越不知道该反对什么，只好改弦更张，采取漠不关心策略，主要应对表现是退出了所有社团。这导致他一度很失落。

那时候，他相当灰心，并且非常迷茫，成天对着电脑泡在网上。上网烦，不上网也烦，不知道做什么好，最常说的一句话是“无聊透了”。

南楠不是从来就无聊。

小时候南楠不无聊，是个乖孩子，不上网、不进游戏厅、不早恋。长大后也乖，不去夜店、不泡酒吧。用他的话说，乖得令人羞愧。上大学后，他不乖了，大学毕业后，他更不乖了。老爸说，既然当不成外交官，那就考公务员，和外交官算是一个类别。他又不从，说不想按部就班过日子，根本受不了那个约束。他不仅放弃了外交官的梦想，其理想还急转直下，扬言要学贸易。

贸易是个什么？南楠在扬言的时候并不知道。

但是，南楠终究算个聪明并且有追求的 80 后男人。

但是，南楠的聪明和有追求，终究也难为了他。

正是因为聪明，南楠对自己的浮躁心知肚明，深陷其中却很有自知之明地一心要克服。正是因为有追求，他抑制不住自己的理想色彩。主要表现在，整天就是好妄下定论，经常对自己不甚了解的事物，根据一些星星点点的信息就发表长篇大论的见解，并且多半是批判的。在网上发表言论结果遭人围攻，跟同学喋喋不休结果同学逃之夭夭。他还总是对任何显示权威的东西，毫无理由地反感，一旦长辈与他讨论一些实际的问题，他就很不耐烦，诸如问他有什么打算之类。尤其反感政治，厌恶参加长辈在场的应酬。学校校规、政府新政、社会秩序、老爸的谆谆教导，他统统皱眉。

偏偏，那时候，老爸认为有责任带他进入社交场合，有义务引导他开始他的社交人生。老爸经常动不动就通知他到某某地方吃饭见人，不跟他做任何商量、没有丝毫提前沟通，都是不容置疑的指令。他每次都是硬着头皮前往，心里填满了抵触。现在，老爸远在千里之外，他开始思考社交了，他想要人脉了，想跟长辈取经了，想掺和老爸的饭局了，但没机会了。如今每每触及这个问题，他都痛心疾首。

实际上，那时候他表面强硬，内心缺乏主见性格软弱，但他从来不愿意承认，还喜欢为自己的意志不坚定找理由，尤其不喜欢通过沟通和别人达到统一，觉得没有人能够真正理解他，即使表面妥协，内心却是一腔的反感，表现为通常所说的叛逆。

他的问题老爸早有洞察，说他的叛逆实际上是软弱，叛逆是一种掩盖，掩盖他内心的经不起风雨。起初这很伤他自尊，他很不服气，心里说我青春期都没玩叛逆，老也老了倒要叛逆了？但是细细一想，又觉得老爸还是眼毒，看得果然准。

尽管承认老爸推断准确，但是南楠依然认为，自己的软弱绝对不是意志品质的软弱，他的软弱，主要表现在与异性相处方面。

南楠确认自己有点花痴症。

南楠剖析自己的时候，不算很客气。

花痴是有起因的。那时候，南楠正当男人的花季，可是他周围的异性，总是在关键时刻对他显得很不屑。比如，有几个异性跟他相处得都不错，属于吃喝玩乐紧相随那种，可是，他要是单独约会某一个，一般情况下，这某一个都会跟他搭架子，拿腔拿调地回绝他。他要是转而约会另一个，那某一个反而突然放下架子，跳出来说三道四，而另一个居然也跟着摆架子，跟他一本正经地谈友谊。他完全搞不清她们的表现是真还是假，所以完全不知道该进还是该退。他不相信她们对他一点不感兴趣，觉得她们是成心的，就是要戏弄他的荷尔蒙。

那时候，他完全不知道怎么去追求或者爱一个女孩子，令他难受的是，他又觉得每一个经过的女孩子都不错，只好眼睁睁看着人家走过飘过，心里痴痴地设想着一个又一个可能的甜蜜过程，一个人孤独地徒劳向往。

毫无疑问，南楠的条件是优越的，但他看着一个个昂首走过的女子，不由得要怀疑自己的优越条件，是不是反而成了自己的瓶颈。难道现在的女子只认房子车子票子？其他条件都是浮云？身为一个京官的后代，身为一个形象气质俱佳的男性，在和异性交往方面，他却没有丝毫的优越感。这一点他之前显然估计不足。

这一点的确非常诡异。

老妈也觉得诡异。老妈嘴上说，你上大学期间最好不要谈恋爱，可一旦发现他真的没有女朋友，她又想不通了。

有一次老妈纳闷地问，你大学 4 年居然没有女同学喜欢你？你也没有喜欢的女同学？南楠不好意思说出真相，说自己也想谈恋爱，自己也不知道为什么没有女朋友。他觉得这么说实在羞愧难当，于是就说，你儿子心思不在那儿。老妈又问，那你的心思在哪儿？南楠一扬脖子打岔，我一大男人，心思可以放的地方多了。他不能给老妈说，他是个正常的男人，他一直向往女孩子，可他有点怵女孩子。他估计，老妈打死也不会信，会出现解释不清的混乱局面。

他认为自己的这种胆怯，和身边的女性对他的隔膜态度有关，这种隔膜他认为莫名其妙，但足以压制他征服女性的自信心，弄得一向自信的南楠，面对女性常常比较灰心。

有时候，他对异性的正常关怀会想入非非，给自己弄出一些错觉来。有时候，也不全是错觉，确定对方就是喜欢自己，他也不敢大胆接招，更别说展开猛烈追求。有时明明知道追求后可能有个良好结果，但还是要翻箱倒柜地找个理由，让自己退缩了。他通常给自己和别人的理由，是说自己现在还不了解爱情，目前自己还年轻，也不想了解云云，生生把自己弄成一幼稚男。

既想接触女孩子，又怕女孩子戏弄他；既想避开女孩子的戏弄，又怕从此无花近身……此番种种担忧，导致南楠的痴心得不到有效释放，此心越积越多，积多成病，花痴就此落下。

南楠的确不是个猛烈的男人。

对学业不猛烈、对前途不猛烈、对女人不猛烈，南楠对一切都不猛烈，懒洋洋，任其自然。老爸说他这是消极，是拒绝长大，是不成熟的表现，并且深为他未来的社会责任感担忧。他嘴上又是不服气，其实心里又是偷偷觉得老爸绝对老奸巨猾，对他很有洞察。

这一切，都发生在那时候。那时候长达数年，那时候看上去都挺糟糕。

南楠对那时候的自己非常清楚，也非常反感，他身边一大堆这样的人，他们和他一样，都是80后，他身为其中的一员，却看不起他们，这让他活得很纠结很矛盾。

一个知耻的男人，总会有些后勇之举。

为了看上去很成熟，并且很有责任感，南楠对自己对别人都一再宣称，要和80后划清界限，并一再宣称，自己不是80后，是80前，是个真正成熟的男性。为此，他恨不得说自己是70后。为了显得成熟，南楠甚至希望听到一些年龄的贬义词，比如沧桑、老了、大叔之类。

沧桑是扮的，大叔也不是真的。真正的成熟是在他读研之后。虽然当不了外交官，他依然想放眼国际，觉得把生意做到国际上这件事很刺激。于是，大学毕业后，他决定继续深造国际贸易。可国际贸易的研究生还没读几天，他就深深地后悔了。这次后悔，不是因为思想不成熟，相反，是他开始走向成熟。

他发现国际贸易和他想的不是一回事，枯燥无趣简直是浪费时间，更主要的是，他悲观地发现，根本没有那么多的国际贸易等待他去运作，这个专业的就业前景非常不乐观。他的很多师哥师姐，不是被迫无奈继续赖在学校读博士，就是给一些小公司打工。有一个学业优秀的师姐，居然干起了广告策划，和国际贸易风马牛不相及。

尽管无法从年龄上成为成熟隐忍的 70 后，但是南楠认为，完全可以让自己的思想靠近 70 后，并且，他终于让自己从思想到行为，更像一个 70 后了。

研究生毕业，他作了一个重大人生决定。他没有依靠老爸现成的关系，或者按照老爸的指引，到某个机关端铁饭碗，或者到膀大腰圆的央企寻求稳定，而是毅然决然地把简历送到了一家私立培训机构。这在他当时的求职条件下，基本可以称之为壮举。

一切，都按照他的推想在壮烈地实现。

很快，他名牌大学名牌专业的身份，以及他幽默轻松的教学方式，成为了那所私立培训机构的招生招牌。进入这家培训机构短短几个月，他就获得了相当于首席的地位。他回家骄傲地跟老爸说，想进他的班，家长得磨破嘴皮子跟校长求情。

和首席的地位相比，他觉得非常值得一提的，是他获得的待遇。和工作了几十年的公务员老爸相比，刚刚参加工作的他，待遇可以用极其丰厚来形容。

待遇，是非常值得一提的。南楠坚持这么认为。

没有工作的时候，南楠就已经决定，第一个月的工资，要全部上交父母大人，算是表示一个做儿子的初步孝心。当时，他依据众多毕业生的收入现实预料，第一个月的收入，应该没有多少，最多两千几百。可是，现实远远超出了他的预料，第一个月的收入，他就让老爸吃了一惊，并且他还让老爸得知，如果他以后多代课，月进 5 位数都是可能的。身居正局位置的老爸，现在一个月的工资，居然没有一个刚工作的儿子高，这个事实让老爸相当无语。老妈兴高采烈在一边感叹，说自己要熬出来了，夸儿子的选择非常正确，工作既体面又实惠。

既体面又实惠，南楠基本上实现了。

这回，他认为自己真正成熟了，因为他对自己的未来预测，基本上属于脚踏实地的。一参加工作，收入就很白领，这个实惠很真实，并且已经是个不争的事实，这个事实和他的识时务有关，得益于及时调整了自己的就业方向，准确定位了自己的人生规划。面对这个事实，他有理由让自己信心增至百倍。

至于体面的社会地位，他确定，一个男人需要一定的社会地位，同时他也相信，身为一个老师，毫无疑问，他是体面的，他的社会地位一定会被逐渐提升。理由来自于几个反问：谁说民办学校的老师不是老师？谁说一个民办学校的招牌老师，不能成为社会教育的精英人才？谁说这样的精英人才没有社会地位？问完他仰天长笑。

南楠目前面临的头等大事，用他老妈的话说，就是婚姻的事情。

按照他对自己80前70后的定位，他现在应该谈婚论嫁了。老爸南禾源离京外任前，曾经语重心长地对他说，要认真考虑一下婚姻的事情，这叫南楠陷入了新一轮的纠结。事业那点事好不容易弄明白，好不容易体验到一点成就感，婚姻家庭的事情又摆在了他的面前。

南楠深深感到，相比较事业的事情来说，婚姻的事情比较难办。

曾经有一位恋爱没几天的女友对他说，婚姻是对真爱的终极承诺。他当时觉得此言有几分道理，就点了头表示认可，女友很满意，然后兴致勃勃地开始给他解释这句话。女友说，为什么呢？因为如果是真爱，就没有理由不长相厮守，因为人的一生只有一次真正的爱情，这唯一一次的真爱，归宿当然是婚姻了；如果不是，那就不是真的爱情。如果你的爱够真，那就够深，如果够深，那就该结婚，嘴上说爱得有多真，那没有用，只有婚姻可以作证。一个男人对一个女人最大的肯定，最深的爱，就是把她娶回家。

听完女友的解释，南楠反而有了疑问。他反驳女友说，什么是真爱？难道分手了就要否认曾经的感情？再说，真爱也是有级别的，有浅的，有深的，有不深不浅的，但无论深浅，完全不影响感情的真实程度，爱情总得有个由浅入深的过程吧？一个人一生中完全可以有很多次的爱，并且完全可能每一次都是真的。娶回家就是真爱？没娶回家就是不爱？那可不见得。

南楠的话，说得有点不计后果，跟女友疑问完这句话没几天，南楠就变成了人家的前男友。女友说那句话，是在试探和考验南楠，她没想到，南楠自己也没想到，南楠居然没有经得住考验，南楠大放厥词的结果，导致灵魂大曝光。女友认为南楠的情感观有问题，觉得南楠对爱情不够认真，对婚姻不够严肃，一通悲愤交加后，女友断定他不是真心的，毅然让他出了局。

南楠很憋屈，我不是真心的我跟你这瞎耽误什么工夫？结婚？那不是得到火候才行嘛。

平心而论，结婚这件事，南楠的确是放在心上的，他认为自己现在有那个自信和实力解决这个问题了，但他反对刻意为之。他无数次对催促他的老妈说别急，并反复地严肃重申他的“三顺”政策，说要顺其自然、顺水推舟、顺流而下。

他坚持不强求。

5. 三个男人也一台戏

三个男人也一台戏。

一般情况下，男人伙同，并且形成一个唱戏的局面，唱的大都是职场戏。

鞠向东、高就、南楠，尽管分属60后、70后、80后，由于他们都比较热爱学习，比较追求上进，最主要的是，众所周知的原因，都想广结人脉，于是，他们就成了同学。他们同时就读了北京大学一个经济管理专业的在职研究生班。

听课的第一天，三个互不相识的男人，间隔几十厘米坐在了一起。他们并排而坐。

课间休息的时候，高就主动跟身边的鞠向东互换了名片。看高就举着名片，隔着鞠向东望着自己，坐在鞠向东另一侧的南楠，赶紧抬屁股跟高就说自己没有带名片。当高就主动把自己的名片递过去时，南楠当即就颇显礼貌地念出了声："副处长……"

南楠的声音有点大，并且只念了职务，高就会错了意，以为南楠刻意强调自己职务的"副"，脸上有点挂不住，尴尬地笑了笑。南楠很聪明，尽管社会经验不足，但他很快就意识到了自己的失误，赶紧探过身去，隔着鞠向东伸手握住了高就的手，说自己很幸运，结识了两位大哥，还说自己工作时间短，请高大哥以后多指教。

南楠左一声大哥右一声大哥，态度诚恳，小弟姿态浓厚，两位大哥看上去都比较欣慰。鞠向东略显从容，高就脸上表情有点复杂，笑得更加尴尬，有点为自己刚才会错意不好意思。

午间吃饭，三个人一起进了一家餐馆。一进门，南楠就招呼服务员拿菜单，然后跟鞠向东和高就说，今天我先请二位大哥吃个便饭，不成敬意，下次我们去宫成府，好好向两位大哥请教。鞠向东和高就简单推辞了一下就坐下了。凉菜啤酒一上来，三个人就兴致勃勃地碰了杯。

闲聊的时候，南楠说自己上这个在职研究生班，完全不是他的本意，自己研究生已经毕业，是受老爸逼迫。鞠向东说，你父亲有远见，应该趁着年轻多学的，艺多不压身。高就说，学习是一个方面，扩大视野、结交朋友也是一个方面，一举几得。南楠对两位的话，频频点着脑袋，表示非常有道理。

再往下聊，他们发现世界果然很小，居然聊出了一个意外。高就得知，南楠竟然是自己一个前上司的儿子。

南楠的姓氏，其实一开始就引起了高就的注意，因为南姓不太多见，再看南楠的长相，心里就多了几分揣测。南楠的姓氏和长相，让他想到了机关一个局长：南禾源。前几年，这个南局长，不知因为什么突然下海，离开了部里，去了一家央企任职，变身成了央企的高管。当时这件事还成了部里的一件大新闻，说这是一次成功的华丽转身。

可能是坐机关坐久了，高就又是干人事工作的，在人际方面格外地敏感，心眼自然比一般坐机关的多几个。为了证实自己的猜测，高就有意把话题往父辈上扯了扯，果然不出他所揣测，老上司南禾源，就是南楠的父亲。

“世界真不大！”南楠说。

“我们真有缘！”高就说。

成为同学，他们隔三差五找机会喝酒。

开始是高就和南楠两个人小聚。两个人都是单身，有的是时间，有的是烦恼，下课后下班了要是没饭局，他们除了自己的蜗居基本没地方去。两个人生活没有交集，相互的圈子没有相识的人，凑一块喝点酒，喝大了也不怕酒后失言，聊点跟同事不好说的话题，跟家人不好说的烦恼，觉得日子比较好熬。

后来，他们觉得两个人缺气氛，就把老大哥鞠向东拉了进来，说鞠向东是老大哥，可以指点迷津，还是文化人，可以负责指点方向。

自诩老人家的鞠向东，陡然受到两个有为年轻人的重视，自然是乐此不疲。鞠向东不傻，一个是部委机关的副处长，事业呈上升趋势，前途无量；一个是有些家世背景的80后，时尚有趣，活力四射，未来不可估量。鞠向东自己只是一个三流小杂志的主编，内心深处完全没有理由拒绝，他必须乐此不疲。

三个男人之所以顺利地凑在一起，因为他们没有交集。

在朋友遍天下的男人世界，有时候，几句实情，真找不到合适的落脚地。他们不在彼此的生活圈子里，不在相互的职场范围，有些话题即便口无遮拦，也不会带来多大后果。没有交集可以带来某种安全感，这一点他们都明白。自己不可告人的隐私、无法放肆的情绪、不能乱倒的垃圾，在不想忍吞又必须倾吐的时候，一个和自己没有交集的男人，就是一个比较安全的流泻渠道。

显然，这个问题他们想到一起去了。

这一回，三个男人再一次凑在一起，主唱是高就。正是因为高就，这戏就变成了情感大戏。

那天一整天，高就的心情莫名地烦躁。下班前，高就拿起电话，挨个给鞠向东和南楠打了个电话，说晚上没事就一起坐坐。比较巧，鞠向东正无聊，南楠正亢奋，所以高就的临时起意，得到了鞠向东、南楠二人的积极响应，他们约好6点半，航天桥萨拉伯尔见。

三个人一见面，高就也不跟他们客气，就直接奔了主题，说自己最近很烦，说谁说王老五是贵族？王老五这个单身贵族，真是一点也不好当，王老五就是给女人折磨的。高就的此类衷肠，鞠向东听得不多，可南楠还真没少听。尽管没少听，南楠还是很不客气地指出，高就这是无病呻吟，这些痛说革命家史的事情，应该说给女人，女人心软，她们也爱听，女人才是男人痛苦家世的最好聆听者，很多男人俘虏女人的心，就是靠这一招。南楠说你就饶了我们吧，让我们陪你喝酒还差不多。

高就不理睬南楠，说你别跟我提女人心软，如果女人心软，那我的心就是豆腐做的。我现在最怕女人了，有些话是不能跟女人说的，她们就是一群不讲道理的种群：你要理解，她们偏偏给你怨恨；你要道理，她们就给你蛮横；你要体贴，她们要跟你玩浪漫，尽弄些不可理喻的事情出来。说完又说南楠，你一个80

后小屁孩，你懂个屁。言语一向谨慎的高就，冷不丁地冒出粗话，真把南楠愣住了，一下子怔怔地坐在那儿，接不上话茬，支棱着脑袋等高就的下文。

鞠向东倒是兴趣盎然，说南楠你别捣乱，你好好听着，高就今天的苦恼，对你有用，都是前车之鉴。老大哥发话，南楠得给面子，他无奈地把脑袋向下重重一低，做出了倾听状。

高就的故事，听上去乱七八糟，时不时时空错乱，还动不动情节转换，主要是冷不丁就缺失了主角，害得南楠总得问："这事是哪一个干的？"或者"这话是那个女护士前妻说的，还是那个金融女？还是那个女律师？"南楠一插话，导致高就更加错乱。

听到最后，憋了半天的南楠，终于听不下去了："这不是女人的问题，女人天生那样，别跟女人的天性较劲，你这都是男人的问题。男人要正确地认识我们自己。"

听不下去的南楠，积极要求发言的意愿相当明显。

"好吧，那你说说你是怎么认识你自己的？说说。"鞠向东转头鼓动着南楠。高就的混乱故事，也把他听得找不着北，他也想换一个主唱。

得到了鞠向东的鼓励，南楠摆开了架势，说，其实，你们看动物就知道，长相美丽的、爱招摇的通常都是雄性，比如孔雀，而智商高的往往是雌性，看看雌老虎、雌狮子、雌猫是怎么精心养育下一代的你就知道——它们的智商，随便轻轻松松地就甩雄性好几条长安街出去……都说恋爱中的女人智商低，其实不然！很不然！从头到尾她们最为用心良苦，智商低是她们恋爱失败的最终借口罢了……但是，你要是以为我们男人智商真的总是那么低也太简单粗暴了，我们男人的智商主要问题是不稳定，并不是一直低，有时候智商爆表冲过200，有时干脆就是负值，有时老谋深算得让女人心惊，有时傻帽得让女人心碎……我觉得，这恐怕跟荷尔蒙水平有很大关系。

南楠的口若悬河，听得高就和鞠向东都笑了，也都凝起了神。

高就和鞠向东的凝神，南楠尽收眼底，于是更加来了精神，又说，女人呢？也有聪明的也有愚笨的，但是，女人有一特质男人没法比，那就是：从你见到她第一眼起，她的智商会基本保持在相同水准上，要么就那么高，要么就那么低，所以，从某种程度上来说，女人是男人的稳定剂。有了女人，男人往往才能发挥出正常的智商水平，智商不在于高低，关键是水平稳定、发挥正常。如果没有女人，那我们众多的荷尔蒙失衡的、孤独的弟兄们，就会在求偶的道路上一直跌跌撞撞，就像个可悲又可笑的智障，比如……南楠不说了，并且是看着高就不说了。

“你看我干吗？你说我是智障？”高就看见了南楠揶揄的眼神，他没糊涂，尽管喝了不少酒。

“我绝对不是这意思，你老兄更绝对不是！”南楠一脸坏笑。

南楠越说绝对不是，高就越觉得是，鞠向东也觉得是。三个人相视一看，然后大笑起来。笑得高就咳嗽不止，算是愉快接受了南楠的揶揄。

气氛热烈，南楠受到鼓舞，情绪越发高涨，又接着说。他说实际上，我们男人很简单，有一句恶毒的话是这么说的：基本上，男人是从原始社会就停止进化的物种。身为男人，对此我们不能否认，从古至今，我们唯一而永恒的冲动就是打猎、打猎、再打猎，无论多么成功的男人，骨子里都是简单的，比如孩子气、粗鲁、任性、懒得为复杂的关系负责、爱说大话、怕疼怕死怕阳痿……

“你是说你自己吧！”听到刺激处，高就抓住机会奋起反击，插话打趣南楠。鞠向东却给高就使了个眼色，意思是别打断南楠，听下去。

其实，酣畅淋漓的南楠，根本没有时间理会高就的挖苦，他继续着他的酣畅，一扬脖子发挥说，当然，无论我们男人多么糟糕，我们都无需担心。女人要是爱上我们之后，这些缺点都可以激发她的母性情怀，让她努力去宽容和教化男人，飞蛾扑火般地努力……当然，我们男人也要明白，女人也不是吃素的。如果男人总是不安分，总是吃着碗里望着锅里，总是处在无头苍蝇般的求偶期，女人一般也很难客气，手段也不逊于男人，基本上都是男人创造出来但很少使用的手段，比如严刑拷问、严刑拷问之后搜刮一空、搜刮一空之后扬长而去之类。那男人的结局，就是在用血淋淋的失败书写自己的悲惨人生……

“你说我现在是悲惨人生？”高就又接了一句。

“你真自觉啊，没见过你这么自觉的。这么喜欢对号入座，死乞白赖地接茬。”南楠依依不舍地中断演讲，转脸嬉皮笑脸地挖苦高就。

“好，好，高就自觉，高就自觉，你接着说。”鞠向东显然听意正浓，一边敷衍着南楠的情绪，一边催促他接着说。

受到鞠向东重视，南楠有点得意，端起水杯进口水，认真润了润嗓子，然后又说，你们想想，我们男人要是没有女人，无非就是喝闷酒打嘴架睡懒觉泡电脑，连去宜家闲逛都会有深重挫败感，因为有女人才算有家，自古都这么说，你要是没家，居家的事情，你想得越多越挫败。孤独的我们，既不肯承认现实悲惨，又在心中无比感伤；既要吹牛说大话夸赞自己，又要强烈谴责女人都如此无眼光。在心灵深处，男人都认为自己是无所不能的泡妞达人和性爱大神，但真见了女人，往往目光闪烁言辞吞吐，真有女人扑过来，都会吓得纷纷阳痿……

说这段的时候，南楠想起了遥远的自己，曾经的花痴经历，一下子历历在目，孤独、挫败、爱女人又要谴责女人、闪烁目光、言辞吞吐等等，他仿佛在描述自己。受此影响，他的声调到最后越来越缥缈，犹如梦呓。

“哈哈哈哈……论据充分、描述生动、结论准确，有几分道理啊。”鞠向东被南楠的话逗乐了。

鞠向东当然不知道，南楠的话，很大一部分是现身说法，他是在深刻谴责自己的曾经，严肃总结自己的过往。

“东哥，你这么激动，是不是深有感触啊！你可是有家有口的幸福男人啊，不应该啊你。”看鞠向东接了话，梦游的南楠赶紧回神，他及时调整方向，貌似很三八地追着问了鞠向东一句。

鞠向东被问得有点不好意思，瞬间来不及设计表情，神情一时变得莫测，赶紧故作低头吃菜，另一只手示意南楠接着说，既是鼓励南楠，更是转移目标。南楠似乎有所洞察，冲鞠向东意味深长地扬了扬脑袋，坏坏地一哼哼，放过了鞠向东，转而又冲着高就说。

“高哥一定深有体会，没有女人的男人，注定是孤独的。要我说，还夹杂着几丝可怜和蠢笨。这个时候，就容易犯一个低级的错误，捡到筐里都是好菜，能充饥就是好菜，也不管那是不是他的菜。女人就变成了拯救男人的天使，等男人发现那不是天使，或者天使变成魔鬼，或者菜变成了苦菜，男人脆弱的小宇宙已然千疮百孔，这就是饥不择食的结果。”

“你是说我饥不择食？”高就夹到嘴里的一口菜没下咽就跟了一句，眼看着又要跟南楠起急。

南楠谈兴正浓，一副完全顾不上回答高就质疑的样子，高就一看更来气，就起身动武，一下一下地扒拉南楠的胳膊，也不知是要阻止人家，还是索要答案，动作忽紧忽慢的，目的不明确，意义含糊不清，像是醉意朦胧。

南楠很体贴并且善解人意，他躲闪不过高就的扒拉，干脆反转身抱着高就的胳膊，说，你老兄别急，你听我往下说嘛，我深深地知道，饥不择食的男人的内心，绝对是不服的，是不是？绝对是在呐喊：女人？拯救我的天使？别开玩笑了！谁拯救谁啊……千万不要真的以为我们男人在女人面前都是智障，当男人终于找到一个他爱的女人，并且顺利地相爱上床之后，他的智商会一瞬间回来的！放心高哥，男人在上床之前智商为零，女人在上床之后智商归零，这就是为什么男女一旦发生肉体关系，他们的情感关系也会发生微妙变化的原因。发生关系前，总是女人占据主动，被踢出局的总是我们男人；可一旦上过床，男人就醒了，迅速变被动为主动，流泪的就是女人了——无数事实证明了这一点，是不是老兄……南楠一口气说完这一大段，像是给高就总结，更像是给高就鼓励打气。

“精辟，太精辟了，看不出你小子，小小年纪，把男女之事琢磨得这么透彻，看来经验十分丰富。”鞠向东说得很由衷。由衷完了又问：“实践出真知啊，你小子谈了几个女朋友了？总结得这么老道，还一套一套的。”

“不多，也就六七个吧，成绩不太傲人。”南楠看上去颇为认真地回答。

“啊？这还不傲人？跟你这一比，我算是白活了。”鞠向东更加由衷地感叹。

“我跟她说……我们不合适，还是分手吧。她不听我说，一个劲儿跟我说，你会后悔的……你会后悔的……”一边的高就有点醉了，自己和自己嘟嘟囔囔。

“别担心，分手的时候她们都这么说。可是有几个男人会后悔？好的总是下一个。”南楠理解地拍拍高就的肩膀，接过话来，语气肯定地说。

“女人真都这么认为？”高就半醉半醒没有应答，倒是鞠向东问了南楠一句。

“几乎没有例外。她们总觉得自己是最好的，她们的普遍认识是：你胆敢离开，你就一定后悔终生。我倒是希望她们这么想，如果这样可以减轻她们的痛苦的话。做男人还是要学会怜香惜玉。”

“真是老道。”鞠向东笑着说。再一次对南楠表示了由衷的佩服。

“相信我，在情场上，我就是一匹老马，识途。”南楠往嘴里填肉块，表情愉快地说。

酒喝到一半乃至最后，主讲就这么不知不觉换人了。高就身为一召集者组织者，自己都不知道从什么时候开始，南楠出面指点起自己的江山。鞠向东半认真半揶揄地夸南楠，说他是个有思想的男青年。南楠有点不好意思，说，我只不过是顺着高哥高处长的情事漫谈一下。

高就此时酒也渐醒，冲着南楠说，我怎么觉着你憋着破坏我的安定团结呢。南楠指着高就大声说，你真不知道还是装不知道，你生生就是个居家型的新好男人，谁能破坏你的安定团结？根本就没有人能破坏你的幸福生活啊！你这样的居家男人，一旦放了单，女人就会饿狼扑食。女人们都不傻，你，老兄，大大地吃香啊！高就一听咧嘴乐了，说你这是夸我还是损我啊。说完又说，我就当夸听吧。

“哄女人真不是我的强项。”鞠向东摇着头，也在一边自言自语。

南楠的女人经，让鞠向东发自内心地自惭形秽，觉得自己人到中年，实在缺乏恋爱经验，真是不了解女人，男女之事累计太少，太太给他有限的实战经验，根本用不到小 M 身上。一切都得现体会现发挥，往往是顾头不顾尾。

“东哥，高哥放了单，一转眼成了抢手的王老五，怎么？你心里也起了涟漪？”南楠坏笑着问鞠向东。鞠向东自知是自己不会哄女人的话失言，他不敢接南楠的话，怕引火烧身，就没再言语。

其实，鞠向东一直兴趣盎然，只是听得多，说得少。鞠向东之所以兴趣盎然，因为近一段时间以来，鞠向东对感情的事情，琢磨得挺多。

6. 高就拒绝同居

高就拒绝同居。

因为跟外企经理大H的同居生活，对高就造成了一定的心理阴影，可以说影响比较深远。

大H是高就离开前妻后的第一个女人，是高就一个屋檐下同吃同住的第一个非婚女人，也是高就绵长的约会队伍里，第一个自称不缺钱的女人。诸多第一，最终有了后果。

高就不是个有钱的男人，他一听女人有钱就心虚。可是在有钱的外企经理大H之后，高就不小心又跟一个基金公司任职的金融女约会。

跟金融女交往纯属意外。

当一个朋友把他和陌生的金融女，突然置于一个单独相处的环境，两个人都一下子明白了，一个待嫁一个待娶，他们之间好像只有一个目标，那就是抓紧时间相互了解。于是，他们不约而同地进入了规定情景。

金融女似乎深谙男人的自卑心理，她把自己的职业优势掩饰得很好，或者说把经济状况隐藏得很深，她一直低调地跟高就说自己是个打工的，在一家小企业跑腿，高就当时没有多问，完全信了对方。

第二次见面，金融女就给高就买了礼物。一件羊毛衫，款式很适合高就，像是仔细研究过高就，跟高就的身高肤色气质非常搭配。高就很难为情，他没想到对方来这一下，自己毫无准备，两手空空有点尴尬。金融女显得很善解人意，爽快地说你别有负担，我不能白白吃请啊，还说她就是手贱，看见好衣服就手痒痒，又跟高就强调，说你千万别想着给我回礼物，我这人难伺候，别人买的礼物从来都不合心意，你就别“三费”了，费心费工夫费人民币。高就当即化尴尬为轻松，反而被人家说乐了。

哪知，金融女的手贱一发不可收拾。金融女不买别的，就是买衣服，她特别爱给高就买衣服，说他是衣服架子，不穿可惜了一副好身段。什么衬衣、夹克、休闲外套，一见面就有礼物，弄得高就心里忐忑无比。事后上网一查，还都是高档货，价格相当不菲。高就心里更加忐忑，心里嘀咕：这打工妹打的是什么工啊？这小女子啥性格、啥消费倾向啊？不会是高级打工妹吧？不会是月月空的奢侈女吧？那我也不能让人家为我空吧！

拿人手短，高就对此无以回报，他心急如焚。金融女洞察了高就的心思，并且非常体谅男人，她坚决不让他陪她逛街，或者说，人家就是不给他买礼物的机会。实在没办法，高就就想到了以身相报。

高就的以身相报只是以身相报，和同居没有一毛钱关系。可是事与愿违，当他想拿留宿回报人家金融女，却未果。不是人家对跟他肌肤相亲不感兴趣，核心问题在于，人家半推半就时问了一句话。金融女问，是你搬到我那还是我搬过来？

高就立即停止了以身相报。

那一刻，跟大H同居的日子一幕幕浮现，并且都是打打闹闹的画面、苦不堪言的经历。于是，高就嘟嘟囔囔跟金融女说，我们还需要多多了解……金融女立即接过他的话，说自己貌似开放实则很害羞，其实是个有原则的人，还说，她也认为彼此还需要多了解了解。

金融女果然有原则性，并且很强。

金融女很强的原则性很快出现结果。

第六次约会，只见金融女一直闷闷不乐，此情景稀有。更稀有的是，金融女这次没有带礼物给高就。每次见面都有礼物，高就已经习惯，冷不丁不见购物袋等东东，高就真有点不熟悉。

金融女继续没精打采，一直处于闷闷不乐状态，说话跟以往不同，没有了主动性。高就跟她说话，接茬很少，心不在焉的，一直埋头苦吃，跟高就不存在似的。气氛僵硬。高就问她怎么了，她说没事。问她是不是身体不舒服，她说你别管那么多。高就又问是不是自己哪句话说错了，她说没有。高就再问是不是自己惹她生气了，她说不关你的事。

人家不理睬他，高就闲来无事，于是就边吃饭边揣测：上次见面听她跟人通话，才知道她不是什么小公司打工女，她曾经是一家商业银行的行长助理，现在是一家500强企业下属公司的财务总监，人家正在玩股票和期货，是货真价实的金融女。当时高就没说啥，就说了一句，说你这个打工女够高级的。金融女还跟他开玩笑，说他窃听。

窃听有风云。

难道是因为他不小心窥听了她的身份？你自己不说我从哪知道啊？高就心里叫屈。

实际上，那次窥听结束，高就心里的确疙疙瘩瘩。往好里说，自己还真有富贵命，有钱女子一个接一个往怀里撞，挡都挡不住，动不动人家就把未来生活扛在肩上，让他无需操心。往坏里说，自己这辈子没有掌控女人的命，哪个有钱的女人让一个没钱的男人掌控？经济基础从来都决定着上层建筑，家里男人没钱就没地位，他这辈子注定就是个鞍前马后看老婆脸色的角色？

暗自叹口气，他又接着揣测：每次见面前她都央求他穿上她买的衣服来，说他是她的模特，她想看看自己的设计成果。这回约会是当天定的，他从单位直接过来，没来得及回家换上她上次买的衣服。难道她生气了？没换衣服就生气，把他当什么了？难道他只是她的一个模特？模特是什么？仅仅是一个欣赏的对象？把我当花瓶？我也太悲催了。

越猜越憋闷，但似乎越猜越清晰，高就居然在憋闷中兴致渐起，于是接着猜：难道，她是因为我拒绝同居那事？我那也是为她好啊，我遭罪后悔不要紧，免得她后悔了难受不是？我不占她便宜我还错了？要不然，就是我一小小公务员不配跟人家共同生活。就是啊，我一公务员，可能有前途但没钱途，她看上我什么了？难道也跟外企经理大H一样，图的就是人家主外让他主内？真要这样我也接受，就像当初接受外企经理大H一样。可是，看她今天这突变的脸色，莫不是幡然悔悟心态有变？觉得男人没钱还是不行？

一路猜下来，高就认为自己有结论了。

最后高就断定，金融女今天的闷闷不乐，是她终于介意他的不富有了。实际上跟她比，他应该算贫穷一类，富有两个字跟他没啥关系，豪宅名车他这辈子无缘。以她的生活标准，她一定觉得他不够档次。她之所以前几次没有表态，那是在犹豫，或者试探他，现在人家这是要给他态度了。还或者，她终于不满意他没有给她买礼物了，以前说不要都是假的。他还断定，自己太愚钝太实在，其实女孩子都一样，都是喜欢男人给买礼物的，她怎么可能是例外。

猜来猜去，高就最终没憋住，他跟金融女说，你要是觉得我和你经济实力不匹配，或者觉得我不懂女人没有给你礼物，或者生气我没有穿你买的衣服，或者介意我那晚……不管是什么原因，你都可以说出来，我们可以沟通，我会尽量学习，努力做好的……

金融女瞪着眼睛跟高就说，你想什么呢？然后毫不羞涩毫不客气地告诉高就，没别的原因，就是因为她今天来例假了。

约会终于止步于第六次。因为金融女感到惊愕。

金融女的惊愕来自于高就的那一堆猜测。金融女觉得高就脑子里想得太多，想法还那么不靠谱，甚至是严重歪曲她，心眼实在不大、心胸实在不宽，一个男人做到这一点真不容易，她坚决地这么想。

金融女的惊愕内容高就一点儿都没猜到。

金融女决定不再见面，就是决定跟高就分手。这回高就被惊愕，他觉得来得突然，前次还对他甜言蜜语，转脸就不接电话了，好不容易突然来一电话，还是宣判的。无端被抛弃，高就没法不惊愕，惊愕之余更想知道死刑理由。金融女原则性很强地跟他说，一个人要是整天憋着心思猜别人，那他早晚是别人的噩梦，尤其是男人。

金融女最讨厌男人小心眼。高就撞上了枪口。

实际上，高就心里没有悲伤。因为金融女一点也不符合他的要求、因为金融女不拒绝同居，还有钱。

他记得有一次，豪爽的金融女跟他开玩笑说段子，说身体是固定资产，年龄是累计折旧，爱情是无形资产，暗恋是坏账，缘分是营业外收入，结婚是合并报表，爱人是应付账款，生活是持续经营，吵架是营业损失，衣服是包装费，回忆是财务分析，离婚是破产清算，再婚是资产重组，反思是内部盘点……高就承认，金融女相当聪明，可她说的段子，虽说只是个段子，只不过把情感跟她的职业特征结合起来，应该说是个讨巧的组合，听起来也充满笑点，可是高就听得却很不入耳。高就认为，金融女虽然不缺钱，但满脑子都是钱。一个满脑子都是钱的女人，她的未来将充满巨多的不可预知。

高就反复掂量自己，深知自己说什么也不敢伺候一个心怀同居的女人，更伺候不起一个满脑子都装着钱的女人，即便不需要他掏钱。

高就奇怪，怎么女人都不矜持了？想同居的不缺钱的大龄女人那么多。

外企经理大H之后，高就暗自发誓：无论如何，再也不和女人同居了，再也不！

金融女之后，高就不光发誓不同居，还暗自发誓：无论如何，再也不跟不缺钱的女人约会了，再也不！

到底是再也不和女人同居？还是再也不和有钱女人同居？一时间，钱和同居，成了高就感情生活里的两个重要拐点。

按照这个思路，高就和一个未婚女律师约会了。这回高就觉得自己比较幸运，女律师不谈钱，女律师也不玩同居。

起初，约会按部就班，每两三天一个电话，彼此客客气气，问问忙什么呢，工作累不累之类不疼不痒的话。每周末都会见面，地点都是餐厅，饭后也没其他安排，高就规规矩矩地送人家回家。

女律师条件不错，高就的确第一眼就相中了。他说这是眼缘，他不想再没完没了相亲了，觉得这回这个女律师有希望，开头就进展顺利，估计以后也能靠谱。

带着诸如此类美好的心愿，高就贸然带着女律师，参加了一次和鞠向东、南楠的聚会。事实证明的确很贸然，南楠一见女律师，言语没有几个回合，就进入了过招的境界。

席间，女律师大谈女人比男人有用，说她家里的体力活都是自己干，男人动嘴行可动手不行。

南楠好心迎合，说："女人天生心细，擅长干活，动手能力强。"

女律师却不领情，反驳说："错！我问你个问题，用'是'和'不是'简单回答即可。人是机器吗？"

南楠不假思索地说："当然不是。"

女律师露出自信的微笑，说："所以说，心灵才能手巧。女人动手之前得先思考，思想先行，只有思想准确到位了，行动才会有效。"

南楠觉得自己掉进女律师的陷阱，这么一觉得，他就没打算好好控制自己，起初的好心迎合瞬间变成了不甘示弱，说："你的意思不就是说动手的女人有智慧有思想嘛，夸自己也太赤裸裸了吧，咱含蓄点行不？"

女律师镇定自若，说："骄傲使人落后，谦虚使人退步。"

南楠猝不及防，几乎防线要崩溃，他没想到女律师接招如此坦然，就说："你这逻辑，无敌啊。"

女律师继续自若，说："好的逻辑是我的职业需要，更何况我从来不走寻常路，何惧逻辑？"

南楠顾不上崩溃了，忍不住要调侃，他跟高就说："你这是从哪淘来的女子，这么噩梦？"

女律师依然自若，接招说："老爸制造，老妈生产。再说了，你的噩梦可能就是别人的美梦。"

南楠不服，说："不管谁生产，那也是男人培养的，因为贵小姐不幸生在一个男权社会。"

女律师又一次露出自信的微笑，说："错！从幼儿园到小学中学，女老师远远多于男老师。"

南楠负隅顽抗，说："男领导比女领导多。"

女律师又笑了，说："男领导家里有老婆，单位有女秘书，谁培养谁？"

南楠语塞。女律师看南楠接不上话茬，就看似好心地接着说："你说的也不完全错，女人的成长绝对离不开男人，比如此时此刻，在你的历练下，我觉得我又成长了。"

南楠彻底语塞。

由于那次短兵相接，对高就的这个律师女朋友，南楠持介意态度，说此女子太强势，喜欢处处占上风，还逻辑败坏，高就要是跟了她，必定苦海无边。

可是高就不介意。

高就反而认为，女律师不同于外企经理大H，尽管同属强势女人，但女律师很讲道理，尽管讲道理的时候逻辑独特，但是带有一点幽默感；尽管幽默感不那么明显，但是心态挺好；尽管心态好得伤人，但是动机尚好；尽管动机不那么友好，但是终归不是坏人……气得南楠跟他嚷嚷，说你的标准就是人不坏啊！

总之，高就不介意，并且高就看对方约会态度积极，对自己似乎也挺满意，就琢磨跟女律师明确一下恋爱关系，结束这么客客气气的、一顿接一顿没完没了的吃饭。如果女律师愿意，也为了更快地了解彼此，他甚至愿意放弃原则，选择同居一段时间，但是必须住在他那里。

他不顾南楠的理性分析以及坚决反对，擅自设计了一个庄重的约会，准备隆重地跟女律师把关系往前推进一步。

可是，那天，乾坤混乱，女律师的表现让他大跌眼镜。

言谈在亲切友好的气氛中进行。可是没多久，女律师就突然问他，说你介意你的女友心里一直装着一个男人吗？高就惊愕了，但不忘赶紧追问，你说的是你吗？高就的问话完全是不假思索，他没想到自己在这个问题上反应如此迅速，难道早有担心？他问完女律师，又问自己。

女律师没有丝毫哼唧，很快就点了头，说就是我。然后女律师不顾高就的尴尬，又说她爱上了一个师兄，可是对方没有接受她的感情，并且已经结婚，但是她就是忘不了他，会在心里永远给他留一块地方。

尽管心里似乎有一丝莫名的担心，但女律师的痛快态度还是把高就惊着了。心想，这现如今的女孩子们，真是面目众多啊，真是够复杂够直白啊，看上去斯文体面、知书达理，甚至单纯可爱，可内心一点也不简单，简直是深不可测、经验丰富。她这是要咋的？这是要揣着心上人跟我谈恋爱啊？是要跟我玩公开的同床异梦啊！

高就备受打击。

带着无比勉强的心情，高就总算把庄重的活动支撑着顺利结束。由于高就掩饰得很好，自己备受打击的状态丝毫没有表露，结束的时候，女律师看上去心情不错，跟他说，下次她带他去一个好地方。

也不知道是高就掩饰得太成功，还是女律师心情实在太愉悦，女律师显然没有洞察到，高就心里已经没有下一次了。

高就抛弃了女律师，但他却感到委屈。他深刻体会到：当你不把人家当自己人时，人家把你当自己人，可当你把人家当自己人的时候，人家不把你当自己人了。他不知道金融女和女律师的先后告败，是不是和没有同居有关，距离到底是产生美，还是产生隔膜。

高就的脑子有点乱。

眼看着高就关于同居的思想趋向凌乱，意志时常薄弱，鞠向东挺身而出，以过来人的身份，三番五次跟他分析同居的益处、害处，供他思考用。

关于同居的好处，鞠向东是这么说的。

同居可以满足生理需要。有一个女人肯和自己长期睡觉，不用再看着街上女人的大腿痴呆地白想，也不用整日去女人家的楼下或者单位门口献殷勤，晚上不用焦虑地辗转而无法入睡；同居可以满足心理需要。精神垃圾有地方肆无忌惮地倾倒，并且没有后果，精神愉悦可以有人分享，不用一个人坐那傻笑；同居可以满足物质需要。意味着男人可以不用买新房、不必养全家，甚至还有人养，不需要太大的经济负担，家用有人分担，运气好还能赚一笔；同居可以满足虚荣心的需要。再也不用看着别人跟女朋友同进同出眼红；同居可以满足情感寄托需要，可以提前轻松享受到婚姻的精华和甜蜜滋味，不用看着电视剧里男主角跟人说我爱你干着急，想说的话家里天天有人等着听；同居意味着另一种自由，相守还不需要更多承诺，等等。

最后，鞠向东语重心长地举例说，比如金融女，这么实力雄厚却很低调又勇于奉献的女孩子不好找，要是你当初果断一点，坚决表示你共同生活的意愿，坚决情愿跟她共同生活，现在她不就是你老婆了？

关于同居的害处，鞠向东是那么说的。

同居后男人不仅被女人套牢了，还得忍受同居以后带来的一系列变化，甚至包括给女人购买女性用品如卫生巾等，还得每月交纳房租，存储买新房子买大房子的钱。以前的风花雪月转到了柴米油盐，爱情不浪漫了，生活变繁琐了。每天起早贪黑地上班，之后还要拖着疲惫的身子回来拖地板、洗衣服、做饭做菜，还要承受女人每天唠叨，诸如买房子、买车子、结婚、晋升、发财、别人的男人如何如何云云，还得阿谀和奉承女人的父母家人。最要命的是有女人会每天盯着你，让你不敢对别的女人表示任何一点的好感，自己的一举一动已经被严格监控，手机可能被检查、电话可能被偷听，想出去和人家吃晚饭都要打报告，至于异性约会？门缝都没有！平时女人还总是用电话遥控你，一天几个或十几个电话，都打得理直气壮的，特别是到了你的下班时分。你的耳边会很不清净，因为女人会时不时提醒你，说为了你人家付出了青春、贞操和美丽。女人还会提醒你，说她的第一个男人是你，或者说，虽然她的第一个男人不是你，可是你也没少占便宜。同居之后面临的一个最大难题就是分手。最严重的问题是怀孕。

最后，鞠向东也语重心长地举例，说，比如女律师，这么矫情的女人，善于玩逻辑更善于搞乱逻辑，你要是当初没扛住，把人领回家去，着急忙慌跟人共同生活了，现在她就是你的噩梦。

鞠向东分析的时候，高就脑子里一直有外企经理大H的影子，他在一一对照，他认为，鞠向东分析的都对。他问鞠向东，鞠大主编，那我是该同居呢还是不该？鞠向东说，同居是把双刃剑，它有可能伤害自己，也有可能成全自己。高就没有得到答案，又问了一遍，那我到底该不该同居呢？鞠向东只好换一个说法，说该不该同居你看人啊！你的问题就出在不懂得因人而异。高就还是有点懵，又问道，那总的来说呢？鞠向东耐心地说，总的来说有利有弊。高就没耐心了，说还是因人而异啊，你这跟没说一样啊。鞠向东继续耐心地说，利弊都给你分析了，要看你在乎那一头嘛。

高就从语气上判断，鞠向东说害处的时候表情苦不堪言。从篇幅上判断，鞠向东说同居的害处大大多于好处。于是，高就决定不反悔不后悔，按自己以往决定办，不同居。

遭遇女律师，遭遇金融女，高就关于不同居的思路，差点被打乱。高就有点后怕。

7. 鞠向东的念想

鞠向东的念想，或者说是生活目标，到底是什么？有时候鞠向东自己也很糊涂，或者说是难为情。难为情是因为此目标时而清晰时而糊涂，清晰和糊涂还都是阶段性的，和他的境遇关系密切。

不管怎么糊涂，这个念想基本分为两大方面他还是确定的，那就是关于事业和生活。

曾经，鞠向东一度觉得自己有可能要升副总编辑了，可是，上级突然给杂志社空降了一个。这个空降的副总编辑，居然和他同岁，也就是说，人家要是不打算中途离开，他的角色和任务就是陪人家到退休。这让他觉得自己彻底没希望了，他的副总编辑梦想被一个空降兵瞬间破灭。

还曾经有一次，一家效益不错的民营传媒公司，了解到他的媒体资深资历，跟他主动接触，希望他考虑一下一个总监的职位，他却临阵产生脱逃念头。因为他听说，那家传媒公司虽然挺挣钱，但那个钱相当不好挣，他要是去了，就没有现在晃晃悠悠的好日子了，他得给人家卖大力气，才能实现腰包的鼓囊。这让他想起股市里的一句话，股市有风险，入市需谨慎。他明白，有多大效益，就会有多大的风险。最终，效益和风险并存的事实，让他却了步。人家跟他谈话的时候，他不好意思明说，就跟人家嘟嘟囔囔，看上去就是言语不详，态度不明。

那段时间，实际上他的确处在一个高度纠结状态，又想挣大钱，又怕担风险；又想当主管，又怕担责任。他的纠结最终导致人家也对他失去了兴趣。机会就这样擦着肩膀过去了。

如此一来二去，鞠向东深深感到，想做官想攀升，他目前的形势就是，纵向有难度，横向有风险。别无选择，他只好接受原地踏步的状态。至此，关于做官掌权的念想，在鞠向东的脑子里，就变得越来越渺茫。

太太不想渺茫，并且对渺茫有看法。太太知道有单位主动示爱后严厉地埋怨他，说他口口声声一直在等机会，可机会来了却不敢抓，根本就是没能力没本事没魄力没自信，让他少啰唆赶紧去抓机会，还说一个男人没担当没风险哪来的好前途好日子，她愿意陪着他经受风险云云。太太还说，天上不会掉馅饼，如果他不谋求发展，就眼下他这几千块钱工资，这辈子，她和儿子就别指望住大房子，更别指望其他的了。

太太这么埋怨，鞠向东很无语，太太的其他指望更让他无语。因为这涉及他的第二个念想——过好日子。鞠向东的这个好日子，原本还属于老百姓的那种好日子，无非是房子再宽敞一些，存款再多一些，花钱可以放松一些，等等。可是后来，受到小 M 的严重影响，好日子的标准发生了重大变化，已经不是那种仅仅有尊严的好日子，而是那种相当有尊严的高品质的好日子。

鞠向东住的房子，是单位早些时候的福利分房，70 多平米，还是 80 年代初的老房子。儿子上了中学，已经 14 岁，并且长得人高马大，那个六七平米的小房间，实在住得很憋闷。家里没面积，的确是很不方便，老家一来人，只好在外面安排住旅店。问题是，老家时不时就来人，住店费也是一笔不小的开支。

开支，当然是人民那币。

鞠向东做梦都想过好日子，舒舒服服住大房子，潇潇洒洒开好车，眼不眨地穿名牌，他还想让儿子出国深造。可是，这一切的念想，靠他那几千块人民币是不可能实现的。坊间都传说，当记者的可以赚有偿新闻的钱，就是说收入不止一个颜色，可以有一种灰色的。这传说他不爱听，哪有那么容易！个人收人钱财，是要冒很大风险的，再说，即使你想伸手，还得有人往你手上递呢！就他那一个三流小杂志，也得有人看得上才行。就算偶尔得些发布会的车马费，他一当主编的，还能跟人家小记者去抢？

外快这话，他也就糊弄一下太太，在太太那里赚一点可以挣钱的印象分。外财，对鞠向东来说，那个即使有，也是小打小闹，杯水车薪的，根本满足不了他有关好日子的念想。

感谢命运，因为命运让他认识了女地产商小M，并且，命运还让小M迷上了他。他想起了太太经常说的那句话，觉得天上真给他掉下了馅饼，觉得老天挺开眼，不忍心让他这么一表人才的男人，既没官当，还没钱花。

其实老天对他不薄，爹妈给了鞠向东一副好皮囊，就是足够英俊。鞠向东的脸，基本符合中国男人帅的标准：高鼻梁，中等国字脸，一头浓密的黑发，一双略微欧式的眼睛，还有一下巴的络腮胡子。要不然，小M也不会瞄上他。

第一次见面，小M就说他像韩国大明星朴西建。当时他不认识这个朴西建，被小M夸得有点云雾，后来，他回到办公室上网一查看，再对着小镜子左照右照，发现是挺像，当即心里就涌上来一股子自信的力量，也突然觉得，男人的脸，也很重要。

认识小M没几天，很快，小M就让鞠向东真实地感受到了什么是好日子。可以说，是女地产商小M，给了鞠向东一个好日子样本，之前，都只在脑海里，他都在想象。

自从和小M依偎，鞠向东的衣着档次就呈直线上升趋势，从内衣内裤，到外衣皮鞋，都是高档货色。有一次，小M非要拉他逛商场，那一次，鞠向东算是见识了什么是有钱，见识了小M花钱的豪迈。

那一次，小M几乎把鞠向东武装到了牙齿。价值300多的内裤，一口气就给鞠向东买了10条；一件标价两万八的羊绒外衣，鞠向东刚一上身，小M就绿了眼，立即就对销售小姐说，开单吧，还说他简直就是衣服架子，不穿名牌都对不起自己，弄得销售小姐在一旁直羡慕，说你太太对你真好啊。当时小M听了，脸上立即绽放出幸福的花朵，鞠向东听了，居然也跟着绽放了一下。

挑挑拣拣，马不停蹄地出没于一个个试衣间，鞠向东心花怒放。心花怒放的鞠向东，一直没忘了跟小M推辞，说怎么能让一个女人给男人花钱，但人家小M嗔怒地瞪了他一眼，说，挣钱就是花的，再说给喜欢的人花钱那是享受。说到这儿，小M还故意扭捏着身子，做出一副小女人状，说，求求你啦，给我这个享受的机会吧。

小M这么说，鞠向东有点感激，觉得这个女人真是太善解人意了，没让他太丢男人的面子。

那一次，鞠向东悄悄地粗算了下，小 M 给他花了三四万不止。

小 M 的善解人意，一次次地让鞠向东大为感动。他惊讶，小 M 简直就是他肚子里的蛔虫，每当在他脑子里刚有想法的时候，她就像是看见了他的思想，就能顺着他的念头，帮他完成他的想法。

有一次，他正驾着小 M 的车带着小 M 无目的地行驶在二环路上，一个高档会所从眼前闪过，当时，他脑子里突然想，这些会所里都是些什么服务呢？都是些什么人进出？能进去看看就好了。他正想着，只见小 M 突然手一指，让他把车拐进一条岔路，他一路顺着小 M 的指引左拐右拐，心里还想，不会真的带他去会所吧？果然，小 M 直接把他带到了一家私人会所。

小 M 似乎完全洞察了他对会所的好奇心。为了满足他的好奇心，那段时间，小 M 带着他，几乎躺遍了京城大小会所的按摩床，吃遍了各个会所的各种档次的自助餐，让他享受了各种各样的会所服务。

小 M 把他架上去，不知不觉，他自己已经下不来了。没有小 M 买单的时候，他也眼光变高、手脚变大，晕乎间以为自己是有钱人。当然，这是个错觉，这个错觉害人不浅。

有一次，他在家里那个狭窄的卫生间刮胡子，刮着刮着突然冒火气，就跟太太发脾气，说家里的剃须泡早该扔了，品质太次。太太反驳他，说就你那老百姓的胡子，用香皂剃就行了，还想要剃须泡，还想要高级的，买高级的也是浪费。

太太的话很噎人，鞠向东几次欲言，想说自己的胡子在别的女人眼里是美髯公的毛，但他还是努力止住了。原因有二，一是担心自己说漏了嘴。小 M 送给他的剃须泡，还在办公室里，他一直没敢拿回家来，因为是个法国大品牌，据说很贵。如果这个话题深入下去，难免把自己的消费水准暴露了；二是不想招惹太太跟自己说话。

自从认识小 M，他就懒得跟太太多说话，有时候在一起几天时间，他跟太太的言语，甚至就用了“嗯”、“好”、“行”几个单词。关系很淡并且越来越冷，甚至“冷”得有点暴力。太太无数次地跟他嚷嚷，说鞠向东你连个摆设都不如，摆设还不会气人。鞠向东这个做丈夫的，几个月不进老婆的被窝，老婆进去了还往外推，理论上简直不是个东西。

面对鞠向东突然的高档，太太也曾经质疑，说你怎么尽给自己添好东西，有外快也不给我们娘俩买？他就理直气壮地跟太太说，都是采访对象送的，难道还能叫人家给你们也送？有时候，为了不引起太太过多注意，鞠向东故意埋怨人家给他送的是水货，样子好看不值钱；或者，故意装作不知道皮鞋的价格品牌，说穿着不舒服，不会是什么好东西。每逢此时，太太就一副早知道的样子，说你以为你是谁，谁会给你一个破主编送真货。他就暗自窃笑，觉得太太的自以为是很蠢很可笑。自己像个老牌特务，潜伏很深。

太太之所以一直相信他说的这些理由，主要是他太太坚信，没有人会给一个破杂志的小主编送贵重礼物。

直到她看到了另一个女人的蛛丝马迹。

自从和鞠向东开始约会，仅仅 3 个月后，小 M 做出了一件叫鞠向东非常目瞪口呆，然而也非常心花怒放的事情。

小 M 买了一套新房子。

鞠向东没想到，小 M 居然把他的生活品质构架得那么高，居然为了他出手如此地豪迈，这简直令鞠向东佩服不已，也感动不已。当然，鞠向东也非常明白，小 M 买房子，有很大一部分原因，是为了他们的约会，这一点，小 M 毫不掩饰。她说她已经不喜欢酒店了，虽然很刺激，但是显得太像偷情，她希望有一个真正属于他们自己的家。约会的时候小 M 经常这么说，每次鞠向东都没办法接腔，他以为小 M 是给他暗示，希望他来解决这个问题，他当然没办法解决，就只好假装没听见。

其实，鞠向东何尝愿意去酒店。每次登记房间，他都不敢抬眼看人家前台小姐，尤其是小 M 出手交押金，更叫他脸上挂不住。看上去，女人付账，似乎更像是夫妻，可鞠向东是做贼心虚，站在一边难免浑身不自在。有一次，他抢着付款，弄得前台小姐看他的眼神怪怪的，他立即明白，抢，会显得更加可疑——一男一女开房间，抢着付款？显然不是两口子啊，就连情人都不像。这么一想，他深为自己的行为懊悔，就赶紧转个方向，像一个耍赖的丈夫，昂着脑袋踱到一边去了。

鞠向东没想到，小 M 总是说不愿意去酒店，人家并不是暗示他什么，人家是在告诉他，人家自己已经有所计划。鞠向东怪自己小心眼，以己度人家了。

小 M 买的房子，离他俩住处都很近，是一个约会很方便的公寓。房子是精装修，只需要添置一些必备的家具，就可以拎包入住了。

那段日子，鞠向东有点不知道自己到底是谁。

每天一到下班，或者就干脆早早从单位溜号，小 M 的司机把车开到杂志社接上他，司机就离开了。鞠向东开车带着小 M，他们一起去家具城，完全就像一对无比幸福的夫妻，甜蜜地穿梭在那些无与伦比的高档家具之间，只要鞠向东看上的，小 M 都会毫不犹豫地签单。

有一套德国出品的大书柜，鞠向东一眼就看上了，再问价格，鞠向东不言语了，他觉得贵得离谱，至少远离了他的家具谱。他正要走开，小 M 在身边说话了："喜欢？喜欢就买呗！你别总问价格好不好？你这样的文化人，才配有这样的书柜呢。点头嘛，快点头嘛。"

小 M 说得娇嗔，说得恳切，言语中，还充满了对鞠向东的文化崇拜。人家买单的人，把话说到这份上，倒像是求你似的，无论是一旁听音的卖家，还是鞠向东自己，都听得满心欢喜。说到做人会说话，这人前人后，人家小 M 都做得相当漂亮。鞠向东满心的热爱和满足，简直无法用言语表达。

那一刻，鞠向东都有了一种冲动，恨不得马上把可爱的小 M，按倒在家具城里任何一张大床上，不单是为了自己的欲望，更多的是好好满足一下小 M，算是犒劳。

之所以说是犒劳，原因在于小 M 在那方面欲望强烈，鞠向东是深有领教。每次约会，她都把性事当成头等大事，总说让他好好犒劳一下她，完全颠覆了这件事情的传统意义。对这种无所顾忌的粗野口头语，鞠向东一向表现尴尬，不知道应该勇往直前地当使命完成，还是当玩笑话。不管他当什么完成，有一点他看得很清楚，在床上，小 M 完全不顾忌他的能力以及感受，一门心思独自享用。

但是，在小 M 撒娇给他买书柜的那一刻，鞠向东真的想到了犒劳这件事，并且找到了回报小 M 的最有力的东西。

那些日子，因为房子，他们过得相当恩爱。北京城有名的高档家具城，都留下了他们幸福的脚步；中外知名的品牌家具们，都目睹了他们的甜蜜。鞠向东过得那是相当恍惚，每天脚底下都踩着棉花，精神幸福得忽悠忽悠的，几乎忘记了晚上还要就寝的那个 70 多平米的家。

事情到了这个份上，鞠向东的念想，可以说得到了前所未有的满足。

“除了那一样。”

私下里，鞠向东会偷偷地这么想。每当这么想，他就忍不住要谴责自己的贪心。但人的贪心总是那么的不可抑制，这叫他一次次谴责失败，“那一样”总是时不时浮出脑海折磨他。

在鞠向东的心里，还藏着一样东西，是他念想已久而不得的一样东西，他以为，这是每一个男人的正常向往，他曾经以为小 M 会首先想到，可小 M 一直顾着左右，单单忘记了那一样，这叫他的胃口始终张开，却一直就那么暗暗被吊着，多少有些遗憾。

鞠向东不知道，他的“那一样”念想，小 M 早已经完全洞察。

8. 南禾源的精神绑架

南禾源的精神绑架，发生在这个夏天。属于爱情。

离开北京，南禾源自己很清楚，和女医生的相见，将几乎变成了不可能发生的事情，他和女医生，就像地球人和火星人，如果火星人不想见地球人，地球人将永远没有机会。当初，他是因为心动，更是因为心动而不能动，还因为动心也白动，才最终选择了离开。他只是很想到一个可以独自发呆的地方，好好清理一下自己的感情，至少，可以一个人静静地思念。

实际上，女医生的再一次消失，不仅没有忘却，反而在南禾源的内心埋下了思念的种子。

他没有想到，自己脱口而出的那一句话，把女医生推得那么远。“我和我爱人过得挺幸福……”再想起自己说过的这句话，他觉得脸颊一阵发热，分不清是羞臊还是惭愧，自己也想不通当时为什么会说出来，难道真是怕自己爱上她，或者她爱上自己？

细细想来，他似乎能够理解女医生的消失。和女医生多年的来来去去，他能够感知得到，女医生自尊心很强，那句话，一定触动了她的某种敏感神经。后来的几年间，他无数次地暗自祈祷，希望自己不要伤到女医生，即使她永远不想见到他，也不要让她的情感生活，因为他而受到丝毫伤害。

但是南禾源更没有想到，就那一句话，那一次离别，就又是四五年的光阴。他们同在一个城市，甚至同在一个区域，近得似乎听得见彼此的呼吸，可他们却一直互不相闻。咫尺天涯的距离，似是而非的隔膜，反而让南禾源无法终止自己的惦念。这一回，他清楚地知道，时间已经告诉他，自己真的动心了。

动心的南禾源无奈选择了远离。

既然近在咫尺却不能相见，与其煎熬闻得见的思念，不如忍受难相望的远离，但求一份单纯的思念。远离的南禾源更加感到，这一次，他人走远了，可心离她更近了，他远离了人却并没有远离一份牵挂，反而思念更深。

独自思念的时候，南禾源会有瞬间的幻觉，耳朵边会响起他们曾经的对话："你会笑话我吗？我像个问题女人。""你在我眼里，是个完美的女人。""哪有这么多问题的完美女人。""其实，你的问题，你自己都处理得很好，你有这个能力，只不过你需要倾诉一下过程，我没帮你什么忙。"

……在回味中，他也一次又一次地确认，自己对她的思念，完全不可遏制，根本无法消除。

一个人在异地，南禾源很忙，可以说是从早晨睁眼忙到晚上闭眼。但是，夜深人静或者入睡之前，女医生就会出现在他的思想里，他越来越清晰地回忆起他们之间的对话，越来越多地想起她。

但是有一点很奇怪，每当他回味他们的对话，他却怎么也想不起她的模样。

他原以为，她的模样会像刀刻一样刻在他的脑子里，然后随时清晰地出现在他的眼前，可是没有，她的样子居然越来越模糊，有几次，甚至完全想不起来了，只变成了一个虚幻的轮廓。他没有她的照片，只有记忆，如果记忆都没了，那就什么都没了。本来还有回忆，回忆还有甜美，可回忆里如果没有了她的面容，回忆将变得空洞而失去意义，甜美也将被痛苦所代替。

南禾源害怕了。

冥冥之中，南禾源似乎感觉到了一个警醒，提醒他要做点什么，否则的话，女医生真的会永远从他的生活里消失，他们真的要以星球相隔。

有一刻，他居然想起了儿子南楠经常挂在嘴边的一句话："当你不推进一件事情的时候，就意味着这件事情的终结。"他觉得儿子说得挺有道理。一想到"失去"这个字眼，南禾源的心脏，不由得揪动了一下，出现了些许的、隐隐的疼痛。他百般挣扎，几番纠结。

几年前的那个情形再次出现，既紧张又兴奋的南禾源，鼓起勇气拿起了电话。

“小金吗……你好啊……”

“哈哈，我现在在海江啊，工作作了调整，哈哈，服从组织安排。走的时候啊千头万绪的，忙忙叨叨的，也没来得及给老朋友们通报，哈哈……”

“你工作一定都很好吧？哈哈，金医生是业务尖子，肯定又上一层楼了，哈哈……最近又有大作吗？专著出版了？哈哈好啊好啊，真为你高兴啊小金！”

……南禾源的手心出了汗。

这完全不是他想要的氛围。

南禾源有点痛恨自己。不知道怎么回事，自己一开口，怎么就把气氛弄得远离了初衷，明明心里装满了想念，填满了情愫，有一肚子话想要倾诉，并且还想用那种温柔的语气，充满怀念的情感说出来，结果，却变成了一种带着官腔的场面话，成了语焉不详的啰唆，变成了他一个人一通哈哈哈哈的独角戏。

女医生像是很意外，多数时候，都用“是吗”“哦”“好啊”等等简单得不能再简单的词回应他，他无法判断她的真实心情，完全判断不出是客气还是热情，更无法判断出有没有什么特殊的感情，他只能一边哈哈着找机会，一边使劲地猜想：是不是突然接到他的电话，让她感到很意外，有点不知所措也很正常，至少她没有冷淡他，不仅没有冷淡他，还告诉他自己出版了新作，这就足以说明，她没有忘记他，并且还愿意跟他汇报。

南禾源想起了他们的曾经。

那时候，她总会用这样略带调侃的开头语跟他说，“跟你老人家汇报一下”，当时，在南禾源看来，那是一向矜持的她，面对他的一种撒娇方式。结束聊天的时候，她还会略显调皮和娇嗔地说一句“汇报完毕”。

尽管如此，南禾源还是不得不承认，这一次女医生的矜持，有些格外，这不禁让他的慌乱也显得有些格外。

“你的新书要送我一本啊。”他再一次重复了这句话。

“嗯。”她很简单地回应。

“有机会，把你的书都送我行吗？我要收藏。”他夸张地说。

“哪有那么多，哪谈得上收藏啊，也就两本。”她很客气地说。

"这是我的新电话……欢迎你到海江来啊……祝你一切都好啊……"女医生的客气，阻碍了南禾源的继续，南禾源很不情愿地、手足无措地、语无伦次地、不知所云地……结束了通话。

放下电话，南禾源闭上了眼睛，他深深吸进了一口气，又慢慢地呼出去，祈望眼前再现那个已经模糊的脸，但是，没能如愿。女医生的声音依然轻柔，但是她的面庞，只剩下了一个轮廓，他甚至使劲闭了闭眼睛，希望能够清晰起来，可是不能。

南禾源猛然睁开了眼睛，一个念头出现在他的脑子里，并且越来越坚定：他要和她见面。

他不知道她目前的情况是怎样的，生活得是不是幸福开心，还是不是把他当朋友，是不是依然那么信任他，但是无论她目前的境遇怎样，他都要见她一面，只有见面，这一切的疑问才有可能得到答案。

他跟自己说，他不想被她忘记。

南禾源如愿以偿。时隔数年，他终于见到了她。

为了这次见面，南禾源用了一种近乎绑架的方式，一种远距离的绑架，遥控的绑架。绑架很成功，他终于和女医生面对面坐在了一起。

自从那次让他手心冒汗的电话之后，南禾源暗自作了个决定。

南禾源每次回到北京，一下飞机就给她打一个电话，说自己只在北京待一天，开完会就直接到机场，没什么事情，就是问候一下。有时候是准备登机，他拨通电话，只是跟她说，我开完会了，正要离开北京去海江，你多保重之类。有时候，在去机场的路上，他也会拨通电话，说我又要出发了……

渐渐地，有那么几次之后，女医生已经习惯了他来自北京机场的问候。有时候，电话通了，他还没说话，她就会问，是在机场吗？

机场问候，有一种营造功能，它可以营造出一种离别和相聚的情绪来，没来由地，就让人有了莫名的伤感，或者莫名的期待，不是送别就是相聚，你好像必须选择其一。无论是送别还是相聚，都显得很有情感，让你不得不充满情愫地做这件事情。

南禾源不缺这种情愫，他希望女医生心里的情愫，会由此被产生。很显然，女医生已经受到牵引，甚至不只是牵引，她已经被他的机场问候，深深绑架了。

离开北京的第三个夏天，也就是机场通话整整持续了一年半之后，南禾源觉得时机成熟。更何况，他对女医生的惦念，已经到了再也不想克制的地步，他不能满足于给她打电话，不能忍受一次又一次说告别的话，不能忍受天涯咫尺，以及咫尺天涯。当然，他也从女医生的态度中断定，他也在她的惦念中。

南禾源一刻也不想耽误，在他的坚持下，他们约好了见面，女医生，终于被机场来电营造的伤感和期待所左右，温柔地说了句："好吧。"

他们终于见面了。

"你一点也没变。"女医生轻轻地说。

"什么？"南禾源像是没听清，轻轻地问。

"我说你没变。"女医生不由地加重了声调、语气，也似乎闪过一丝从前有过的嗔怒。

"什么？"南禾源又反问了一遍，人痴痴的，恍惚如梦游。

南禾源声音温柔，眼神更加温柔，甚至充满了浓情蜜意。他虽然目不转睛地看着女医生，却感到自己目光迷离，人就像灵魂出窍，不相信眼前情景是真实的，嘴里接的那一句，也显得答非所问。他也不知道自己的"什么"是什么意思，是想知道女医生说他哪里没变呢，还是没听清女医生的回答。他脑子里涌入了太多的话，实在不知道从哪一句先开始，就只好傻乎乎地"什么"着，算是回应。

"讲道理啊。"女医生似乎很快恢复了知觉，是那种当年的知觉，语气变得轻快，很快接了一句。

说这话的时候，女医生的神情有点调皮。这个神情南禾源很熟悉，他已经很久没有看到了，过去，他每次开导她，她都总结说："你太会讲道理了。"

"哈哈哈哈……"略显紧张的南禾源，及时抓住了女医生的状态，迅速发出了一阵爽朗的笑声。那一刻，南禾源心里充满了感激，女医生的打趣，瞬间让他找到了当年的感觉，也把他从一种失态的恍惚中，及时拉了回来。

女医生的调皮，让南禾源看到了曙光，他可以肯定，分别多年，在女医生的记忆里，依然珍藏着有关他的记忆。南禾源没有使用"保留"这个词，他坚定地使用了“珍藏”。那一刻，南禾源的心情真的很好。

分别多年，彼此隔膜，然后重逢，就有了这样一个很好的开始，这让南禾源对他们的未来，有了某种说不清楚的期待。

那顿饭，他们吃了很长时间。

吃饭的时候，女医生话很少，慢慢地对付着眼前的食物。南禾源一个人自顾自地跟女医生说话：“我现在是空中飞人，隔几天就会回北京一趟，很多事需要跑部委……从机关到企业，不怕你笑话，我是边学边干呢……这次没安排好，都怪我，你说要离你近一点，我不太了解你家附近的饭店，这地方有些嘈杂，我们下次，下次听我来安排，好吗……”南禾源说话的时候，一直温柔地看着女医生，看得女医生露出了羞涩的神情，几次眼睛不得不躲闪开来，好像怕被他的目光灼到。那躲闪，被南禾源及时地捕捉到了，他心里温柔地笑了下，觉得她很可爱。

随后的对话，在南禾源的努力下，总算扭转了独角戏的状况，他和女医生终于有了互动。

“我是白加黑，5 加 2。”南禾源抛出一个悬念，果然，女医生接了。

“什么意思呢？”

“白天加晚上，5 个工作日加 2 个休息日。”南禾源说。

“不要这么工作，会累坏身体的。”女医生停下了进食，表情关切地说。

“没办法，事情太多，我的命是不是很惨？”南禾源故意无奈地问。

“那你的手下岂不更惨？”女医生也故意无奈地答。

“是啊，我们集团各部门都这样，几乎天天加班。”

“什么单位啊，这么不人性。”

“是。”

“你在那里是光棍，人家没家啊。”

“是”

“你没有家务做，别人可是拖家带口的。”

“是。”

“你不需要休闲娱乐，别人也不需要吗？”

“是。”

南禾源的一连串“是”，把女医生逗乐了。女医生冲他嗔怒地瞪眼，他冲女医生温柔地耸了下鼻头。

饭后，一起走出饭店，南禾源用商量的语气跟女医生说：“我们找个地方喝茶好吗？好好聊聊。”女医生还没有说话，南禾源就轻轻揽着她的腰肢，把她推进了他的车里，有点不由分说。

这样的饭，他们又吃了几次。

终于有一次，他们面对面用餐时，南禾源跟对面的女医生说，我可以坐你边上吗？女医生脸上出现一丝羞涩，然后嗔怒地说，不嫌挤啊。说着话，她已经把身边椅子上的提包拿开，南禾源赶紧伸过手把提包接过来，放在自己将要离开的椅子上，起身转过桌子，坐在了女医生的身边。

“我想给你夹菜，坐对面不方便……”南禾源一边往女医生小碗里夹菜，一边解释。

“你那么长的胳膊，怎么会够不着……”女医生轻松地打趣他。

“看你吃得这么香，真高兴……”南禾源已经把女医生眼前的小碗，填得满满的。

“你再加我就不吃了……”女医生故意发怒说。

“好了好了，不生气不生气，我不加了我不加了，你得都吃掉啊……”南禾源像是哄一个小孩子，言语无比地和气。

不夹菜了，南禾源放下了筷子，好像不知道该干什么了。稍后，南禾源放下筷子的右手，犹豫不决地从桌面上离开，然后慢慢地从桌面上消失了。

就在南禾源的右手从桌面上消失几秒钟后，突然地，南禾源耿直了脖子，眼睛直瞪瞪地看着前方不动弹，身子也绷直了。女医生埋头吞咽的头，也像是被噎住，一下子顿住了。

南禾源，紧紧攥住了女医生的手。

南禾源的右手，把女医生的左手，紧紧地攥在手心里。有几秒钟的时间，他们都没有动。然后，他的右手心感到了些许的挣扎，女医生想把手抽出去，南禾源赶紧使了把劲，把女医生的手抓紧。随后，他的手又往女医生的方向伸了伸，干脆把女医生的手，连带手腕整个握在了他的大手里，任女医生往外挣扎，他就是死死地不再松手，心里有种豁出去的冲动。

“疼……”女医生嘤嘤地说，眼睛望向周遭，没有看他。

“哦，哦……”闻言，南禾源赶紧松了女医生的左手，然后又伸出两只手，一起再抓住，两只手来来回回的，把女医生的左手轻轻揉摸了几下，嘴里说着对不起，问还疼不疼。女医生一直没有说话，皱着眉头，颔首咬着嘴唇。

但是南禾源暗自欣喜，他发现，他抚摸她的手时，她没有抽回去的意思，那手一直乖乖放在他的大手中，微微抖动着。南禾源还发现，在肌肤相触的那一刻，他的心居然狂跳不止，他觉得自己像个 18 岁的青春少年，激动、高兴、慌张……这诸多的杂乱情绪，已经陌生了很多年，突然一拥而上，还真让他感到新鲜刺激。他还发现，自己沉寂已久的宝贝，不听话地狂躁起来，并且把他的裆部，没羞没臊地高高顶了起来。

南禾源觉得难为情，又觉得快乐无比：她让他回到了 18 岁，回到了小鹿乱撞的年龄。这种感觉，他不知道已经离去多久远了。

南禾源把女医生的手，一直握在手里，一会儿小心翼翼地，尽可能轻柔地抚摸着，一会儿又使劲攥一下，好像生怕自己不留神，小手从他手中出溜走。

女医生的手很小，是很纤细的那种骨架，是一双非常适合拿着手术刀，在人们眼部做手术的小手，这样一双小手，让南禾源的手心，感到非常熨帖。

那天，分手的时候，南禾源深情地望着女医生，他对女医生说，她就像一只小鸟，温柔依人的小鸟，是他的小鸟，他愿意做她的大鸟，愿意一辈子用自己的翅膀护着她。他说从当年看到她第一眼，他就被她击倒了，他想照顾她、对她好、给她当英雄，英雄就是要救自己的“美”的，她就是他的“美”。他说谢谢她，她让他变成一个幸福的男人，他说他是世界上最幸福的男人。

那天，南禾源一直絮絮叨叨，女医生一直很羞涩。

牵手之后，女医生就成了“小鸟”。

9. 高就曾经的婚姻

高就曾经的婚姻，让他无比地纠结。

看上去，他和前妻很般配。男人五官标准，还略显英武，身板直挺，帅气十足；女人眉眼精致，个性温婉，身材适中。两个人走出去，会让人联想到金童玉女这个词。最主要的，是高就总是一副贴心的呵护状。

一个场景，经常性地出现在他和前妻外出时：一个秀丽的女人自顾自地走着，身边那个男人，手臂一定是放在她的腰间，脚底下一阵紧一阵松地随着，有车经过，或者有莽撞的人，男人的手，一定是以最快的反应赶紧护着女人，以躲过可能的任何危险。此时的女人，脸上洋溢着的，一定是习以为常的温婉神情。

那时的高就，由衷地疼着自己的妻子，由衷地爱着自己的婚姻。妻子是自己的初恋，是自己的第一个女人，他所有关于女人的体验，都是这个女人给他的，他没有比较，没有辨别，他觉得她就是最好的。无论她怎样反应，他没有任何抱怨，他全心全意付出感情和劳动。他的全心全意，使得他就像一个榜样，自觉地给周遭的年轻夫妻，示范着一个好婚姻好男人的样板。

可是没用。

高就铆足了劲的努力，就像拳头打在了棉花上，在妻子那里几乎毫无反应。或者说，妻子对他的种种优秀表现，对他一系列细致入微的关怀，反应相当一般，甚至是冷漠。

比如洗脚。一般家庭里，如果丈夫每天给妻子脚下端来一盆热水，那妻子即使要假装姿态，也会或多或少表示一下自己的满意。在端洗脚水方面，高就可以说是数千日如一日，可是妻子的反应，也是数千日如一日，就是个淡然。他使劲看也没看出妻子心中有无大悦。

不过，那时候，妻子愉悦不愉悦，高就还真不计较，他就是愿意这么做，他坚信洗脚不是一件坏事情，并且，是一件对健康有益的事情，妻子不拒绝，那就是愿意，有没有表示满意，那不重要。

给妻子洗脚的事情，高就坚持得很好。他对自己很满意。

可是有一次，高就一如既往，端了一盆热水放在妻子的脚下，示意妻子泡脚，妻子像是没看见那盆水，也没看见他的示意，眼睛直勾勾地盯着电视，目不转睛。见状，高就一如既往展示了一个宽容的微笑，然后蹲下，拿起妻子的一只脚，轻轻脱下袜子，把脚放进水盆里……就在他将要揉搓那只脚的时候，那只脚动了，是那种突然的发力，向盆外一甩，高就猝不及防，被撒了一脸水。由于下意识地向后躲闪，他一屁股坐在了地上，更由于水流出了盆外，高就的屁股立刻湿了一大片。

“你干什么！”高就恼怒的声音响彻客厅。

高就的声音，在他自己看来，很是粗狂了些，是一种让他自己都感到陌生的声调，和他以往的声音完全不一样。这样的声音一经发出，高就立刻就能想象到，在妻子看来，也一定是粗狂的了，也和以往不一样。

平心而论，对妻子说话，高就使用最多的腔调，大都是征询商量式的，比如“你看好吗”“你看行吗”诸如此类，或者是宽慰性的，比如“要不先这样吧”“那么试一试再说”等等，声调从来都是和和气气的。

那个粗狂的话音还没落地，高就就后悔了，恨不得把那个声音塞回自己的嗓子眼。高就不是后悔那声音吓着妻子，因为妻子的平静他极为清楚，此时的妻子，果然也没有出乎他的所料，平静如水。高就担心的是，妻子洞察了他的蓄谋。

尽管的确是突发事件，尽管的确是脱口而出，但是高就心里很清楚，这一幕，自己是蓄谋已久。

不知道从什么时候开始，高就心里对自己的婚姻生活有了不满，有了很多的委屈。他原以为，疼爱自己的妻子，应该是无条件的，应该任劳又任怨，可是时间久了他发现，不是这么回事，他可以任劳任怨，但是不可以没有爱的回报。

高就认为，自己对妻子的爱，没有从妻子那里得到回报。

高就并不要求同等的回报，他只希望在他倾尽全力给妻子关怀的时候，妻子能给他一些柔情。一个爱意的眼神，一个亲昵的动作，哪怕是一些给他增加劳累的耍赖之举，他都非常知足。可是，高就等了很久，他认为没有等到，最可怕的是，他觉得自己的这个愿望，很可能遥遥无期。

心里蓄积了太多的委屈，高就决定反抗。反抗的目的，是想激起一场争吵。

结婚几年，高就的婚姻生活，在外人看来是令人艳羡的，从不见小两口大声争执，一般夫妻的拌嘴口角，红脸翻脸，在他们身上根本看不到。鞋子合不合适脚知道，高就知道，他们的婚姻没有看上去那么平静和谐，有时候，他甚至羡慕别人家发出的争吵声，希望这样的互动能在自己家里发生一回。

妻子是个特别的女人，或者说，是个奇怪的女人。身为一个已婚女性，她从来不跟自己的丈夫纠缠，这在高就看来，是非常不一般的行为。高就身边的夫妻，包括他的父母，女主人都絮絮叨叨的，不是动不动跟丈夫抱怨，就是动不动跟丈夫起急，吃醋、盘问、撒泼、任性，不都是老婆们喜欢干的吗？

从这一点上说，自己的妻子不像个老婆，她从来不吃醋，也不刨根问底地盘查，更是从来不跟他起急，或者猝不及防地使点性子，这种事情绝对见不着。即便是出现意见不合，她皱皱眉头一副随他去的样子。高就那时以为，这是因为妻子明事理，知道他是无条件地呵护她，他做的事情不管她喜不喜欢，结果都是为了她好的，所以，妻子的无所谓，实际上是对他的一种理解，他不应该不知好歹。

妻子不多事，应该高兴，哪个男人不希望有个大度宽容个性温婉的妻子呢？可高就就是高兴不起来，不仅不那么高兴，心里还有一种奇怪的不舒服。他一直不觉得妻子的淡然，是因为大度和宽容，在妻子的淡然里，他嗅到了一丝漠然。

妻子的无所谓，似乎是来自对他的信任。起初，高就也把妻子的无所谓理解成对他的信任，但是慢慢他就看出来了，除了一点点信任发挥了些许作用，其实还有别的。妻子不是没有脾气，也不是涵养超人，而是人家不愿意发作，或者干脆说，是根本没心思跟他发作。看出了这一点，高就有点胆寒。

没有战争的夫妻，也是令人害怕的，尤其是那种冷而不战的夫妻，让人有一种无计可施的痛苦。对此，高就认为他比任何男人都深有体会。

高就的婚姻走到第五个年头的时候，发生了一件事情，这件事情在高就看来，足以推动他们的婚姻向着良好方向发展。

高就的妻子怀孕了。

结婚5年妻子怀孕，这件事搁在任何一个丈夫身上，不出意外，都是一件值得庆贺的事情，可是事情的发展，显然又使得高就的愿望，变成了一厢情愿。自从得知怀孕，妻子脸上就不见笑容，高就的费解再次升级，他难以想通，一个结婚5年的女人，应该是盼孩子的状态，你不盼也就罢了，总不至于孩子来了你犯愁吧，论婚龄，论年龄，论身体，论条件，都没有不要的理由啊。

不见妻子高兴，高就让自己忍了，甚至让自己处于一个比较乐观的状态，妻子的不高兴他当做没看见。他打定了主意，反正孩子已经住在你肚子里了，你欢迎不欢迎都没道理不生下来，我就准备迎接的事情。

那段日子，高就加倍关怀，加倍体贴，他除了一如既往地做饭买菜、洗衣洗脚、车接车送，还抽出时间多方请教，捧着书本给妻子作孕妇培训，守着灶台做孕妇营养大餐。与此同时，他也加紧了筹备工作，妻子一副懒洋洋的样子，他就自己跑商场，买了一大堆婴儿用品，还给妻子买了孕妇衫，至于陪着妻子去医院检查，更是一副义不容辞的愿打愿挨的姿态。

妻子也不是总不高兴。

高就偷窥过，经过长时间暗中观察，他欣慰地发现，妻子也曾摸着自己的肚子作遐思状，尽管神情略显奇怪，有些莫名其妙的忧郁，但是，妻子流露出的神往，还是被高就捕捉到了。在能感觉胎动的时候，有一次，他发现她站在地当间，两臂高举着，低头瞪大眼睛看着自己的肚子，是一种不知所措，更是一种惊喜。后来他还发现，她跟孩子悄悄说话，不知道在说什么，时而皱眉、时而微笑，但脸上绽放的幸福显而易见。

高就放心了。尽管当着他的面，妻子依然不太高兴，但他相信一个女人的母爱天性，更坚信一个即将做母亲的女人的向往。

6个月过去了，用坊间的传统说法，肚子里的孩子算是夯实了。高就的心也夯实了。他欢天喜地地等着做父亲。

一天，手机铃声响了，响得很震撼，把坐在办公桌前专心阅件的高就惊了一下。不知怎么的，那一惊怵的瞬间，高就心里出现了一个莫名的预感，是那种不太好的预感。他手忙脚乱地拿起手机，对方告诉他，他妻子在医院，让他马上赶过去。高就顾不上问对方是什么人，直接向门外冲去，手机翻盖都没翻好就胡乱塞进了口袋。

那天，高就觉得自己是个天下最倒霉的倒霉蛋。继娶了个妻子却无端冷漠他之后，他又遭遇一件奇怪的事情，他们的孩子在妻子的肚子里停止了生长。

孩子停止了生长，这就意味着，孩子出了问题不能要了，或者就是已经死了，必须赶紧取出来。医生问他出现危险情况要大人还是要孩子，他跟医生吼叫，当然是要大人！吼完了他又接了一句，我大人孩子都要！医生和妻子是同事，妻子住进了她工作的医院。医生没有计较他的态度，同情地看了他一眼，说我们一定尽全力。

孩子没有保住。

因为孩子还没有发育完整。

高就执意要看看孩子，护士把他领到产房外面一个套间，指了指墙角，高就看到了一个完整的小人，那个小人尽管很小，只有 20 多厘米长，但是非常完整，五官完整，四肢完整。高就觉得一阵眩晕。就在他定睛再看的时候，他更加震惊，他看到孩子在动，是嘴巴，微微地，但可以肯定是使劲地，在一下一下地张，像是被什么憋住了，在努力地呼吸。

高就的大脑，像是涌进了全身的血，他噌地站起来，抓住护士的胳膊愤怒不已：他还活着！他还活着！你们怎么把他扔了……赶紧救他……

“孩子活不了了！那只是一种条件反射的动，已经没有生命体征，已经无法存活。你冷静些。”护士把他拉到一边，用力跟他解释。

高就完全处在了一种暴躁的失控状态，他迅速转身，从身边一张待产病床上，三下五下扯下一个枕套，把孩子包了进去，对护士一迭声地说，快救快救快救救啊。护士叹了口气，把孩子接过来，对他说，好的好的，你把孩子给我，你在这安静地等着。然后，护士迅速消失在高就的视线中。

高就觉得，自己等了有一个世纪那么长。他的手上，还清晰地留有刚才抱孩子那一刻的感觉。孩子的身体，柔软，但是冰凉，那瞬间的触感，他一辈子也忘不掉。等待中，高就的心也渐渐变得冰凉。他的意识慢慢回归，他知道，他的孩子，真的救不活了。

孩子没了，妻子回了娘家。

妻子的理由是不想睹物思人，高就理解这个理由，他要求自己尽快缓过劲来，好尽快去暖和妻子的心。生活还得继续，他对妻子这么说。他还对妻子说，孩子我们还会有的。说这句话的时候，他看到妻子的身子明显地颤抖了一下，他还看到，妻子使劲闭住了眼睛，两眉间的褶皱，比平时更加紧凑。

妻子的反应在他看来有些奇怪，这让高就心里发生了一阵拥堵。妻子不愿意提孩子的事情他看明白了，也很理解，他疑惑的是：妻子的反应里似乎还有一种情绪，像是如释重负。他心里的拥堵，就是来自这个感觉。母亲失去了孩子，怎么会如释重负？就算她根本不想要孩子，可这个小生命已经陪伴她整整 6 个多月，现在孩子没了，她怎么会反而是松了口气？高就心里很不舒服。

高就心里的不舒服，一直没有跟妻子说起。其实他内心早就有一种冲动，他很想说一说，孤注一掷地问一问妻子，问她是不是根本就不想要他的孩子。每当高就脑海里浮现出这个质问，他就忍不住要发抖。但是，妻子总是很平静，即使失去了孩子，这让他一直找不到恰当的时机孤注一掷，哪怕就为了一吐为快。

高就想制造这个时机。

机会终于来了，尽管不是高就制造的，但妻子把洗脚水拨洒到了他脸上那一瞬间，他很快反应过来，他想要的机会来了，他无意间制造了机会，他抓住了机会。

可是这回，高就对自己的蓄谋有点后悔。

妻子平静如常。平静得让他感到妻子似乎知道他的目的，就是不让他达到目的。期待的争吵没有发生，所谓的互动没有激发出来，他妄想中的一吐为快也泡了汤，不仅如此，最要命的是，反而出现了更加可怕的冷战局面。

妻子平静地看着他，不言语，只是眼睛里的内容比平日里复杂，居然有那么一丝可怜，冷冷地射向他。气氛令人窒息。即便气氛窒息，高就期盼已久的争吵和爆发，依然没有发生，那窒息的气氛，只是在空气中可疑地漂浮着，只有高就一个人在徒劳地搅动着，企图让它有所蔓延。

这场争吵他准备已久。他想吵，想把心里的所有质问抛出来，他还想把她逼到思维的墙角，让她无处可躲，让她说出她平静的真相，让她必须给一个答案……这么些年来，他心里聚集了太多的问题，存储了无数的怨言，他一定要在这一刻发泄出来，得到答案，哪怕是一个令人崩溃的答案。他选择承受一切喧嚣，就是无法忍受这种静默。

一个巴掌，一个凭空挥舞的巴掌，除了搅动空气，根本无法制造声响。

终于有一天，妻子的冷眼他再也看不见了，妻子丢了。

准确地说，高就的妻子，离家出走了。

高就一遍一遍问自己，妻子为什么要走？

除了问自己，他还问了友人。友人反问他，说有两个人，一个被捆起来，一个舒舒服服地坐着，你说，谁更有可能挣扎？高就想都没想就回答，当然是捆着的人。友人冲着他深深地一点头，说，恭喜你答对了，你的答案同时告诉你，捆绑制造挣扎！比如你妻子，你越是控制她，她越反抗。高就急了，并且作出了强烈的反应，反驳说，我那不是控制，我是关心。友人也反驳，说你那种关心跟控制有区别吗？你越是无微不至地关怀她，她越是要逃脱，这就是答案。

这个答案，显然无法折服高就，更无法让高就的思想就此变得通畅，相反，让他更加堵塞。

难道有人不喜欢被关心？难道关心别人也是错误？不是总有人跟他说，他属于新好男人，还说像他这样的新好男人，已经是稀缺动物了，那为什么自己的妻子却不喜欢，并且毫不珍惜，完全不把他当稀缺？

高就的确新好。一个男人，几乎包揽了家里家外所有事情。在家里，他几乎承担了所有家务。收拾卫生洗衣服做饭，对他来说，就是随时随地的家务活，家里做家务活需要的家伙什儿，都是他买的，哪个拖布好用，哪个洗碗布洗得干净，哪个菜场的菜又好又便宜，高就门儿清。两个人出门，无论是商场还是菜场，他就没让妻子手里拎过东西。除此之外，高就人缘很好，黑道白道各行各业也都有朋友，妻子的事，妻子家人的事，妻子朋友的事，什么给人找工作，有病住大医院，找专家会诊，找交警要本，找工商办照，孩子转学升学，买股票找咨询，等等，只要妻子开口，高就都颠颠地办，并且大多都以成功告终。

丈夫做到这份上，算是对家庭有巨大贡献的。可面对这些贡献，妻子最多浅浅一笑，算是肯定。言语依然很淡然。

高就不明白，妻子为什么嫁给他又不愿意跟他谈情说爱，为什么跟他结婚又不想要孩子，为什么年轻轻的就厌烦和他做爱，为什么失去了孩子却要松口气。

带着一肚子的问题，高就开始寻找妻子。

整整半年，他都不知道妻子住在哪里。电话里问妻子，妻子不说，只说不用管她，她很好。问妻子家里人，人家也说不知道，妻姐还埋怨他，说他这个做丈夫的太失职，老婆离家几个月，愣是不知道老婆每天晚上在哪落脚，问这个问那个，就不知道下班跟着她。问妻子同事甚至领导，别人都说不知道。一圈问下来，高就相信，大家都没骗他。妻子不想说是真的，人家不知道也是真的。

没办法，高就只好跟踪。

高就一点也不想跟踪，他觉得跟踪是下下策，他觉得那是小人之举，他不想当小人，之所以选择当小人，实在是无奈了，也是妻姐的埋怨激发了他。

在实施跟踪之前，高就最后一次问妻子，妻子还是死活不回家，还说什么时候回家不知道，说她还没想好，让高就别管她，她就是想一个人待一段时间。高就说你想一个人待那就一个人待着，我不强求你，但你总得让我知道你在哪儿待着吧？我总还是你丈夫吧？你这么待着我不放心呐，你一个人害不害怕，你每天回去吃什么，周围环境安全不安全，你夜班怎么去怎么回……

高就一说这些，话筒那边，就传来妻子深深的叹气声，高就无法判断妻子那是感动还是不耐烦，妻子一叹气，他就犯嘀咕，一犯嘀咕，他就说不下去了。

妻子不回家，传出去很不好听，更叫他难受的是，他不知道原因。因为不知道妻子为什么走，这件事，高就瞒了自己家里很长时间，他怕父母一旦问起来，他却只能说不知道了。这么回答显然很不靠谱。

高就决定跟踪。

高就最终决定跟踪，并不是怀疑妻子跟别人在一起。他的确从不怀疑妻子的人品，他只是想知道妻子住的地方好不好，他想时不时去看看她，他坚信他们之间没有大问题，妻子想一个人清净就给她清净，这都是暂时的，他们不会分开。

高就终于站在一个房间的门前，可是，一个偶遇的场景，却让他定在那里，并且毛骨悚然：一个身材健硕的年轻女人，迫不及待地从门里出来，她把他的妻子揽进怀里，她们当门拥吻，然后，那个娇小的身子，被那个健硕女人半抱半拖地带进门内。

门，在高就的视线中，迫不及待地关闭。

妻子和一个女人生活在一起。

妻子居然和一个女人生活在一起。

这个突发的情况，让高就的思维，很长时间处于混乱的状态，很多信息纠缠在一起，他怎么理也理不清楚。那天，他脚下瘫软，内心也陡然失去了现身的勇气，他目瞪口呆地看着妻子和那女人进了门，然后像是自己做错了什么，灰溜溜地落荒而逃。

妻子和一个女人住在一起，按理说比较合理。妻子胆小，找个女性做伴很正常。可是，他看到的情形显然预示着一种极其不正常，妻子和那个女人的亲密，完全是一种恋人的亲密，妻子的性取向出现了问题？这个问题是由来已久了，还是新近发生的？是从什么时候开始的？

“怪不得……”思前想后，思想一直倒腾到他们恋爱之初，高就渐渐明白了。过去的许多让他奇怪的东西，现在似乎都有了答案。妻子为什么冷淡他，为什么总是恹恹地打不起精神，为什么对夫妻房事躲躲闪闪，为什么一直不想要孩子，为什么好不容易怀了孩子却高兴不起来……不是因为他做得不好，而是因为他是个男人。

这么一路想下来，高就对自己婚姻的种种问题，渐渐有些释然。尽管他思虑的过程很悲情，情绪很狂躁，有几次几乎是捶胸顿足，眼眶发酸了好几回，还摔了一个沙发靠垫……但结果很好，他终于释然了。

一个很努力的男人，婚姻却有问题，这一直是他的一个心结。他实在太需要证明，他和妻子的婚姻出现问题不是他的问题，现在，终于可以证明，他就是没有问题，或者说他不是个婚姻失败的男人，不是个不称职的丈夫，尽管提供证明的证据不能吐口，高就心里也获得了解脱的释怀。

高就决定离婚。事实上，是妻子决定离婚。

高就别无选择，高就的痛苦，是一种无人诉说的痛苦。他不明白，妻子怎么会是那样一个女人，他很爱她，但却温暖不了她，这样天一样大的难题，偏偏让他遭遇到，他怪自己运气不好。

说不清自己是一种什么感觉。

妻子爱的是别人，这个别人要是个男人，高就仰天长叹一顿也就认了，可这个别人是个女人，高就完全不知道自己的情绪该怎么发泄，8年的婚姻成为一场空，居然是因为另一个女人。这个结局，高就选择了独自吞咽。

离婚了，寂寞像毛毛虫一样折磨着他。高就从小就怕毛毛虫。

前妻像一个夜夜光临的梦魇，让他失去醒时的从容。他一直让自己死心，可他一直处在期待死灰复燃的状态，他总是不相信，自己的女人会被一个女人抢走，总觉得妻子还会回到他的身边，内心深处，他没办法把妻子彻底地删除，他给妻子留下了位置。

高就完全不能面对新的生活。这是高就费了不少劲才发现的。

办离婚手续之前，妻子跟他说，让我们吻别吧，和过去吻别。妻子说这话的时候，神情是前所未有的轻松，甚至还微微歪着脑袋，颇有期待和兴致的样子。高就看着妻子熟悉的红唇，却泛起了迟疑。他们过往无数次的亲吻，一下子浮现出来，不用使劲回忆，他记得很清楚，几乎每一次，都是他在努力操作，却感觉不到妻子的响应，更别说妻子主动吻他，他一直以为这是妻子的矜持个性所致，也没往别处想过。

一想到“别处”，突然地，那个健硕的女人出现在脑海，高就感到胃部不适，就扭头走进了卫生间。

和过去吻别的事，最终也就没有成行。

10. 南楠的感情政策

南楠的感情政策，从字面上看是一个“三顺政策”：顺其自然，顺水推舟，顺流而下。

因为“顺”比较多，南楠自认为制定了一个相当靠谱的政策，因此他有理由奢望一下自己的感情之路，应该属于无比顺畅那种。这导致他在执行政策的道路上，出现盲目乐观的状况，直接后果就是，他屡屡遭受挫折，尤其是在“顺流而下”这第三个环节上，基本上就是搁浅。

凭南楠的条件，“顺其自然”这个环节比较容易完成。

他总是能够在很短的时间内，快速赢得女孩子们的喜欢，即便是一些比较挑剔比较现实的白领小姐们，不出什么意外的话，基本上也难逃一劫。女孩们对南楠的第一印象都很好，觉得他出身好，不高也不低正好，家教环境以及生活条件，该有的都有，人帅气又幽默，是一个上好的异性角色，无论是聚餐还是游玩，都算得上最佳男性伙伴。

南楠很适合“顺其自然”，所以身边的女孩子基本没有出现缺位的情况。

早期，他曾经在不到两年的时间里，先后有过5个名正言顺的女朋友，分手的理由也都相当名正言顺。第一个太黏人，“陪着我”是她永远的口头语，上洗手间都要南楠站在门外，站远点都不行，说她一出来就要看见他。南楠天马行空惯了，最受不了这种，他选择了消极对抗，结果如愿以偿遭到抛弃；第二个不诚实，嘴很甜但嘴里没几句实话，南楠没心情探究她这是无意还是有意，是天真还是老道，他选择渐行渐远，最终远得够不着了；第三个是个暴脾气，刚确定恋爱关系，没几天就原形毕露，脾气说来就来。最让南楠受不了的是，她抬手就打他脑袋，让南楠的脑袋饱受敲打。他借口出长差，逃跑了；第四个特别拜金，几乎天天都有新要求，买这个买那个，物质需求完全没有节制，这一个南楠逃得最快，他担心自己的腰包被掏空；第五个是文艺范儿女生，玩忧郁玩诗歌玩欧美音乐，自己去了一趟西藏，结果就领了个男生回来，南楠傻眼了。

走马灯似的换女朋友，真不是南楠滥情，他每一个都认真决定，然后认真相处，再然后认真发现认真思考，最后认真结束。他很男人地总结，都是好女孩，只是我不适合她们。

“顺其自然”的这个过程，不管有没有结果，对南楠来说，还不算挫折，小心灵依然完整，小宇宙依然强大。可是等到了“顺水推舟”的环节，就有点费力了。

也就是说，一旦南楠选中了一位女友，准备将其发展成未婚妻的时候，事情就变得有点疙疙瘩瘩。来自女孩子们的一些问题，总是叫南楠感到费神。明明“顺水推舟”的势头逐渐显露，甚至，事情看上去即将并且应该“顺流而下”的时候，事情却变得越来越费劲，不像是顺流，更像是逆流。

有一位女孩，是个图书编辑，人长得白白净净，虽然身形有点丰满，看上去不那么窈窕，但性情很温柔，眉眼细致，说话细声细气的，丢人堆里不缺形象，放社会上不缺地位，聊起来也不缺思想，基本属于出得厅堂下得厨房型。

偶然的机会，两个人在一次人数众多的聚会中认识，女孩子要编纂一套教材，客气地向当老师的南楠请教了几个问题，后来，还是因为教材的事情，他们通过几次电话，再后来，南楠就有点期待那个甜甜的女声了。南楠表现得热情洋溢，女孩子没有拒绝南楠的热情，南楠就顺水推舟和人家单独约会了几次。

这一段可以说是“顺其自然”，总的来说还算顺利。“顺水推舟”接踵而至，到第五次约会时，女孩子就羞答答地让他完成了拥抱并接吻，算是把他放在了男朋友的位置上，自然，女孩子也坐上了南楠女朋友的宝座。

期间，南楠把人家领回家一次，这是南楠为数不多的几次之一。这个环节他非常谨慎，不到一定程度，他是不会这么做的，一旦买卖不成，自己受打击事小，老妈不能频频受刺激。结果，女孩子得到老妈的大加赞赏，拉着人家姑娘手不放，那亲切友好的气氛令南楠深为感动。那以后，南楠也“顺水推舟”，以未婚夫的身份，接受了女孩子友人及家人的轮番检阅。

南楠以为，一切都在往“水到渠成”的方向上前进，“顺流而下”定是必然。

没想到，在商定婚期的时候，女孩子递给南楠一张纸。当时女孩子表情有点严肃，或者说是紧张，伸手接纸的南楠，被女孩子的神情弄得有点莫名其妙，想调侃一下，不知怎么，却没笑出来。纸上的字有点小，南楠凑近了一看，有点吃惊，转而诧异地看着女孩子，然后再仔细看了看那张纸，南楠不做声了。

南楠心里大为不爽。

那是一个婚前约定。

80后们玩个婚前约定，南楠非常想得通，也能够接受，令他没有想到的是，对方跟他玩的这个婚前约定，不是跟他一个人玩，而是跟他全家玩。约定要求南楠，把他父母给他买的婚房，重新写上她的名字才可以结婚。

南楠是个对女人厚道的男人，尽管心里非常不悦，但他当时嘴上没有多说，他把那张纸仔细收起，继续温存地陪女孩子把饭吃完。但是，那顿饭他吃得嘴里直泛苦，人虽然坐在那里，心里早已经断然拒绝。

南楠根本无法接受这样的约定，他的理由很简单，房子不是他的。

房子是父母出全款购买的，房产证上写的是母亲和他两个人的名字，说好是让他结婚用。父母买这房子他一直不以为然，父母说写了他的名字他也不以为然，他觉得那是父母一生的积蓄，父母想怎么用是他们的事情，反正他早就已经笃定，不让父母为他的房子操心，他会努力自己解决。

后来父母跟他说，那房子是给他结婚用的，南楠依然不以为然。他说他迟早会自己买房子，就是住也是临时的，他说请父母大人放心，他绝不当啃老一族，房子将来给他们养老用，想留着就出租，不想留着卖了吃喝玩乐去。

这房子，南楠自己住着都觉得不合适，觉得惭愧，觉得对不住父母，想着赶紧挣钱，将来补偿父母。这女孩子倒是敢想，不仅理直气壮地要住，还要占一份份额，他简直不知道对方是怎么想的。

事情传到父母耳朵里，老妈有点不悦，说女孩子有所图谋，这不太好，你要是成了我们南家人，写不写你的名字有什么关系？难道你还想分四分之一？老爸倒是开明，南禾源说，儿媳妇就是自家人，写上人家名字也很正常。

不管父母什么想法，南楠开始犹豫了。

他跟女孩子说，如果房子是他自己买的，哪怕是他部分出资，那写上她的名字他一点没意见，但是房子是父母买的，他住着都觉得汗颜，还要写上别人的名字，他不能这么做。女孩子一听他说“别人”，立刻就不温柔了，说既然他把她当外人，那更得写上她的名字了，要不然将来结婚，她在他家一点地位都没有云云。南楠一听快要崩溃，觉得这个女孩子太现实，感情相当不纯粹。

他这一犹豫，女孩子说他不是真心，泪奔而去。

这段感情之后，又是几经类似挫折。

南楠悲伤地发现，谈恋爱的时候女孩子们温柔可人，好像什么都听你的，什么要求都没有，一个个显得相当单纯，纯粹得让他不好意思不娶。一到谈婚论嫁，女孩子就变得特别现实，你是男人你该这样，你要娶老婆你就该那样。即使是之前卿卿我我一路“顺水行舟”，那“顺流而下”的事情，也是一件非常不容易发生的事情。

尽管如此，备受女孩子折腾的南楠，依然和备受女人折腾的其他男人严重不同，南楠对自己的前女友总是赞不绝口。

有一次，他又说一个前女友如何如何聪明过人，一旁听着的高就顺嘴夸了一句：“你前女友真是个高人！”南楠当时的反应是一如既往地自鸣得意，顺嘴调侃自己说：“你夸我就算了，就别连抛弃我的女人都一起夸了。”幽默完毕，南楠期待的欢乐没有出现。

他看到了高就一副歪嘴斜眼幸灾乐祸的样子，南楠反应过来，自己虽然占据了诸多优势，却败绩累累，还不如人家一离婚男人。给自己弄了一堆前女友，还好意思这么没心没肺大度良善，是不是太二了？想到这，他顿时倍感羞愧，立即摆出了自己的保留姿势，脑袋向下狠狠一耷拉，作出了一副沮丧状给高就看。

也奇怪，自那次被高就羞愧之后，南楠在前女友的事情上变得出言谨慎，不好意思再随便夸了。也是自那以后，南楠对自己的“三顺政策”第一次表示了深刻怀疑。

之前，南楠一直坚持“三顺政策”，因为他认为，感情的事情绝对不能强求，尤其是作为一名我国优秀男青年，何患无妻呢？犯不着哭着喊着追求谁去，愿者上钩，他不会在饵上下工夫，更不会狼狈不堪地下水捞去。现在他觉得，事在人为，

“三顺”只能算一个基本政策，该推得推，该退就退，不能不好意思，更不能女孩子递块糖就张嘴。

由于政策的调整，导致心态的调整，南楠的谈情说爱之事，出现了转机。

一日，南楠给高就打电话，他兴奋地对高就说，哎哎高哥，我说对不起了！我给人说对不起了！高就听得糊涂，就问，你做啥对不起人的事了？都对不起人了还瞎兴奋啥？南楠语调轻松地告诉高就，一个事业挺成功的女人一直喜欢他，最近憋不住向他求婚，女人看来是自信满满，笃定了南楠没理由拒绝，结果，因为不是他意中的人，被他拒绝了。南楠说，没想到说对不起的感觉意外地好。

这一回，总算轮到南楠心情舒畅地抛弃别人了。

南楠跟高就都没有想到，这次翻身，竟然是托了高就的福。

对方是一个事业提前成功的女孩子，二十八九岁，就已经拥有了几家连锁店，是个女老板，还不是什么富二代。他们是在一次聚会上认识的，一开始，他根本就没往感情上思量，或者说，他根本就没想到人家会看上他。对这样的女性，他的基本判断是硬骨头一枚、强悍女人一个，南楠就只负责表达佩服和敬仰，一般不会产生什么婚姻联想。再说，他不希望女孩子年龄比自己大，哪怕大了几天。

结果，等人家一下子越过窗户纸，直接说我愿意嫁给你，把他直接给整晕了。

一般情况下，如果有女孩子对他表示了明显的企图，让他感到了有做男朋友的威胁，而他还没什么感觉的时候，他就会迅速表示出距离感，让对方自动退却，如果对方坚决不退却，他就会玩消失，事情就此完满解决，一切都在你知我知的隐暗中完成，不会出现面对面的尴尬。可那次情况有点失控，女孩子在他毫无感知的情况下，突然自觉变身，从一个普通朋友变成未婚妻，说要嫁给他。

一个一般朋友突然升级未婚妻，南楠觉得很不好玩，对此他也毫无准备。

仓促之下，他赶紧“对不起”。那个之前还跟他侃侃而谈什么是好男人，并且说南楠就是好男人的女孩子，突然泪眼婆娑，流露出强烈的不满和委屈，干脆连啥男人也不判断了，直接说他不是男人。埋怨完了，人家又赤裸裸流露出满心的舍不得，弄得南楠一时间心情复杂，既很不落忍，同时又感觉巨好，有一种青年男教师迅速提升为青年才俊的良好感觉。

这次“对不起”人的经历，对南楠来说绝对是一次意外，但足以极大膨胀他的自信。后来，又有一次说对不起，让他记忆深刻。

有一个女孩子，是在网上认识的，后来见面觉得不错，就试着往下交往。没几天，那女孩就说需要他回答21个问题，然后决定是否跟他往下走，说发到他邮箱，让他仔细回答。南楠打开邮箱，看到了那21条：你的出生年月日，学历，何年何月毕业于何校何专业？何年何月在何单位工作过？业余时间你都在做什么？或者说你业余爱好是什么？你觉得自己身上有哪些优点和缺点？你朋友对你的评价？你的异性缘怎么样？谈谈你的家庭情况？你的家庭成员中你最喜欢谁？和谁感情最深？为什么？跟谁交流最多？身体怎么样？你的沟通能力如何？脾气如何？会打麻将、喝酒、抽烟吗？你为什么至今没有找到合适的对象？你认为原因是什么？你觉得我的哪些地方你很欣赏？你还希望了解我什么？如果说女朋友犯错了比如说错话迟到等，你会怎么办？如果你和女朋友有争吵你该怎么办？你愿意将你的QQ、MSN、邮箱密码告诉你女朋友吗？如果你要带女朋友回家，你会做些什么事情来尽量让你妈妈喜欢你女朋友？你喜欢小孩子吗？你想要几个小孩？你认为工作和婚姻哪个应该放在首位？你觉得婚姻中男人最重要的是什么？你打算几年内结婚？谈谈你之前的感情经历，最后为什么分手？你认为在北京生活最大的挑战是什么？你有信仰吗……说是21条，但南楠数了数，有31个问号。

南楠当时就乐了。他把21条里的女改成男，男改成女，然后他写了几个字，说："对不起，请仔细回答这21条。"然后点了发送。那女孩为此跟他理论了好几封邮件，中心思想就是让他先回答问题，南楠再也没有理会，彻底"对不起"了。

说起来，南楠的情路，实在算不上顺利，甚至是有点坎坷，或者说很拧巴。一直以来，看上他的女孩他看不上，他看不上的基本上趁早都溜之大吉，没什么现场问题需要解决。而自己中意的女人偏偏都不中意他，所以他面对的，就是经常听人对他说对不起。其实南楠是个很出色的男青年，只是情感的运气实在不算好，心肠柔软总不忍心伤了别人，结果就总是被人伤，受伤多了，就变得有点不确定自己是不是属于优秀男青年。

身为一名优秀男青年，南楠的确算得上对女人厚道，不管谁看不上谁，他总是会把分手弄成被抛弃的场面，给足了女人面子。那一次跟连锁店女老板"对不起"，尽管过程仓促，尽管没有结果，尽管有点伤人，但是，真实的体验告诉他，他的自信心，真真切切地得到了一次非常强有力的拉升。

事后美滋滋地回顾过往，南楠突然想起来，那次聚会是高就召集的，那女老板是高就朋友临时拉去的熟人，南楠顿时对高就充满感激。为此，他专门宴请高就，感谢高就让他翻身。高就自始至终没弄明白，自己到底做了什么，这么轻而易举地获得了一次感激。

数次之后，南楠的认识有了进一步改变。南楠认为，多说几次“对不起”，有利于增加情场上的自信，更主要的是，自那句“对不起”之后，他说“对不起”的机会居然开始增加。有一个事实南楠完全没有意识到，25岁他是毛头小伙子，而28岁他就是抢手货了。

都怪时间过得太快，南楠还没来得及明白婚恋市场的年龄规律，就已经“被抢手”了。不知不觉，中意他的女性，莫名其妙地逐渐呈增加趋势，他的恋爱政策必须暂时抛在脑后，要是都顺着来，他会出现脚下几只船的混乱局面，为了脚下的安稳，他不得不频频面对拒绝这件事。也就是说，他开始频频说“对不起”。

拒绝多了，如何分手就成了难题。

如果很良心地评价，南楠绝对是个良心很优质的男人，他不愿意把分手这件事情做成抛弃的现场，此问题他一直严格秉承这个原则。过去他这么考虑，主要是基于对女主角的爱护，悲剧的是，女主角们往往不等他表现爱护，就率先把他置于抛弃的现场，他总是“被对不起”，听人说“对不起”的总是他。现在他需要学习抛弃。

南楠算不得非常怜香惜玉，但也算得上是一个能替对方考虑的男人。为了把分手这件事做得漂亮些，能够实现完美的拒绝，南楠绞尽了脑汁。

比如他设想了一堆分手时可以说的话，力求简明扼要不伤人心灵，什么“没缘分”、“多保重”、“没感觉”、“我不好”、“我不配”、“你没错”、“爱没了”等等，甚至还想到了“我爱你”这么无耻的分手词，最终，他还是选择了使用最多最传统的“对不起”。尽管，不是每个“对不起”都能换来“没关系”。

南楠领会，说“对不起”，是一种听上去吃亏却不一定是倒霉的事情，相比较听别人对自己说“对不起”，能叫人心情愉快，并且，说“对不起”还能叫人获得一种解脱，把自己犯下的错误，做下的蠢事，一下子就勾销了。除了能勾销亏欠，亲身的体验告诉他，说“对不起”还很牛，嘴里说是“对不起”，其实用三个字就甩掉了一个包袱，还显得自己挺仁义，勇于把错误揽在自己身上，让听“对不起”的人，不好意思愤怒。

随着说“对不起”的次数增加，关于这一点，南楠越来越有体会。

事实证明，光有政策没有用，还得实践出真知。南楠安慰自己：这世界上唯一不变的就是一切都在变。

11. 鞠向东很想大方

鞠向东很想大方。

把男人做得大大方方，是所有女人对男人的期待，也是他们自己对自己的设想，即使做不到为女人为朋友一掷千金，至少，可以抢着付账，不用在买单的时候，心虚得赶紧上卫生间。这是每一个男人的梦想。

从生理上说，鞠向东是纯爷们，从心理上说，他也是有些大男人思想，自然，在“大方”的问题上，他也不例外，甚至比大多数男人更想大大方方做男人。

想大大方方做男人的鞠向东，无奈底气实在不足，腰包不争气，虽说没有到了囊中羞涩的地步，但是腰包的确算不上鼓胀。

手机响了。鞠向东正在为有关大方的事情运气，没接。

实际上是手机一响，他看着桌上自己的旧手机，让他想起了小 M 的新手机，“大方”的问题陡然涌上心头，心情更加低谷。

那天，他陪小 M 逛商场。

自从小 M 出手大方地给他买了第一份礼物，鞠向东就开始喜欢陪着小 M 逛商场了。这是鞠向东心里的小九九，每次说是陪小 M，实际上，每次从商场出来，他手指头上挂的购物袋里，都是他自己的衣物用品，并且，不是他自己掏腰包。当然，从外表上姿态上，每次小 M 要他陪着逛商场，他都要微微皱一下眉头。一般情况下，他的眉头不会皱很长时间，不等小 M 再说话，就会很快做出一副舍命陪君子的样子，让小 M 欢快地误会他一下，一个劲儿地夸他是个真男人，会疼女人。

那天，他们逛到了手机专柜，小M似乎想换一部手机，站在柜台前一个一个地仔细看，边看，还边让鞠向东给他参谋。当参谋的时候，鞠向东毫无消费的防备，热情地挑了一款质高价也高的女士手机，说配小M正合适。一向很有主意的小M，这一次，似乎非常想听鞠向东的话，她放下自己喜欢的一款，拿起鞠向东推荐的，嘴里一迭声地附和，说，就是这个就是这个，这个我也喜欢。

小M的喜欢，惹得柜台里几个半天没生意、正闲得发慌的推销员围了过来，完全是不经意间，造成了一个买卖成交的浓厚氛围。

就在这个时候，一个推销员说话了，她说："你先生对你真好啊。这可是最新款的，绝对一分钱一分货。你先生真大方。"

女推销员话音一落，鞠向东之前热情洋溢的表情，顿时变成了尴尬，并且长时间僵在了脸上。

也不知道是当着一堆推销员的面，不好公然自己掏腰包，得给鞠向东一个面子，还是小M这回真就想让鞠向东给她掏一回腰包，反正，小M站着没动，还做出了一副表情——那表情，是一个女人正在享受大方丈夫馈赠的表情，很自然很自得。

形势所迫，鞠向东接过售货员迫不及待开好的购物票据，抬脚走向了收款台。令他暗自恼怒的是，在走向收款台的过程中，一个热情过度的推销员，还走出柜台引领了他一段，直到看见他站在款台前面，并且掏出了钱包，然后把手伸进去。

推销员这一过度热情的举动，彻底毁灭了鞠向东希望小M半途追上来付款的奢望。

那短短十几米，鞠向东步履沉重，不仅因为，这一次消费，用掉了他一个月的工资，还因为，他被小M弄得猝不及防，他怀疑小M在有意考验他的大方。说实话，关于男人大方的话题，是鞠向东的一个软肋，他记得，有一次小M曾无意中说，一个男人大方不大方，和他有没有钱没关系。他当时就听明白了，尽管小M自己很有钱，不缺人民那币，她依然有被自己心爱男人大方一回的希望。

小M的希望，让鞠向东无比痛恨自己。

鞠向东痛恨的不是自己，而是自己的腰包。

自从有了他们的窝，他们的关系却频频出现危机，这叫鞠向东觉得很奇怪。

在鞠向东和小M的关系中，从来都是小M对鞠向东阔绰。小M跟他阔绰，他已经习惯了，也没有办法改变，因为论财力，他拼不过小M，于是就索性不拼了，任由小M对他付出，他认为小M既心甘情愿，也不缺实力。

阔绰起来的鞠向东，也很想表现一下男人的阔绰，抑或大方，可是，他的阔绰来自于小M，就是说，是人家小M赐予了他阔绰的表象。他虽然阔绰，可他的阔绰却和自己的腰包没有多大关系，想要大方，必须腰包鼓起来，可他的腰包，一直是比较羞涩的。

阔绰起来的鞠向东，衣着光鲜，很像个有钱的男人，但却不是一个真正有钱的男人。久而久之，他对小M对他的大方，就有了新的祈望新的理解，就开始渐渐不满意。尤其是自那次买手机以后，他一跟小M出去买东西就神经紧张，钱包里也不敢少装，想多装又没有，这叫他对这项活动既期待又害怕。心里从此有了病，这病跟小M有直接关系。

小M不缺钱，甚至很有钱，但她到底有多少钱，她从来没有跟他透露过。每当小M给他大把大把地花钱，他就悄悄地想，你把这些钱给我，让我自己花不行吗？总是买礼物也不嫌麻烦，送我一张银行卡，不就全解决了，那多到位。

关于银行卡不到位，鞠向东忍不住多次在心里嘀咕：既然你口口声声非常爱我，没有我就不能活，也舍得给我花银子，甚至说为了我可以什么都不要，为什么就看不见我的腰包问题呢？为什么不体谅我一个小主编的羞涩呢？为什么就不照顾我一大男人的自尊呢？鞠向东不相信小M这么精明的女人，会看不见他的腰包问题，会不知道他的拮据和羞涩。显然，她是故意看不见，装作看不见。这叫鞠向东非常有理由不满意。

鞠向东一直过得比较拮据。

儿子小升初时，成绩不理想，没有考上理想中学只能择校，太太选定的学校，是一家竞争很激烈的热门学校，据说，学校大门口挂的各种荣誉牌子，多达上百个。想进这所学校，他们得准备一大笔银子，除了给学校的赞助费，还得打点好几个帮忙的人。太太说，再亏不能亏孩子，她坚持让儿子上这所热门学校，好像不上重点学校，孩子就吃了大亏，前途就从此暗淡没希望。在这个问题上，鞠向东前所未有地跟太太一致，心里也是这么想的。

那段时间，太太几乎天天在他耳朵边唠叨这件事，鞠向东恨不得把自己变成钞票送出去。鞠向东好像才突然发现，家里到处都需要用钱，并且只等着他出手。太太在一个只有几个人的个体小公司做出纳，未来没有保障，收入也少得可怜，他就是家里顶房子的大梁柱子。

当初买这套70平米的房子，把鞠向东掏了个空，尽管是远远低于市场价的福利价，还是把他狠狠地为难了一把。买完了房子，原以为可以喘口气了，谁知道，除了儿子的各种费用是个无底洞，太太的消费水平也见长。太太总说，自己已经奔40了，再不犒劳犒劳自己，等到满脸皱纹就来不及了。另外，老家还总有人生病，一生病还非得到北京住院，他们里里外外也搭了不少银子进去。

日子过得紧紧巴巴，只见大把大把地往外支，不见大把大把地往里收，既无法开源，又不能节流，更谈不上玩一把大方了。

身为一个男人，鞠向东太想大大方方地活人了。

他想对儿子大方，满足儿子所有必需的要求，考不上好学校咱可以出国，选一个王子就读过的学校，让儿子也像个王子一样成长；他想对太太大方，让太太过得像贵妇人，不想上班就不上班，不想做家务就请小时工，再也不要买个小菜都要还价；他想对亲人大方，让他们想来就来，想去哪个景点玩就去哪个景点，想在北京住多久就住多久；他想对朋友大方，朋友有事可以出大份子，可以随意招呼他们吃喝……他最大愿望，是把老母亲接到北京，让老母亲住进大房子，享受幸福晚年。

愿望有多强烈，内心就有多煎熬。

一方面穿戴衣着很阔绰，一方面腰包瘪瘪很窘迫，鞠向东认为，这种尴尬局面，完全是小M一手造成的。

埋怨中，鞠向东还想起了小M买房子的事。

当初选房子的时候，小M是拉着他一起去的，起初，他以为是小M自己要买房子，只当是陪着她，小M也没有跟他多说。后来签合同的时候，人家看着他俩问写谁的名字，他听见小M大声说了句，写我们俩的名字。

那一刻，鞠向东心里，简直称得上是翻江倒海，全是翻腾不尽的感动。这感动，一直持续了很长时间。

最近，一个偶然的机会，他忽然明白了，房子的事情，他根本不需要感激小M这么久。

鞠向东当时没有买过商品房，不明白其中的程序。前不久，他偶然参与了一个亲戚的买房事宜，他发现，房产证上的名字，才是最后归属的人。当初购买合同上写的名字，不一定和房产证上的一致，并且，办理房产证的时候，房产最后的拥有人，得一起去，不去至少也得有委托书，你的名字才能上那个房产证。

自从那次签购房合同时，听小M那么一说，说要写两个人的名字，事后小M就再也没有跟他说起过有关房子的事情，也就是说，房产证办下来没有，要是没办什么时候办，办的时候会不会叫他一起去，如果不亲自去要不要委托，都是个未知数。“也许，房产证她已经办下来了？没有叫我去，那就是跟我没关系了，写她一个人的名字了？”这个疑问，叫鞠向东心里不太舒服。

恍然大悟后，鞠向东对小M给他们买房子的事情，就取消感动了。再到那房子里约会，他也心情复杂了许多，再见那套价值不菲的书柜，也不觉得多么亲切友好了，继而，就对小M从来不给他拨款的事情，心里颇有微词。“如果你是想照顾我男人的面子，那你可以不用直接给我钱，不用给银行卡，你完全可以给我广告，让我多拿几次回扣嘛。”幽怨之下，鞠向东甚至替小M找到了办法。他不相信小M那么聪明的人，会想不到这种办法。

“看来，她就是不想让我有钱。哼！我没钱，她的馈赠才显得有价值。”鞠向东恨恨地终于恍然。

按道理说，鞠向东真不应该这么不舒服。

人家掏钱买房子，人家写自己的名字，天经地义，人家把你的名字写上，是人家有情义够意思，人家不写你的名字，也无可厚非。你一大老爷们，白白享受人家的大房子，你哪来那么多不舒服？再说，人家的钱是人家挣的，给不给你是人家“有情义够意思”的事情，你没有道理觊觎人家的腰包。

问题是，鞠向东无数次地把思路落到了“有情义够意思”上，导致他越想越不舒服，觉得小M对自己，还不那么有情义，不那么够意思。尤其是，在一个关乎归宿的关键问题上，她的态度一直不明朗，或者说是太明朗了，明朗得都伤人心脾。

小 M 的离婚问题，她一直没有动静。激情燃烧的时刻，嘴上说得非常好听，她多么爱他，一定要离婚，和他永远生活在一起，可是几年过去了，现如今，就是激情燃烧的时刻，也听不见她信誓旦旦的表白了。一个大男人，鞠向东不好意思总是追问，好不容易憋出来一句，结果总是不欢而散。

关于小 M 的不离婚，每每想起，更加剧了鞠向东的不舒服，尽管他自己也没有离婚，但他就是不舒服。他认为，毕竟是你小 M 主动示爱的，也是你先说出一辈子不分开的，从一开始我鞠向东就是被动接受的，我一直属于跟随的位置，只要你先离婚，我就会跟着办离婚手续，就算我先离婚，那你也得让我看到你的行动吧？他觉得自己付出了那么多感情，还有一个壮年男人的精华，难道她付出的爱，就是几件衣服？他就值几件衣服？

鞠向东更希望小 M 用离婚来证明她对他的爱情。

心里不舒服，就觉得自己有点吃亏，就觉得自己还应该得到更多，就觉得小 M 应该对自己更大方一些，比如钞票。想到这个层面，鞠向东心里会略略有些尴尬，但这种感觉很快就会过去，并且，不舒服的情绪还变得理直气壮起来。

“你凭什么啊？”他多次这么向天发问。

12. 三个男人又开戏

三个男人又开了戏。他们又想喝酒了。

这段日子，鞠向东、高就、南楠联系很频繁，主要因为，三个人的感情，几乎同时弄成了乱麻。

“这年头，还有纯洁的女人吗？”一见面高就就抛问题。

“纯洁？我前一个女朋友，看上去绝对干净，思维更是简单，你说什么她都会问一句‘真的呀’，我一度坚定地认为，这是一枚极为单纯的姑娘。可你猜怎么着？有一次在跟我约会的时候，她好端端地突然哭起来，一问，人家说心里很难过，再问，人家说以前一直暗恋一个有家室的男人，看见我体贴关心的样子，特别像那个男人，人家就想起了他，说是忍不住了……”南楠满脸无奈地把高就的问题接过来，随后又说：“关键还不是她暗恋谁，关键是她说这件事的时候，居然毫无羞愧之色。”南楠越说越气愤。

“你也遇到这种事？朋友给我介绍一个女律师，说怎么怎么好，第一次见面，看上去还真不错，我还怕人家看不上我，结果人家居然挺痛快，答应多接触接触。后来又见了几次，我跟人家说，我们都不小了，如果你觉得我可以，我们把关系确定了吧。人家一听，看上去挺激动，还开玩笑说这就是求婚吧？多好啊，人家居然想到求婚了！眼看着就一拍即合了……”高就突然顿住，不说了，一个人坐那大喘气。

“下文下文！”南楠催他。

“没下文了。人家说完求婚的话，又说了一句，把我吓得不轻……”高就又不说了，端起了酒杯。

“下文下文！”南楠又催。

“……人家说，她有爱人，她的爱人不能和她结婚，因为她的爱人是有家室的人。她现在把他当亲人，以后我们在一起，我得同意她和他来往，当然，是把那男人当哥哥。”

“什么人啊！太厚颜了吧！”南楠听不下去了。

“是啊，我当时就说我们不合适，算了吧。”高就附和着南楠说。

“不合适？我发现你老兄还真是仁慈。简直是无视自己大男人的血性嘛，根本就是玩弄你的感情，把你当什么了？活活一个缺心眼子？仅仅一个结婚对象？过日子的依靠？哦卖糕的！她跟你过日子，却跟别人谈感情？切！”南楠情绪激动，替高就严重抱不平。

“现在的女人，都想什么呢？”看着情绪激动的高就和南楠两个人，鞠向东皱紧了眉头，似乎是自言自语地说。

“还有更好玩的呢，我前前女友，当年死命追我，说不好听就是勾引，你知道她是何人啊？她当时是我一好哥们的女朋友啊！在职女朋友啊！等同于我的朋友之妻啊！”南楠几乎要捶胸顿足。

“那你还真要了？”高就不敢相信。

“不能够啊！我没敢要，她的表白仪式和我的告别仪式一并举行了。”

“那这不算你的前前女友。”高就跟南楠较真。

“都表白了，可以充个数。”南楠说。

“这个也要数字啊？”鞠向东插嘴问。

“当然啦，数字很说明问题。你看看那些电视交友节目，一个22岁的男嘉宾，说自己谈过3次恋爱，女嘉宾居然一片嘘声。”南楠跟鞠向东解释说。

“为什么？嫌多了？”鞠向东问。

“正相反，嫌少了。一个女嘉宾居然问，你都22岁了，才谈了3次恋爱，你没有什么毛病吧？”

“什么世道啊这！”高就倍感不解。

“这年月，纯洁的女人？天上人间不可能有，人间天上也没有。”南楠总结说。

“你们说，女人最重要的是什么？是纯洁吗？”高就转而问。

“不能这么说，站在我们男人的角度，应该是你最看重女人什么。”南楠纠正说。

“那好，你最看重女人什么？”高就也不争辩，又跟着问南楠。

“当然是脸蛋。你想啊，如果人品有问题可以教育改造，比如你说的纯洁，无数内心躁动的女青年，经过生活历练和好人传帮带啥的，都可以变得温良恭俭让。如果性格有问题可以培养熏陶，比如原来是个暴脾气，经过恋爱经过生育，再经过职场刀剪修理，慢慢就知道忍气吞声了。唯独这脸蛋有问题没法改造。千万别给我说可以整容，后代坚决不答应，手术产品你让后代怎么遗传啊，到时候人家问你一句，我是亲生的吗？”

“善解人意也很重要。”鞠向东插了一句。

说到善解人意，鞠向东想起了小 M 那张扁平的脸，以及她的种种好来。小 M 的好，都属于善解人意，比如他想什么，她基本上就给他什么，他一打哈欠，她就会把枕头递过来。这样的女人，比光有脸蛋重要多了。刚开始他也觉得小 M 长得不好看，几年下来，看习惯了，也不觉得不好看了。

这么一想，鞠向东就觉得这个话题意犹未尽，于是又颇有体会地说：“男人到了中年，就不会过于沉湎漂亮的脸蛋，他会更喜欢那些聪明的、善解人意的女人。一个善解人意的女人，可以用她的宽容和理解，恰到好处地帮助男人解决问题，这比漂亮的脸蛋有用得多。再说，漂亮是很短暂的，漂亮也是会审美疲劳的，再漂亮的女人天天看也不觉得了，反而都给别人看了。”

南楠不想苟同，接着鞠向东的话说：“我们男人所谓的善解人意，在多数时候，不过是希望女人对自己的朝三暮四或者移情别恋给予理解，说到底是一种自私的心态，希望自己犯错误可以很快被原谅，或者呢，可以随心所欲地无所顾忌地把错误一直舒服地犯下去。我们得承认，我们男人就是视觉动物。所以说，还是先解决赏心悦目的问题。”

南楠的话有些尖锐，简直是一针见血，鞠向东显然被戳了一下。虽然南楠是无意的。

“我就想不通，我一直很善解人意，我那么善解人意……”高就突然声调提高 8 度，满腔愤懑地开腔。结果刚一开头，就被南楠无情地打断：“行了行了，我们这说女人呢，你就别一遍一遍回放你的委屈了，再说你就变成怨夫了。咱好歹一爷们，说啥也不能弄成怨夫啊。”

一听“怨夫”这词，高就的眼圈居然要红。

就在高就眼圈发红的时候，鞠向东的手机，不长眼色地响了，打断了高就即将痛说的架势。鞠向东感到很不好意思，他向高就示意了一下，拿起手机，看了看号码，表情和语气都有点不耐烦地“喂”了一声。

饭桌上一时噤声，听鞠向东一个人说：“有事吗……我在外边吃饭……当然和朋友……在航天桥……你干什么……你别来……你来干什么……”

“嫂夫人啊？查岗啊？”听感觉像是家里人，高就就打趣说。

“不是，一个朋友……好了，今天这顿有人买单了。”鞠向东故作不经意地说。

“谁啊？这么哭着喊着来买单？”听声是个女人，南楠故意问。

鞠向东没有说话，他放下电话，又拿起菜单，招呼服务员过来加了几个菜。南楠一看乐了，说东哥这是要款待来宾呢还是要宰人呢？刚才还说不想吃海鲜，怎么这一接电话，状态有变啊，这加了海参也就罢了，连鲍鱼都不放过啊。

南楠这一起哄，鞠向东突然觉得有点脸热，像是被人看穿了什么，心里开始发虚，也有点后悔，后悔没拦住来人，也后悔又点了菜。难堪间，他言语也有点支支吾吾，只好冲着南楠装大，说你个小屁孩，刚才不是你想吃吗？再说，你让人家来了……吃你我的剩菜啊？

“好啊好啊，今天东哥要大补啊。咱哥几个一块大补，哈哈……”高就端起酒杯示意走一个。小酌之间，他自己刚才的糟糕情绪，似乎也给鲍鱼炖了。再说一听有个女人要来，刚才听音就发现关系暧昧，觉得这事有点意思，心里那一满腔的委屈，被这新一轮含糊暧昧的举杯，瞬间冲淡。

三个人胡言乱语间，小M热情洋溢地快步走了进来。

小M进门的那一瞬间，南楠很有洞察地抿嘴笑着，小M追寻鞠向东的贪婪目光，没有逃过他的眼睛，他在心里用了一个词形容：贼光。鞠向东略带不自然地给他们介绍，说这是我们杂志社的客户。高就先伸出手，显得很讲礼貌地触碰了一下小M的手。南楠跟着起身，冲小M示意了一下手中的酒杯，算是打了招呼，像老朋友一样。

小M显得比在座的三个男人都落落大方，没有女人的客气扭捏，更没有初次见面的生疏，就像是早有准备，进入角色很快。她一会儿给这个夹菜，一会儿跟那个碰杯，嘴里也没闲着，可以说是滔滔不绝，话题从南楠的职业，到高就的长相，从桌上的海参，到东南亚的人妖，不沾边的事情，分分钟就被她一网打尽了。尽管话题忽东忽西，但却尽在她的掌控之中。

看上去，那场面非常像鞠向东两口子宴请鞠向东的哥们。

坐在一边的鞠向东，一会儿身子靠后，一会儿又前倾，一会儿侧扭着，身姿不断变换着方向，屁股底下像是有刺。嘴里偶尔插一句话，偶尔又像是准备插话，看上去很想接管局面，可似乎又找不到强有力的话题和时机。脸上也是红一阵白一阵，像是得意，又像是难堪，看不出到底是高兴还是不满。

席间，小M去了趟洗手间，几个男人都有点憋不住了，纷纷张嘴发言。

“这姐们干吗的？整个儿一女强人啊！这女强人都是女中之豪杰啊。”南楠由衷地说。

“女强人怎么了？女人一强就成了洪水猛兽了？我们男人的心理素质不能那么差嘛，务必要有承受力啊。”鞠向东心里有喜有虚，既想替小M辩护，怕自己被人误会了，又想证明自己有魅力，女强人也不在话下，几番心思混杂在一起，话说得有点装模作样。

“东哥，还是你行！真人不露相，有女强人如此大献殷勤，是不是遭到追逐啦？我看行！这是好事啊。”南楠故意八卦地说。此话就像挠痒痒，弄得鞠向东心里一阵舒服。

“你的眼光还真深邃，我都没看出什么来……不过女人太强这……”高就完全不识时务，或者有些许的吃醋，半醉半醒含含糊糊地说。

“你可别说男人不喜欢女强人，那是没自信的表现。有女强人投怀送抱，说明你够强大，至少内心够强大。女强人多有头脑，能随随便便贡献爱慕？再说啦，女强人都是有一定资本的，资本是可以解决男人很多问题的，可以帮他们实现很多梦想，首先是关于生活的梦想，东哥你说是不是？”南楠对女强人的话题饶有兴致，他略带羡慕的话，又戳了鞠向东一下。鞠向东心里恨恨的，搞不懂南楠这家伙，一会儿给他挠痒痒，一会儿给他扎针，干吗尽干折磨他的事。

“你是说……吃软饭？”南楠这番话，听得高就凝神思考，高就一晃脑袋，似乎听明白了，他迟疑地问。

“什么吃软饭？不就女强人嘛，你之熊掌，我之砒霜。”

一听“吃软饭”，鞠向东觉得很刺耳，心里不愉快，有点受刺激，就急不择言地说了一句。鞠向东此话接得有点此地无银，说得也言不由衷，弄得自己都有点羞涩，于是就尴尬地哈哈着给自己解围，举起酒杯要大家再干一杯。

“东哥说得在理，人和人要的不一样，不在于是不是女强人，关键在于是不是你的菜。”南楠看出了鞠向东的尴尬，觉得是自己引发的，心里感觉过意不去，就一边跟着鞠向东举杯，一边由衷地附和鞠向东。

这顿饭，因为小 M 的加入，吃得非常拖拖拉拉。小 M 一直兴致高昂，并且一直意犹未尽。南楠和高就似乎也很兴奋，症状像打了鸡血，你一言我一语话题不断，跟小 M 就像认识多年的老朋友，弄得整个饭桌上笑声朗朗，总是呈现一个又一个高潮，并且降不下来。

期间，小 M 不知道是太兴奋，还是太想表现，热情地跟南楠表示，要给南楠介绍女朋友，并且有方向有目标地说，对方很可爱人很好。南楠听了不以为然，跟她开玩笑说，一个女人如果说另一女人是“美女”，说明长得很普通；说是“大美女”，说明两人关系不错；说“很可爱”，说明长得难看；说“人很好”，说明长得很胖；说“身材好”，说明是 A CUP；说“很傲气，性格不好”，说明很漂亮；要是说“没气质，贱”，说明不光漂亮，身材也很好。南楠一番玩笑话，惹来小 M 一阵尖叫：“你真是太坏了……”

“啥是 A CUP？”鞠向东凑过来问。他这一问，小 M 也像是想起什么，也冲南楠问，对啊，A CUP 啥意思？南楠被问得突然语塞，一下子窘住了，张了几次嘴巴也没吐出个所以然。高就虽然也没听清，但他看南楠的神情，知道不是什么好词，就故意挖苦南楠：“你小子，别整天蹦单词，就怕别人不知道你是英语老师啊。”高就这一挖苦，无意中打了个岔，还真把南楠给救了。

等小 M 和鞠向东忘记这事转移了话题，高就凑过身子悄悄问南楠，快说那是啥意思，南楠使劲压着声音，说是“A 号杯罩”，高就没听懂，还是满脸的疑惑，南楠无奈地皱眉，只好再压低声，再凑过身子加一句：“就是胸小的意思，穿最小号的内衣。”高就恍然，然后独自大乐。一边的小 M 被他乐的，误以为他们在议论她和鞠向东的关系，身子居然一扭，脸上顿时呈现出羞答答的表情，并伴随出现大片得意的红云。

终于饭毕，酒足饭饱残羹剩饭中，小M还意犹未尽地说，我们再来点什么吧。鞠向东跟她不耐地挥挥手，意思是到此为止，然后夸张地东找西找，做出了掏腰包的动作。他刚刚做出动作，小M就立刻冲服务员扬起了手，大声叫“服务员买单”。服务员径直走向招手的小M，鞠向东就很自然地收起了动作。

走出饭店大门，小M的声音愉快地响起来：“坐我们的车吧，我们送你们。”南楠跟高就耳语，说：“如果我没有猜错的话，东哥和这女的……”高就正想回南楠一个耳语，小M的声音再一次响起，他只好拉着南楠向小M的座驾走去。

一路上，似乎是要印证南楠的猜测，坐在副驾驶的小M，不时地和鞠向东嗲声嗲气说话，忽而，又转向了南楠和高就：“二位坐着还行吧？上次他说坐垫不舒服，本来要换的结果我给忙忘了……”随即又转向鞠向东：“你别生气啊，我回头就赶紧换了，嗯？”“我记得后备箱里还有水吧？给你买了你又不记得喝，放好久了。电视里说这种水不能喝的，你记住没……”

小M滔滔不绝的时候，鞠向东一直“咳咳咳”地发出响声，像是嗓子眼里卡了异物。无奈，鞠向东的努力或者暗示都很失败，小M看上去心情很好，一直在畅所欲言，鞠向东只好一直“咳咳咳”。

南楠偷偷地乐了，转头看高就。高就有点不知所措，不断调整自己的坐姿，眼睛始终望着窗外，好像窗外有美景。

高就有点不安，是在为自己窥探到了别人的秘密。

13. 高就如今的日子

高就如今的日子，可以用两个重复的词形容，屁颠屁颠。

尽管之前对形势有着比较乐观的估计，但是，高就依然被条件一个赛一个的女嘉宾，弄得到了受到惊吓的程度。他不知道原来王老五有这样的美好待遇，各种各样优秀的女嘉宾听着就激动人心，A 刚亮相 B 就登场，把一帮婚内哥们馋得，看着直流鼻血，一个个做梦都在反省自己，怎么就成了已婚男人。

可是，高就越是不想陷入相亲的怪圈，他就越是不停地被相亲，高就对自己的屁颠状态十分不满，觉得都是些事倍功半的结果，甚至是浪费时间和精力，纯粹是受折腾、受刺激、受煎熬。要么看得见摸不着，一见就过；要么看不见更摸不着，一听就过；要么看见了也摸着了，没过瘾就死。都是一种虚假繁荣，他是越相情绪越低落。

经过一系列的折腾和刺激，高就深深意识到，不能这么选秀下去了，并且，原本制定的不高攀不低就不吃回头草的基本政策，显然需要调整。

调整有结果。

想急于安定下来，更是厌烦于奔波在一个又一个相亲场所，高就不经意间就吃了回头草。

高就的回头草，属于无意识，或者说是被动就范，并且，高就这一回头，弄得脖子很有点吃不消。有 3 个女人主动出现，她们都是高就的前女友，有的交往时间短，有的已经触及谈婚论嫁，有的时间不短但断断续续的，一直没整理利索。她们就好像知道高就要调整政策，纷纷积极响应他内心的号召，导致他左回头右回头，有点应接不暇。

3 个女人是前后脚给他发了信息。

像是商量好了，她们几乎都是一个套路，开始是找他帮忙，此忙一定是需要反反复复才能解决的，于是就有了必不可少的反反复复的接触；然后就是表达浓浓的谢意，此谢意也是需要反反复复才能完成的，于是就有了反反复复的亲切约见；再然后，就是深情的怀旧，此怀旧一个人难以完成，更需要高就配合。经过了人家前面那么多铺垫，高就没法不配合，他的配合完全是不由自主。

局面有点失控。

一到周末，3 个女人看似一般，实则不一般的嘘寒问暖，就同时驾到了："你胃还疼吗？我给你熬粥去吧。""我给你买了同银堂的补药，你要记得吃啊。""注意身体啊别总加班了让人心疼。""天冷了多穿点别感冒了。""少喝点酒，喝酒前先吃点东西记住哦。"句句甜腻，都是温暖人心窝子的话。可温暖的话却没有温暖高就，他看了太阳穴乱跳、头直疼。

3 个回头的女人们，包括外企经理大 H、那个心里装着别人的女律师，还有一个小公务员。一个比一个不省心。这是高就说的。

说起来，跟外企经理大 H 渊源最深。外企经理大 H 是他离婚后第一个女朋友，最关键的是，他们算是有过夫妻的日子。高就一直都不是一个随便的男人，同居对他，算是一件人生大事，尽管同居岁月有点不堪回首，但因此高就对大 H 的感情变得复杂，恻隐之心也最重。

有一次，高就半推半就地去了外企经理的家，外企经理大 H 跟他在沙发上哼哼唧唧手脚不清的时候，从他口袋里翻出了一张购物单，单子上清楚地显示，那是一个名牌包包的购物单。外企经理当时没说别的，只是突然说想喝酒了，让高就带她去喝酒。于是两人出门进了一家餐厅，还没落座，外企经理就招呼服务生上了一瓶红酒，不等菜上来就让开了瓶，并且自己给自己倒了一大杯，然后亲自灌进了血红大口里。当时高就看着直发愣。

外企经理说话了："喝啊！没看见女士已经干了？"话音一落，外企经理又灌了自己一杯。

"你这是干吗？"高就还在发愣状态。

“你说我干吗？喝酒啊！说借酒浇愁也行啊。”外企经理再一次一仰而尽。

“你不要无理取闹了啊！”高就太熟悉外企经理的做派了，也似乎意识到了什么，就不客气地制止说。

“我就是无理取闹了！”外企经理一梗脖子，又给自己灌了一大口酒。

“你你你……不可理喻！”

“我不可理喻？你是我男朋友吧？我的男朋友给别的女人买礼物，你说我该怎么理喻你啊？”

“那是……普通朋友。”高就辩解。

“普通？前妻算普通？出手真大方啊，那么贵重的包……”大H言语很委屈。

“她过生日，买个礼物怎么了？又没花多少钱。再说了，大方和感情有啥关系啊？”不幸被大H猜中，高就也顾不上躲闪，只是继续狡辩。

“你当我真不懂啊，那牌子包少花不了……谁说物质不代表爱情，谁的钱也不是天上掉下来的，舍得花钱就是感情的证明……我们那时候，你给我买过什么啊？只出力不出钱，说明你根本就没爱过我！”大H一口气地声讨。

高就一时语塞。

他当初确实没给外企经理大H买过什么东西，物质馈赠的心思还真不多。我不是个小气的男人啊！难道真是不舍得给人花钱？真的是没有爱过她？被大H一顿声讨，高就自己也泛起了嘀咕。

心里一嘀咕，高就继续辩解的勇气有些丧失。他想跟大H说，前妻就是前妻，不是女朋友，虽然不是女朋友，但也不是一般朋友……他还想说，你现在不是我的女朋友，你只是前女友，我的过往你无权过问……但是，这些话他都说不出口了，说不出口的原因，是他觉得自己和这两个女人的关系，的确有些含糊不清，如果从严格意义上判定，都不是普通关系。既不是普通关系，那就得特殊关系特殊对待，那就没办法搁一块讨论，更何况两个人相克相冲。

高就此时终于理解，什么是理还乱了。

“很吃惊我知道吧？藏不住了吧？说不清楚了吧？你和你前妻的那点事，你自己根本就说不清楚。你前妻……”大H不依不饶。

外企经理大H居然故伎重演，旧事重提，高就怒了。高就突然大声地喊起来：“谁是你的男朋友？你有什么资格说她？你以后不要再提她，再也不要让我从你嘴里听到她的名字。”

高就的咆哮没有奏效，外企经理带着蔑视的神情，继续自斟自饮，然后继续说着他的前妻：“不就一个小护士吗……她有什么啊？是有学历有文化还是有地位有事业？就这么一个人，人家还不要你了，你还死乞白赖……你惦记有用吗？你惦记也是枉费心机……”高就脑袋快炸了，起身夺门而去。

高就很恼火自己居然自食其言。他骂自己这是活该。

当初自己好不容易从外企经理家里搬出来，结束了争吵不断的同居日子，自己捶胸顿足地发誓，再也不进那个家门了，再也不玩同居了。如今，怎么就稀里糊涂地又进了外企经理的家门了？这到底是怎么发生的呢？高就翻来覆去地思考，没觉得自己哪里有问题。可事情就是这么发生了，他稀里糊涂。

前妻是高就心底的隐痛，偏偏外企经理揪住不放，要不是这样，凭着外企经理对高就里里外外的好，他是可以忍受她的强势的。

南楠数落他，说你一定要醒醒，那个外企经理就是个三合一的“三好女人”：好黏人、好嫉妒、好控制，这种女人对你再好也不能娶回家，否则你的下半生将没有一天消停日子过。你就该速战速决地分手，分手之后再也不能联系。高就说我也这么想啊，可是她天天打电话发短信，不回复就没完没了地追问你，一点不回复我又觉得太不男人，做人不能太不礼貌太不厚道，人家对我也不错，就是普通朋友也得搭理啊……南楠说你就是心太软，你千万别回她电话，要痛快跟她说，我们结束。如果再不行，我给你个建议，你不是拉不下脸吗？那你就拉着她的手说，让我们重新评估一下关系。高就说南楠一肚子不靠谱歪主意。

女律师和外企经理不一样，女律师不提他的前妻，但她对外企经理耿耿于怀。女律师解不开的心结，是高就跟外企经理同居的事。

作为见多识广的律师，女律师对同居并没有更多的异议，她的追问在于：高就为什么就乖乖跟一个女人回家？为什么见过几面就能同居？为什么没想好结不结婚却要生活在一起？为什么意志如此的薄弱？为什么经不起诱惑？

女律师断定，高就就是意志薄弱。

相比较热爱一个男人，女律师似乎更热爱分析一个男人。她的分析，一环套一环、一步跟一步，逻辑清晰、推理精准，或者说，是逻辑怪异、正论反证搀和在一起，高就常常哑口无言，但在哑口无言的同时，高就也另有一个奇怪的感觉，他觉得，女律师的清晰逻辑和胡搅蛮缠差不多。

女律师跟高就一遍一遍这么说：你说不知道怎么进的人家家门，想说身不由己吧？你这身不由己是指人家色诱你还是你纯真无邪呢？还是你善解人意呢？我看都不是，人家白领丽人大H也未必那么没自尊，你一个三十好几的男人也未必天真，就算第一次是被动的，那后来上百个缠绵日夜，不会都是被绑架的吧？一个小女子也绑架不了你个大男人吧？你肯定是自己走进去的，后来也一定是自己回家收拾行李奔人家衣柜吧？你不是说人家没去过你的家吗……就算你开始是被人家预谋了，那后来也是心甘情愿、正中下怀、顺水推舟、自投床笫的吧……你说你没想过和她结婚，那你更成问题了，没打算娶人家，这话你肯定没跟人家说吧？那你搬进人家家里跟人家同床共枕，你是干什么呢？分明就是占便宜心理嘛……

本来事情还是定位在意志上，让女律师分析来分析去，几乎变成了品德问题。高就心里那个后悔，不是后悔吃了回头草，他后悔自己做人太实诚，跟女律师把自己的前情和盘托出。他既后悔又难受，我说实话也错了？我不是信任你吗？难道做个让人信任的人有罪啊？这不是逼良为娼吗？这不是教育我以后不能说实话吗？

事情被弄成品德问题，严重考验到高就的忍受度。

终于有一天，高就冲着振振有词的女律师大叫：我们早就分手啦！高就的言外之意是，你管不着我。但女律师的反应叫他崩溃。女律师说，我不是管你，我是替你分析。

小公务员回头，是因为在他们相处的日子里，发生了无数次的分分合合，次数多得，导致高就无数次搞不清他们到底是分了还是没分。比如这次。

小公务员因为和他分分合合，曾经想不开，半夜开车在三环路上狂奔，高就开着车在后面狂追，上演了一出疑似警匪片的镜头。那次，高就完全被整怕了，小公务员的任性狂为，实在叫他头疼，他痛定思痛，很痛快地答应了小公务员说的分手。高就深知，这是小公务员又一次任性的决定，说完没几天，她就会得健忘症。以往每次高就都哄着她，等她恢复清醒再重归于好。那回，他把这当机会一把抓住了，态度坚决说分手。第二天小公务员找他理论，他冷冷地说，昨天我们已经分手。后来小公务员再找他，他都咬紧牙关，说我们已经分手。

公正地说，分分合合都是小公务员制造的。小公务员很年轻，年岁比高就整整小了一轮，她才25岁。因为这个年龄差，所以，小公务员经常挂在嘴边的相处理由是：你比我大那么多，你就该让着我。没有原则问题的时候，高就基本认可这个相处理由，问题是，总是有原则被挑战。

小公务员很喜欢挑战高就的原则，好像是为了印证自己是否得到父爱般呵护。一旦出现高就不相让，或者不得不坚持的情况，小公务员就会不厌其烦地故伎重演，亲自制造一场失恋，然后说一大堆绝情的话，然后泪奔着离开。

此次回头，之所以叫做回头，是小公务员泪奔而去时间最长的一次，长到高就以为她决心已定，完全不会回头了。没想到，时隔数月，她以一个怨妇的形象再次出现，一出现就开始抱怨，似乎忘记了他们已经分手，高就已经不是她的男朋友。她说高就不是男人，是男人就应该明白，他比她大那么多，她为什么跟他，图的就是让着她。这话小公务员过去经常说，但是这回高就才算是真听明白了，意思就是，图的就是为所欲为、随心所欲。

小公务员的重新出现，非常之理直气壮。高就想不通，她消失了几个月，凭什么就断定高就就该乖乖等着她呢？完全无视一个王老五的存在价值。当然，这次高就吸取了以前把自己的情史和盘托出的教训，对小公务员闭口不提和她分手期间奔走相亲的事，更没提差点回头的外企经理和女律师。

但是这次，高就有所改变，他决定让自己忘记小公务员和他的年龄差，他不让了，也不哄了，他豁出来了。他一次次严厉谴责小公务员的任性妄为，一次次毫不让步。

高就没有想到，意外出现了，小公务员居然变老实了，表示以后要听话。

关于"吃回头草"这件事，其实高就也是满肚子的烦恼委屈，他跟南楠唠叨，说明明说好分手了，可她们老给他打电话，要帮的忙帮完了吧，还打电话，你不理睬吧，她们就没完没了地抱怨他，说他没胸怀不是大男人，跟她们怎么说都不行……南楠有点质问地说他，这就是你的问题，你干吗弄成了"怎么说都不行"

了呢？你还跟她们说什么呢？你就是活该啊！你完全可以电话不接、短信不回，她们还能怎么样？不至于跑到你的办公室不让你上班吧？都是分手的人了，你哪那么多解释，解释就是把一团乱麻变成一堆乱麻……

南楠严肃批评他，说你这样很不好，虽说你是个王老五，但也不能这么嚣张吧？脚踩几只船呢！

高就不认账，说，我这不算是吃回头草，是朋友相待，人家有事找我帮忙，我不能没风度吧？我这更不算脚踩几只船，他们根本就不是我的船嘛。她们找你干吗？你为什么非得接应？南楠问。有些事情需要我的帮助嘛。高就解释说。南楠晃着脑袋问，你别告诉我你不知道这是她们的借口。

高就无语，被南楠一语中的。

高就每每被南楠的质问弄得张口结舌，但每每缓过劲来就要使劲狡辩，南楠就每每必扔下一句狠话：你就是爱犹豫！不知道自己到底要什么，或者说什么都想要。你是不是经常觉得，要是她们几个合并一下那该多好啊。你这就是贪心啊。冲动不是魔鬼，犹豫才是。

面对南楠的话，高就开始仔细地反省自己犹豫和贪心的问题。

当初逃离外企经理大 H，除了大 H 总是跟他已经消失的前妻没完没了外，还有一个原因，高就实在不太适应被追逐的感觉。大 H 的追逐伴随着她的控制欲，她的主动追击，让高就时不时地丧失掉一个男人的“大”字，情感生活变得被动而僵硬，这让他也越来越不舒服。可是分手后，他的确是觉得可惜，外企经理是个让他销魂的女人，并且对他很好，主要表现在愿意给他按摩，还有洗脚。这些美事他从未享受过，从前都是他给前妻做的。

至于女律师，一个太会讲道理的女人，即使貌若天仙，也让人觉得乏味。更何况，她跟你讲道理的最终用心，还是征服你。女人应该用道理征服男人吗？对这个问题，南楠给他的理论是，不要妄想跟女人讲道理，一个每月流血 7 天不止还死不了的生物，在这个星球上是逆天的存在。

既然存在，那就有存在的道理，管他是顺天还是逆天。但这个问题高就一直没想好，于是就只好逃，逃走后又觉得遗憾——女律师的确很漂亮，气质脱俗，带出去相当有面子。

反省后，高就初步认识到了自己的错误，觉得真的不能再犹豫了，不能再含糊了。经过几番非严格意义上的“回头”，高就的方向，暂时停留在了暂时比较听话，并明确表示要痛改前非的小公务员身上。

小公务员得了便宜还要卖乖，跟他嘟囔，说好马都不吃回头草。作出决定的高就心情舒畅，所以高就不计较，他跟小公务员说，我就是一匹坏马，一转身，看见水肥草美，赶紧回头呗。

14. 南禾源无比迷茫

南禾源无比迷茫。

他跟女医生说，他是世界上最幸福的男人。其实，他的幸福，不过是因为他牵上了女医生的手，称呼上把她变成了自己的小鸟，事实上也仅此而已。他和她之间，仅仅是牵手，如同那个《山楂树之恋》。

南禾源心里五味杂陈。

他是犹豫的，也是笃定的，或者说是清晰的。对他来说，有一次牵手，已经是种奢侈，他感觉很幸福，对此他清晰并且笃定。同时，他也深感彷徨，他牵着她的手，往哪里走？他心里和眼前都没有方向。他的内心有挣扎的失落感，还有真实的幸福感，以及一种虚幻的拥有感，这几种截然不同的感觉，几乎每天都在相互纠缠，有时候是一个瞬间，有时候是一整夜，让一个本该知天命的男人，日子开始变得无比迷茫。

但是，南禾源的确感到幸福。

尽管挣扎，南禾源的幸福感，是真实的，即便他们之间没有身体间的亲密。不是他没有生理需求，实际上每次见到他的小鸟，对他都成了一次验证，验证自己还是个正常的男人，裆间那东西放肆地勃起，都会让他男人的雄心跟着一起勃起。

南禾源没有计算过，他已经有多长时间没有过性生活了。

和妻子做夫妻 20 多年，说没有感情吧，也不是，说有感情吧，更不是，尤其是后来十几年的冷战，他和妻子之间，在床上早已经形同陌路，现在他身在海江，两个人更加陌路。虽说他经常回北京，过门不入却是常态，不是一点时间也没有，是没有那份心情。在情感上面，他觉得自己在慢慢死去，慢慢忘掉了幸福是什么感觉，他甚至做好了下半辈子就这么麻木下去的思想准备。

是他的小鸟，在他年过半百的时候，重新唤醒了他。

就在南禾源被一种无比幸福的情感包裹时，那一天来临。

那一天，是一个奇怪而逻辑混乱的日子，是南禾源幸福感最为强烈的一天，也是罪恶感最为强烈的一天。两种巅峰，同时出现。

那天，他在北京机场，即将返回海江。等待中，突然一个念头冒了出来，并且越来越强烈。于是他在机场给小鸟电话，说你马上过来，你等几分钟，有车马上到医院接你。南禾源的语气不容置疑，他从来没有用这样的语气跟他的小鸟说过话，他的小鸟显然被他的语气和他的指令弄糊涂了，一时间不知道跟他说什么，想问个为什么，问问到底怎么了，他似乎没打算给她提问机会。他的小鸟放下电话没几分钟，已经有人把电话打给她，说在门口等她，接她去机场。路上，南禾源跟他的小鸟打电话，让她带着身份证直接去领登机牌，他在贵宾候机室等她……

两个小时后，南禾源的小鸟被南禾源带到了海江市。

南禾源的司机按照南禾源的吩咐，直接把他们载到了他的单身公寓。路上，他们几乎没有说话。到了公寓，南禾源神情自然地拎着小鸟的小包，一边往单元门里走，一边跟司机说你回去吧。公寓电梯间装修得讲究典雅，电梯上行的时候，小鸟一直看着楼层显示灯，两个人都没有说话。电梯运行既稳又快，很快就到了18层。出了电梯，右拐，在一个防盗门前，南禾源停下，他拿出钥匙开门，然后进了房间门，回头看小鸟站在门边有点手足无措，南禾源温柔地微笑着，说进来吧。进门后又轻声问她，你住客房好吗？有点小，但比我那间主卧干净。小鸟一听似乎松了口气，赶紧点头说好好好，样子有点慌不择言。小鸟的眼睛一直看着左右，不敢和南禾源的眼神相遇。南禾源发现了，他体谅地装作没有发现。

那晚，南禾源带他的小鸟出去吃了一顿简单却豪华的晚餐。他跟她说，两个人吃饭不好点菜，既想让她吃好，又想让她吃饱，所以只好简单了些。南禾源的意思他的小鸟点头表示明白了：既想点好的贵的，又想点她爱吃的。南禾源很了解他的小鸟，她爱吃的菜都很家常，一看见生猛海鲜就皱眉头。

晚饭后，他们一起散步回公寓。霓虹美丽，气氛温馨，两个人并肩而行，看上去般配和谐，很像一对人到中年的恋人。显然，两个人对此都有所感觉，两个人心里都暖烘烘的，话语也暖暖的，虽然没有相挽，但身子挨得很近，慢慢地走着，愉快地说着闲言碎语。

回到公寓，时间还早，他们就一起看电视，一起讨论海江的景点。直到此时，南禾源才跟小鸟解释说，我是不是太武断了？也没跟你商量，没有别的，就是觉得你太累了，把你带来就是想让你休息一下，这个周末在海江就好好放松一下。小鸟温柔地冲他点点头，表示没有生他的气，能理解他的举动。

随后，他们一起看着电视。似乎没有好看的节目，遥控器在南禾源的手里，一直频繁地换着频道，小鸟嗔怒地埋怨，说眼睛都被他晃酸了，于是，节目就停在了一个电视剧上。小鸟抱着一个靠垫，眼神专注地看着。南禾源显然心不在焉，他一会儿给她递一个靠垫，一会儿问她吃不吃水果，一会儿又让她坐自己身边来，说正面看得舒服……小鸟突然指着电视，示意他看，他看到一段剧情，那段对话涉及离婚。然后，毫无迹象地，小鸟像是不经意地，轻轻地问了南禾源一句："你会离婚吗？"

说这话的时候，小鸟带着一贯羞怯的眼神，看了他一眼，就转而使劲抱紧了靠垫，继续盯着电视。

小鸟的提问，在空气中滞留了几十秒钟。

在那短短几十秒内，南禾源经历了狂喜和忧伤、幸福和无奈、仰天长叹和相见恨晚等等多种情愫。只可惜，再多的情愫也没有用，答案他已经准备好，或者说，他已经没有思考的必要，在那几十秒的停顿里，他只是享受了一下内心的波澜，确认了他的小鸟对他的情义。

可以说，女医生的问题，南禾源回答得很快，相隔也就几十秒的时间。但是，就在这几十秒里，一大堆的问题出现在南禾源的脑子里，并且，就像一台高速运转的计算机，已经在短短几十秒之内，对这一大堆的问题进行了扫描处理，得出了相应的答案。

南禾源脑子里的问题没有脱俗，诸如，小鸟为什么要这么问？是试探他还是有所希望？她想得到什么答案？如果她想和他感情有结果，说明他的小鸟真的心里有他；如果她只是想了解他的想法，关心他的婚姻生活，说明他的小鸟是个善良的女人，她并不想跟他要求什么，不想让他为难。她能问这个问题，说明她有了往前走一步的心理准备，难道他的小鸟准备接受他的感情了？她要是想要个结果，给她什么答案最为妥当？什么答案可以解决所有问题……

所有问题瞬间闪过，不管有没有答案，南禾源瞬间就做出了判断。

“我没想过。”

南禾源回答得很快，尽管声音很轻，但是语速很快，好像生怕说慢了就会从嘴边溜走，快得让小鸟露出了惊异的神情，那神情像是受到了重击。快得也让他自己猝不及防，像是一个按钮被冷不丁地碰触，更像是一个快速闪过的生死按钮，如果他不赶紧按下去就够不着了。

快得让他来不及后悔。

事后他曾思索，也许，快是有意的，他不想给自己抉择的痛苦，不想生出另一个答案，因为答案早就已经产生，在小鸟没有发问之前。但是，那一刻，南禾源宁肯相信自己的快是一种下意识，似乎因此可以得到某种开脱。

南禾源忘了，下意识，就是潜意识。

又是一次下意识？

这一个下意识跟上一个下意识，相隔数个年头，上一个下意识似乎还在耳边。当年他曾冷不丁地对她说，他过得很幸福。那一句话，让她从他的生活消失，如今，又是一个下意识，在这又一个下意识里，南禾源彻底曝光了他自己，他的有关婚姻的打算，更或者，是他对她的打算，都被彻底地晾晒。

南禾源知道后果，或者说，他孤注一掷地等待一种后果。

小鸟的惊异，南禾源看得清清楚楚，小鸟惊异后面的质疑，他也看得明明白白。他好像能听见小鸟在问：“既然你没想过离婚，那你招惹我干什么？既然我们没有未来，你还来找我干什么？既然我们不可能走进婚姻，我们还有必要在一起吗？”当然，除了惊异和质疑，小鸟的伤心，南禾源也看得清清楚楚，尽管小鸟一直在努力地掩饰自己的伤心。

南禾源知道，自己又一次重重地伤到她了。

一把放了几十年的干柴，被点燃了，原以为可以轰轰烈烈地燃烧一回，哪曾想，刚刚燃起，一盆冷水倾盆浇下，表面上虽然熄了，可里面一定会越焖越热，越捂越烫。

这一切，几乎都是在瞬间发生。点燃、燃烧、熄灭、滚烫……

问题提前出现、答案提前揭晓，他不得不又一次抵挡了她。

南禾源实在没有想到，他的小鸟会这么快就问到这个问题，还问得这么直接，让他完全无法回避。

之前他的确暗自担心过，担心这个问题会成为他们之间的一个问题，甚至也暗自希望过，希望她不会问这个问题，至少暂时不要问，那他就暂时不用回答这个问题。其实他很明白，她问与不问，对他来说都没有意义，因为答案早已经在他的心里，并且不会改变，他只是不想让这种尴尬提前出现。

南禾源怎么会离婚？南禾源是一个不能离婚的男人。

他的小鸟起身进了自己的房间，回身把门关上。南禾源僵坐在沙发上，闭紧了双眼，他眉头紧皱，深深地吸了口气，又深深地呼出来。随着客房的门被轻轻关上，他觉得，自己和小鸟之间的那道心门，也在慢慢关闭。这个结果来得猝然，这个结果更来得痛心，南禾源不愿意他的小鸟不开心，不愿意她有丝毫的伤心，她叹气还是皱眉，都会让他的心脏狠狠地揪一下，并且很疼。

更为揪心的是，一想到他们之间已经渐开的心门，将要重新关闭，一种绝望和悲凉涌上了南禾源的心头。无论如何，他不能坐以待毙，他一定要做点什么，哪怕小鸟一晚上都不理睬他，一晚上都不正眼看他，一晚上都不跟他说一句话。

南禾源在客厅徘徊又徘徊，终于下定决心走向客房门口，伸手轻轻推门，门开了。小鸟的房门没有上锁，这个信号给了南禾源一丝信心，他能感知到小鸟的一种态度，期待他给她一个下文。

小鸟躺在床上，蜷曲着身子，背对着他。小鸟无言的伤心，让南禾源触目惊心，那一刻南禾源非常自责，骂自己是个罪人，谴责自己不是个男人，违背了自己保护小鸟的心愿。同时，一股子倾吐的欲望，强烈地裹挟着他，南禾源一刻也不想等待，他要告诉她这些年自己的一切，不管小鸟愿不愿意听，他已经骨鲠在喉。

南禾源从小鸟的身后抱住她，她微微颤抖着，身子蜷曲得更紧，像是拒绝，更像是渴望。南禾源心里又狠狠揪了一下，感到了疼痛。那个纤细而颤抖的身体，在他这个身材高大的男人怀里，活脱脱就是一个受惊的小鸟，他合拢的双臂，分明就是一双大大的翅膀。那一刻，“小鸟”的形象强烈地出现在他的脑子里，南禾源忍不住喃喃地把它叫了出来：“小鸟，我的小鸟，你真是我的小鸟……”小鸟压抑和控制的呜咽，终于轻轻地在他耳边蔓延开来。

那晚，他给她讲了一个长长的故事。他说了整整6个小时，她一直蜷曲着，一直背对着他。

南禾源的故事，是从他下乡插队说起的。

故事很长，跨越了很多事件，穿越了数个10年，基本上由一个个阶段组成。一个16岁少年农田里的蹉跎花季，一个工厂车间里小工人的梦想成真，一个清华学子和校花的青涩初恋，一个科研人员无心插柳的仕途之路，一个忙碌的父亲家里家外的早出晚归，一个失望的丈夫背负前行的沉重脚步，一个公务员官场上的起落沉浮……叙述间，南禾源几次哽咽落泪，得意处少、心酸处多，尤其是说到婚姻不睦，自己不堪内心重负提出离婚，妻子因此选择自杀，自己备受亲人指责，重重叠叠的无奈绝望中，他只有选择认命的时候，南禾源几乎泣不成声。

南禾源原本想说自己的世俗爱情，以及无奈的婚姻，想说自己心中几十年的渴望，可是，他说了那么久，他却不知道，在小鸟的耳朵里，几个小时的故事只留下了几个关键词，校花、自杀、指责，这几个词成为了关键词，刻骨铭心地印在了一个心里有爱的女人心里，并且成为日后他们相处的症结，一个巨大的鸿沟。

那晚，小鸟一直没有说话，她的眼泪打湿了半个枕头，一直蔓延到南禾源的腮下，冷冷的凉气不断蔓延。

那晚，他们的身体一直依偎着，或者说，是南禾源抱着他的小鸟，从她的身后。女医生纤细的双肩，和她单薄的背，在南禾源的胸口，还有大手中，一直处于滚烫状态，并且颤抖着。仅仅只是依偎，是两个绝望和冰冷的心，依偎在一起。床上无战事。月光很亮，透过落地大窗，肆无忌惮地洒在他们两个身上，月亮作证，他们一夜无眠。

天一放明，南禾源的小鸟就悄悄起身了。南禾源在疲惫的昏沉中，感觉到身边空荡荡的，他赶紧睁开眼睛，小鸟一脸的憔悴，静静地站在床前，静静地看着他。

南禾源翻身坐起，伸手把她揽在怀里，关切地说："你应该多睡一会，要么一会儿我带你去吃早餐，然后我去上班，你回来再补个觉。我中午接你去吃饭，晚上带你看看这里的夜景，还有很著名的酒吧一条街……"

"你听我说……"小鸟轻轻的声音，温柔地打断了他的话。南禾源止住了，像是预感到了什么，他有些紧张，定定地看住小鸟，说，你说。

"我这就去机场，回北京。"说完，小鸟低下了头，在她低头之前，南禾源还是看见了她眼睛里的亮光，湿湿的亮光。

站在北京机场出站大厅，他们不得不分手，或者说，是南禾源不得不乘机返回海江。南禾源送小鸟到机场，买了两张机票，他跟着小鸟上了飞机，把小鸟送回了北京。

南禾源忧郁地看着他的小鸟，心疼如割，头疼欲裂。安排这次海江相聚之前，他死活都不会想到，这么快，她的小鸟就要飞走了，这一次她将飞多远他一点也不知道。他心里不由得阵阵作痛，深深的悲哀袭击了他的全身。

受情绪影响，南禾源居然问了一句："我们还会见面吗？"那个自信而坚定的南禾源，在那一刻，一下子变得非常无助。

"我不知道。"说完这句话，小鸟很快就转身，并且疾步走出了大厅，留给南禾源的，是一个美丽的背影。这个背影，看上去依然那么单薄，但却是毅然决然。看着这个背影，南禾源脸上布满了迷茫，神情忧伤。

南禾源的忧伤，除了小鸟的飞去，还和他的一个承诺有关。

15. 南楠意外撞春

南楠意外撞春。

撞春不是故意的，他意外看见了一个陌生女孩子的乳沟，甚至更多纵深。

这个陌生女孩是高就刚认识的女朋友，年纪很轻，高就吃不准行不行。高就见的女孩子越多，他越是吃不准，不知道自己到底适合什么样的女孩子，或者说，什么样的女孩子适合他。因为吃不准，他就把人领到南楠和鞠向东跟前，让他俩参谋参谋。

女孩子一露面，就让南楠感到刺眼。他不知道同坐的鞠向东是什么感觉，反正他是有点不自在，因为那女孩子上半身几乎全是肉身，除了俩肩膀上一根细细的吊带，再往下，就是晃眼的乳沟了，南楠估计，女孩贡献了至少三分之一的乳房给人参观。

南楠也看出来了，高就也有点不自在。女孩子是自己来的，事前两个人没有见面，导致高就完全没有机会把关人家的衣着，显然，高就自己也弄了个猝不及防。

吃饭的时候，女孩子热情地给鞠向东和南楠倒酒，每一次倾身，都把两个男人的眼睛逼得无处躲藏，明晃晃的肉身摆在他们眼前，他们难受至极。看不对，看了就有不正经之嫌疑，说你好色不过分；不看也不对，人家给你倒酒你看别处，那就是不懂礼貌，还可以证明你心虚。两个大男人心潮起伏，各种难受各种冲动各种好奇，一下子涌了上来，端杯子的手，就像缺了钙，抖得不像话。

南楠经过观察，他断定，女孩子不属于卖弄风骚，她属于心无旁骛，不光心无旁骛，还心无芥蒂，看上去，女孩子对自己制造的尴尬一无所知。南楠在心里替高就叹了口气。

南楠非常肯定，此时此刻自己是一片好心，自己关注乳沟不是好色，纯属一种担心。整个饭局，他一直提心吊胆，时刻担心那个女孩子要是动作过大，把乳头给抖落出来，因为有好几次，他余光都看见女孩子的乳晕了。他是为那乳头捏着把汗，也是为高就捏了把汗，真要乳房大曝光，以后哥们见面都会无比尴尬，貌似有了共妻之嫌。

不知道是不是因为女孩子的乳沟，反正那顿饭局很快就散了，是高就宣布散的。一出门，南楠第一时间就把心情短信告诉了高就，说此女子不是你的菜。后来高就追问究竟，南楠说，那女孩子穿那么暴露在男人跟前晃，是有心眼呢，还是缺心眼？如果是有心眼，那就可怕了，可如果是缺心眼，更可怕啊。高就说现在女孩子不都这么穿吗？南楠说，反正我的女人不能这么穿。高就还狡辩说，你一个大老爷们是不是太小气？南楠接招，说我不相信你那么大方。高就当时仰望蓝天没有发言。

南楠的心里还有一句话，他藏着没说，他想说的是，我可不想未来总是面对这样一位嫂夫人。他还想起了那个专门挤压女人乳房的电影，当时出于好奇，他看完那电影，还把自己的乳房挤做一团，结果试验证明，那么一挤压，就是男人的胸部都会成巨乳。所以他认为，女人的乳房是第一性具，女人在乳房问题上态度必须严谨，任何刻意和马虎都是有暗示后患的，再深究下去，完全可以上升到品格的高度。

尽管南楠很良善地断定，那个女孩子基本属于没心没肺，可南楠也实在不太明白她为什么在男朋友的哥们面前如此，是自恋？还是勾引？或是无知？总是其中之一吧，反正哪个都不是什么好思想。尽管自己也被弄得小鹿乱撞，南楠心里还是无私地冒出了一个词：鄙视。

这层意思，他没忍心跟高就说。

有过数次情史的南楠，对女人的乳沟并不陌生，更何况，现在满大街都是乳沟，一个女人的乳沟，已经不能激发他的荷尔蒙了。他不是和女人的乳沟较劲。他认为，问题的关键在于，当一个陌生女孩子，因为一次不小心的举动，就把自己的隐秘部位，一览无余地展现在旁人面前，她自己竟然毫不知情。这样的贡献，对男人来说，实在是来得太慷慨了。女人无意识的走光可以提醒，要是有意的走光，那就严重了。

有一次，南楠在地铁里，他身边站着一位穿着暴露的女孩儿，吸引了周围诸多男士的目光。他发现，大多数男性都在羞怯地偷看或低头偷窥，不幸的是，有一位男士眼球定格了，他不光盯着看女孩儿暴露出来的乳房，还目光下滑，继续窥视其透明的黑色短裤。女孩儿显然也发现了，女孩儿是个暴脾气，立即急眼，大骂男人流氓，说你再看我就报警了，告你性骚扰。当时，在场的男士们都万分尴尬，不是赶紧闭眼假寐，就是抬头仰望天花板，身边的其他女性也手足无措的，恨不得瞬间蒸发，或者有个地缝钻进去，个个都发愁得皱眉瞪眼。

尴尬一直在蔓延。直到女孩子下车。

南楠当时就总结，女性穿着暴露对男性健康有影响。

你穿着暴露的目的是什么呢？难道你不知道穿着暴露本身就会吸引异性吗？可是当招来了异性眼光，你又会假装激动好像很反感和厌恶，你这不是残害男人吗？所以他进一步断定，穿着极度暴露的女性有心理扭曲的倾向，并且大多内心空虚、缺乏自信，有暴露狂的征兆。敢于暴露的女性大多是缺乏男性关爱的女人，一般都是单身女孩或单身女性，一般也是文化素质不高的女性，知识女性也有暴露的，总是有度的。

跟高就女友意外撞春，令南楠深受启发。

南楠的启发在于，就因为这一瞥，一向淡定的他必须承认，自己内心多多少少发生了一些奇怪的变异，再看着那女孩子眼睛的时候，甚至有一种令人兴奋和难为情的坏感觉，觉得他们之间已经开始了某种神交，甚至有了罪恶的意念接触。

这种感觉叫他胆颤。如果是一个陌生人也就罢了，再罪恶只能停留在意念中，可是，如果是一个熟人，那将会出现无数可能，并且和罪恶有关。

那一刻，他在自责和羞涩的双重压力之下，即刻产生了一个非常坚定非常霸道的态度：自己女人的春，决不能让别人撞。在好人眼里，那是走光，在坏人眼里，那就成了勾引。

因为这次意外，南楠对未来女朋友的衣着，有了一个特别的限制。他没想到的是，这也直接导致他此后数次爱情的失败。

有一天，老妈摸着他脸上的胡茬发愁，说这才几年工夫呢，你怎么老成这样了？得赶紧找个媳妇照顾你了。他跟老妈说你不懂，现在的小姑娘都不喜欢我这阳光灿烂型的，嫌不够沧桑，我得沧桑。老妈不解，说，啊？还有嫌弃阳光的？这都啥要求啊？南楠解释说，这要求算轻微的，还有更气人的呢，现在的女孩子动不动就给你扔过来一个“凭什么”，你说让她们穿严实点，她说凭什么，你说让她别去夜店玩，她说凭什么，你说让她好好工作，她也说凭什么。没理可讲都，你要是不高兴，跟她说凭什么？啥都不凭，就凭我是你男朋友，人家就扭头走了。

老妈又是一个重重的“啊”，像是半天没找着方向，问了句，让她们穿严实点不是为她们好吗？

老妈关于穿严实点的嘀咕，勾起了南楠的沉痛回忆。

刚入夏的时候，他连续见了4个女孩子，觉得她们都跟自己的上半身有仇似的，不是吊带裙就是抹胸上衣，其中一位差点让他吐出来。

吊带裙来的时候，他替她打了个冷战。那天，他们约在一个大厦前厅的咖啡厅，刚刚5月下旬，天还不热，甚至有点凉，一个不加外套的吊带裙实在有点扎眼。大厅的空调很凉，南楠看得出来，女孩子被冷气逼得无处躲藏，一直咬牙挺着身子，表情都是僵硬的。他心里暗自嘀咕，用得着吗？非得用上半身吸引男人吗？其间，男服务生站在女孩子身边恭候点单的时候，南楠浑身不自在，他知道，那女孩子的前胸，一定被男服务生一览无余。南楠像个体贴又吃醋的丈夫，声音嗡嗡地提议女孩子喝杯热饮，哪知，女孩子却抬头看着身边的男服务生，声音甜腻地问，你给我推荐一个吧，直接弄南楠一个狼狈不堪。南楠也直接断定，女人和窥见自己私密处的陌生男人之间，的确有种说不清楚的暧昧东西。并且断定，这女孩子不仅仅是来见他的，人家这是顺便测试自己的魅力的。

另一个女孩，干脆连吊带都省了。

穿抹胸上衣的女孩现身的时候，南楠已经有点百炼成钢的意思，他没有替人家打冷战，也没有建议人家喝热饮，更没有担心人家冻着。其实，打冷战的是他自己，因为他不光看见了大片裸露的前胸，还看见，女孩子腋下浓密的腋毛，长长短短地往外支棱着，最要命的是，她总是不管不顾地抬胳膊撩头发，取水喝都端架着胳膊，好像生怕别人看不见她的腋毛似的。

坚持了几分钟，南楠的喉头就开始发潮，有东西往上涌，那些腋毛一直在他的视线里，他无处可躲，只要是看着女孩子，腋毛就在他的余光里晃动，他觉得恶心，想吐。他不得不又嘀咕：你这也太不讲究、太现眼了吧，就算你喜欢露，至少应该把周边处理干净再出来吧。

关于撞春，南楠称得上见多识广、身经百战，的确没兴趣撞春，但是他不想自己的女人春光乍泄，给别人福利。

南楠没想到，跟老妈一通埋怨，无意间给自己做了个总结，心里像是解开了一个扣。全天下的女人都可以乱露，我的女人坚决不能瞎露。

自己的扣虽然解开了，可南楠的一通埋怨，让老妈愁上加愁，说小姑娘真都这样？这种小姑娘你可别给我领回家，回头穿那么少在家里，家里还有你爸呢！别弄得全家不自在，还跟我一口一个凭什么，还不得把我气死。南楠就说，可不是嘛，我 28 岁，要找也得找二十四五的吧，可这个年纪的女孩都这样。

南楠跟老妈这么说，除了表明自己择偶的一个现实，还想让老妈产生些畏难情绪，不要总催他。哪知，老妈很快换了思路，说，那你就找一个成熟点的吧，年纪大点我也没意见。南楠反应及时，赶紧摸着自己的胡茬说，所以啊，我得有个成熟男人的样子才能把成熟女人招来啊。老妈“哦”了一声，像是对他的沧桑有所领悟，不再有其他建议，倒是出现满脸若有所思的愁容。

南楠扮沧桑，的确是迫于无奈。

南楠的确没有料到，他认为穿着不要太暴露是个很低的标准，结果发现，这标准，几乎把 90% 的女孩子都给排除了，再放眼剩下的 10%，要不年龄大了，不好意思露了，要不就缺少姿色，没有资本露。可对姐弟恋，他还没有思想准备，对姿色平平，他也没有思想准备，而对暴露一族，他更没有思想准备，要是啥准备都不做，岂不要无人可恋无人可娶？所以，为了应对所有女孩，既要镇住那些露胸露背露大腿的 90%，又要稳住那些无露无色无味的 10%，都需要他显得沧桑才可行。

先沧桑了再说。他跟自己这么要求。

南禾源回京时盯着他的脸看了半天，皱着眉问他你怎么了，南楠手指着母亲说，我妈可以代为回答。南禾源看了妻子一眼，妻子抬起头刚要说话，他却转身进了书房。看丈夫没有要了解的意思，她就翻了翻眼皮，无所谓地跟儿子挥挥手，自己习以为常地看电视去了。

南禾源外任，南楠反而暗自欣喜，觉得老爸不在眼前，自己的日子滋润多了，也自由多了。他还发觉，暗自欣喜的不止他一个人，老妈的精神，似乎也放松了许多。平时在家里，几乎听不见老爸和老妈的对话，更谈不上亲切友好的气氛，反而有一种特别的压抑。现在好了，老爸不在家，老妈脸上反而有了笑容。

南楠看得出来，老爸老妈的关系，一直有些不睦。小时候，他们之间的争吵，他已经司空见惯，虽然双方都很克制，争吵时尽可能避开他的耳目，但是，那种带着对立意味的对话，压抑着的不满情绪，南楠还是能够洞察的。后来，不见了争吵，但两个人之间话也很少了。老爸早出晚归，很少在家里吃饭，好像总是心事重重，眉头总是皱着的。老妈是图书管理员，工作不工作都很清闲，上班看报纸，下班看电视，老爸的工作，老妈就是想问，也基本上插不上嘴。

南楠一直想不通，老妈为什么对家务活不怎么上心。

他看到别人家的妈妈都忙忙叨叨的，屋里屋外地忙着，好像干不完的家务活，再看自己家，没有那种热气腾腾的过日子景象，很少见老爸老妈说说笑笑，更少见他们一起在厨房做饭。老妈一天懒洋洋的，家里的卫生得过且过，饭菜质量也一直一般，每天下班回家凑合着吃口晚饭，就守着电视不动窝了。

老妈不会做饭，老爸回家也没有一口像样的饭菜等他，小时候南楠跟老爸一起叹气，没饭吃爷俩就下馆子。后来长大成人了，南楠渐渐理解了老爸的不满，他干脆就不回家吃晚饭，早饭也是自己在外面解决，老妈完全是自己管自己。他跟老妈开玩笑说你自由了。

老妈不止一次跟他控诉老爸，说南禾源不关心家，南楠就跟老妈语重心长，说你知足吧，你是我的良母，但你算不上老爸的贤妻，现代的女人都知道管住男人的心先管住男人的嘴，你又不肯苦练杀敌本领，你老人家的厨艺我都不敢恭维，咱家的厨房没有饭菜飘香，没有多少欢声笑语，要有也是电视里的，老爸回家缺乏吸引力。他一天 8 顿饭排不过来，到处有人请客，要我也不回家。

老妈一听无语，就换一个控诉，说南禾源不关心她。南楠就换一个语重心长，说你知足吧，你们那个年代多好，那时候的男人会让着女人，你看我爸，从来不跟你较劲，虽然在家里话不多，但一旦开口，都是有话好好说，跟你摆事实讲道理，这就算不错的关心啦。你看现在的男人，可没那么好的脾气，压力都大，操心自己都顾不过来，哪有工夫给女人讲道理，更没心思把女人当仙女宠。比如我，我就想找一个对我好的，别让我那么累心，别整天事儿事儿的，只要对我好，学历文凭随意，白领蓝领随意，年龄大小随意。

老妈不高兴，说你爸那是关心啊？那是谦让啊？那就是冷血。转而又说，你随意哪行啊，我这几十年跟你爸倒是啥都随意了，可你爸……老妈没把话说完，就不耐烦地跟南楠挥挥手，意思就是都懒得说，目光转而就专注于电视剧，并且很快，老妈就跟着剧情抹起了眼泪，把老爸扔到了爪哇国。

曾经，南楠也为父母的关系出过力。有一个电视台搞了一个“老爸当年追过的女孩”故事征集活动，主要是讲述父母的爱情故事，让年轻人关注父母那一代的爱情、和睦家庭关系。南楠看了有点蠢蠢欲动。南楠记得听姑姑讲过，当年老妈是校花，众草捧花，老爸追老妈，费了不少劲，可以说是力战群贼。南楠估摸老爸老妈当年的故事一定充满甜美，就有意借此事勾一下老爸老妈的往日深情。

结果，老妈那一关就没过。老妈乍一听倒是略有神往，可是很快那点神往就烟消云淡，不耐烦地说南楠是闲得没事干。

现在，南楠觉得这样挺好。

父母互不干涉，相安无事。他相信，别人家的父母也是这样，他从来没有担心过父母之间的感情，即便一直不睦。老爸南禾源的感情暗起波澜，并且波涛逐渐汹涌，身为儿子的南楠，也毫无察觉。

16. 鞠向东暴露了

鞠向东暴露了。

鞠向东的暴露，和一辆车有关。

就在鞠向东因为房子的事情倍感委屈，觉得小 M 对他不是真大方的时候，小 M 似乎洞察了他的想法。

一天，小 M 把他领到了一家 4S 汽车专卖店，指着一辆银白色的车，说，我知道这是你喜欢的牌子，也是你喜欢的颜色，没什么意见的话，今天就可以定了。

这次买车，可以说充分展示了小 M 对他的慷慨。

小 M 递给他一张卡，说密码是他的生日，然后说自己还有点急事要办，就不陪他咨询办手续了，她得先走了，她让他自己去交钱办手续，等提车的时候她再陪他去。就在小 M 将要转身的时候，鞠向东说了一句，把你的身份证给我。

鞠向东是不得不这么说。因为他没有想到小 M 会给他买车，他认为，她要想买早就给他买了，在一起几年了，一直没有给他买车，那就是不想买。虽然小 M 说这车是他喜欢的牌子，他想，那不过是尊重他的态度，就像房子一样，说是买给他的，可不在他的名下。那一刻，鞠向东想到了房子给他的不舒服。

另外，在没有搞清楚小 M 真实意图之前，他也想显示自己的不贪图，就想，她不过是要我帮她办手续，替她办手续自然得以她的名义买，以她的名义就得要她的身份证。

哪知，小 M 冲他一笑，说，用你的身份证啊，车是你的啊。

鞠向东的一腔不满，顿时化为乌有。鞠向东当时就头晕了，各种惊喜各种憧憬各种满足一起出现，大脑都短路了。折服男人的，还是车啊！他由衷地想。

拥有一辆自己的座驾，是鞠向东的梦想。为了攒钱买房子，太太不让他买车，说北京的交通这么方便，你上班又不远，根本用不着车，买车就是浪费。有时候看他实在想车，看着电视上的汽车广告眼睛发直，太太可能会心一软，同意他到二手车市看一看，他立即跳脚，说自己丢不起那人。

早就考了驾照的鞠向东，以为车到山前自有路，先把驾照考了，到时候自然会有车开。没想到，太太软硬不吃，死活不答应，导致他的驾驶技术日渐消退。

杂志社有一辆旧车，是发行部门跑业务用的，为了保住技术，鞠向东时不时开出去溜一圈，算是实际操练。那辆车实在够破，夏天不敢开空调，一开空调发动机就貌似开锅；冬天不敢开暖风，一开发动机就使劲突突。鞠向东一上车，不是他练车，是车练他。

就算这样，那也是鞠向东离开驾校教练车，拥有的唯一座驾，所谓座驾，就是坐在了驾驶座上。他当时这么揶揄自己。

小 M 送他的座驾，价值 30 多万，算是中高档，鞠向东很满意。

第一天把车开回家，几个小时的时间，鞠向东脸上的笑就没有收回过。太太问都没问，直接就判断了。说，你瞎高兴什么，又不是自己的车，肯定是单位的吧，单位买了新车，你先过过瘾，小心别给人家蹭了，咱可赔不起。

太太这么说，鞠向东更加高兴，连解释都省了。在回家的路上，他还在编理由，怎么给太太解释这辆突然出现的新车，说是朋友的暂时开一开，或者说是客户的，临时用一下，想来想去都觉得不妥，暂时临时都难以长久，以太太的脾性，她会追根问底的，再说，谁会把一辆新车借给别人，说出来他自己都不信。最后他决定，就说是单位的车最可信最安全，太太一听是公家的东西，就会少了很多追究和唠叨。

由于心情太高兴，鞠向东不顾太太的冷言冷语，当即就拉着她下楼，说是兜风去。

到底是新车，到处都铮亮，一眼望过去，比原本的品质高上去不少，显得格外高档。嘟嘟囔囔跟他上车的太太，也禁不住左摸摸右捏捏，并且很快就跟他一起愉悦起来。一路上，太太不断地强调，说，还是我英明，自己买什么车啊，这多好，开公车最划算了，所有费用都公家出吧？我们少操多少心呢。

不自觉地，太太已经把车当成自家的了。鞠向东心中窃喜。

有车的日子，鞠向东一步也不想走。过去，小 M 要见他，都是小 M 司机把小 M 送过来，然后再交由鞠向东，鞠向东开着车载着小 M 出行，约会结束后再把小 M 送回家，要么就是司机一路奉陪着，或者他自己坐出租车赴约。尤其是开车把小 M 送回家，每每令鞠向东不堪，他不得不看着小 M 走进她那个家，他知道那里有她的丈夫和女儿，他还不得不把车钥匙递给小 M，那感觉实在不怎么好。

自从有了座驾，鞠向东再也没让小 M 司机出现过，那个递交车钥匙的沮丧日子，他要让它一去不复返。

手握方向盘，并且是一个比较高级的方向盘，向左还是向右，向前还是向后，都由我掌控；脚底是油门，变不变速，超越还是跟进，看我的心情。对鞠向东来说，这仿佛就是一场人生的驾驶，方向和速度，都自己说了算。那段时间，拥有的真实感觉，溢满了他的内心，鞠向东觉得胸中鼓胀，充满了爷们气男子气。

坐在他身边，小 M 也表现得格外温存，看得出来，小 M 也喜欢坐在他的副驾驶上，这个副驾驶座属于她的座驾，这一点她表现得跟他一样，也显得深有感触。所以她表现得和以往不太一样，她一会儿揪揪他的耳朵，一会儿摸摸他的脖颈，一会儿把手按在他的右手上，和他一起换挡，嘴里还说些黄段子，惹逗着鞠向东发笑，然后她把脸贴到鞠向东的胳膊上，放浪地跟着笑……

小 M 这么坐在身边，鞠向东经常会产生一种错觉。胯下崭新的高级轿车，身边浑身名牌的女人，车内弥漫的高级香水味道，再看自己腕上的名表，这场景，完全就像一个实力雄厚的成功男人，带着自己高贵的娇妻，去往一个都是有钱人的高级会所，准备不眨眼地花钱。

错觉出现的那一刻，鞠向东都会不由自主地在脸上带出一副漫不经心的神态。这神态，配在他那张酷似某明星的脸上，格外衬托出他的英俊；这神态，还是那种成功男人脸上独有的，因为他们底气十足，他们信心满满，他们见多识广，所以他们无所畏惧，所向披靡，还有些爱谁谁；这神态，一般和财力有关；这神态还有点坏。

这种神情，鞠向东既熟悉又陌生，他见过很多财力雄厚的成功男人，他在他们脸上，几乎无一例外地看到过，他很清楚，他们的漫不经心，全因为内心的足够支撑。鞠向东曾经对着镜子练习过，未果。他的脸上，除了男人不多见的一种英俊，这是爹妈给他的，就是文人多见的慎微，这是职业给他的，却唯独没有漫不经心，这是需要综合实力才能派生出来的。

鞠向东无比向往漫不经心的状态，哪怕是错觉。那对男人来说是一种无法言表的享受，能掌控一切又很无所谓。因此，他格外喜欢载着小M，享受这短暂的错觉，哪怕是没有目标地在路上跑。

可是，麻烦也跟着来了。

有了车，太太就开始提要求。每到休息日，太太就让他带着一家人去郊外，要么就让他拉着她去超市，或者载着她走亲访友，有时候，早上上班要他送一段，或者快下班了，太太突然进了他办公室，说办事路过，正好坐他车一起回家。

太太总坐车，车里就留下诸多的蛛丝马迹，小M不高兴了。小M知道是怎么回事，一定是他们夫妻一同出游了、一起兜风了、一起购物了。洞察了这一切，小M没法高兴。不高兴的小M不想明说，她是个有身份的女人，她不想让自己混同于小市民，这样的不满，她不能更不愿意明说，但是又必须说明。

于是有一天就问："我的座位上，怎么总有一股子味道，劣质香水的味道。"

小M理直气壮地说"我的座位"，直接表明了自己的态度，这辆车，是我们的，你的副驾驶，是我的，别人没权力坐，你更不应该让别人坐。

"那个……哦……是……"

鞠向东不知道怎么回答，他知道，小M明明白白，他根本无法回避，他准备如实说，说是自己太太坐了，话到嘴边，又一下子脸上挂不住，死活张不开嘴。

不管鞠向东承认不承认，小M心明眼亮，所以小M一直很不高兴，但她一直并没有明说出来，每次就采用指东说西指桑骂槐的表达形式，嘴上从来不提鞠向东太太，但句句指向明确。今天说你该换坐垫了，又是怪味又是头发的太脏了，什么女人啊，做女人做得这么不讲究太失败了。明天干脆扔给他一个坐垫，说自己专用不许别人染屁股。弄得鞠向东脸上没有颜色。

从那以后，鞠向东的太太，就会时不时地在车座上发现一些女人的东西。这一次是一根金黄色的烫过的头发，下一次是一张湿巾纸，再下一次，又是一个发夹，甚至出现了一个女人卫生护垫。每一次发现都惹来太太劈头盖脸一通发作，并且招来一顿尖酸的审问，

鞠向东没有办法阻止太太坐车，因为他太太一直认为，她坐的是单位配给丈夫的车，她坐得理直气壮。每次太太举着车上的女人物件咋咋呼呼地问，这是怎么回事啊？你们单位的女同事都啥人啊，这也太不注意了，他就心里发虚，嘴上迎合着太太，手心紧张地流汗。他渐渐明白，这是小 M 故意的。

对此他心情复杂。

他不能怪人家小 M，他觉得小 M 应该生气，他不能阻止小 M 的妒忌行为，也不能阻止太太心安理得地坐副驾驶，这两个女人的行动，他完全不能左右。实在烦不胜烦，有几天，他索性把车停在了单位，没有开回家，太太根本没问。既然是单位的车，别人就可能也用，不开回家很正常，太太肯定这么想。太太不坐车，他消停了几天。

可是，事态暂时消停了，他却开始难受。因为，他已经不习惯坐公交坐地铁了，连着打了好几天出租车，他的腰包有点发毛，从家到单位行程足足 30 多公里，无数路口无数等待，可以参观大半个北京城，也耗掉了不少人民币，每次掏出一张百元大钞递给出租车司机，他都觉得吃亏。于是，他只好又把车开回家。加油的费用，小 M 早已经给他办了张加油卡，够他用好几年的，这车，他简直没有不开的理由。

鞠向东变得格外小心，每天清理车座，开窗通风，争取不留人味、杜绝可疑物品。他开始严防死守。同时，他也在忐忑地等待，自己也不知道在等待什么，没有具体事件，总之，是一件迟早要来的事件，类似于山洪暴发。一个副驾驶，两个女人轮流坐，迟早坐出问题来。他没有别的选择，他只有七上八下地等待着，等待着山洪暴发的一天。

时候终于到了。

鞠向东的太太，从鞠向东的身上取下一根头发，那根金黄色卷曲的头发，是

从鞠向东衬衣前胸内提溜出来的。

太太举着那根头发，手有些发抖，声音也有些发抖，她说，这种头发我在你车座上见过，有这种头发的女人可不多……鞠向东心里很紧张，但他努力让自己镇定，他做到了。

鞠向东之所以能保持镇定，是因为他的一个原则，这个原则制定于他跟小 M 发生亲密关系之初，自那开始，他就做着各种预防，包括心理的。鞠向东认为，只要不是抓在床上，就完全不必认账，可以死扛，这种事，人证物证都不怕，就怕赤裸裸从被窝揪出来。

于是，鞠向东决定死扛，并且态度强硬地跟太太说，我怎么知道怎么回事？一根头发能说明什么？

无独有偶，还可以说是祸不单行，就在鞠向东跟太太理直气壮的时候，他的手机响了，是短信提示。

要是搁在平时，鞠向东的手机，就是响彻云霄他太太都懒得碰一下，可是现在，是一个特殊状况。特殊的状况下，事态也会向着一个特殊的方向移动。

在鞠向东拿到手机之前，太太已经抢先下手，并且迅速打开。

鞠向东看到太太的脸色，就已经明白，他这回躲不过去了，他死定了。

“宝贝，昨天你弄疼我了，还不快来安抚安抚我。又想你了，亲亲。”太太大声念出了短信内容，同时怒火像喷泉一样涌出来，“啊？你在外面有女人？你这个人面兽心的家伙你快说，她是谁？她是谁？她是谁……”

鞠向东来不及多思考，他没有时间发愣，他不能让太太看清小 M 的号码，小 M 的名字是他给她的昵称，那个不怕看到，但是号码一旦泄露，更大的麻烦会接踵而至的。鞠向东毅然决然地冲过去，一把把手机抢过来。他没想到太太反应极快，迅速再冲过来伸出手臂，一把又把手机抢了回去。

几个回合下来，两个人都气喘吁吁。情急之下，鞠向东一咬牙，把手机狠狠地摔出车窗。没几个手机经得起这么成心的狠摔，一地碎片，证据瞬间被销毁。

一切不言而喻，一切无需多言，手机虽然碎了，但证据余音缭绕，鞠向东也弄了个此地无银。

审问进行得异常艰苦。

在太太穷追不舍、一句接一句的审问下，鞠向东急不择言、慌不择路、情不自禁地招出了不少隐情。“怪不得你突然浑身名牌，怪不得你车里那么多女人玩意，怪不得你一个月不碰我一下，怪不得你现在回家越来越晚……”太太似乎一下子印证了不少怀疑，“我真笨啊……”最后，太太声嘶力竭地喊了一句。

鞠向东的太太，虽说文化水平绝对不高，平日里也自我感觉良好，面对一个长着明星脸的丈夫，几乎是浑然不觉的状态，不仅从来没有危机意识，更是口无遮拦地想唠叨就唠叨、想埋怨就埋怨，因为绝对的自信，导致对丈夫一直有着绝对信任，一直活得很安全。

但是，她绝对不是一个迟钝的女人。她之所以从来不怀疑丈夫，多少有点小看了丈夫。她和大多数人想的一样，一个男人兜里没钱，是不好意思出轨的，男人有钱才可能变坏。鞠向东长得再帅，也是个没钱的男人，他吃饭找便宜的、买礼物捡不值钱的，说几句好话也是中听不中用，哪个女人这么笨，会给这样的男人当情人？

智者千虑还必有一失，何况鞠向东的太太算不上智者，所以她更加会出遗漏。她疏漏了一点，鞠向东这样的小白脸，面对的女人，除了缺钱和爱钱的女人，还有有钱的女人。前者可能不会对她构成威胁，可是后者，人家一出手，她即便号称原配，也绝对不是人民币的对手。

此时此刻，鞠向东的太太仰天长问：这有钱的男人不省油，咋有钱的女人也不省油啊？小白脸不都是年轻的英俊男人吗？什么时候 40 多岁的老男人，也成了小白脸了？你鞠向东要算小白脸，那配你的富婆得多难看多大岁数啊？你这不是作践你自己吗？

鞠向东的太太，着实没有预料到，自己的男人，会被有钱女人盯上。最惨的是，还不是人家富婆让她出局，是她的枕边人，也就是自己的男人，要抬脚把她踢出局。

她已经感觉到鞠向东抬脚的趋势。

她自认为很了解鞠向东。她认为鞠向东还算一个有责任心的男人，也算是一个怕老婆的男人，这样的男人轻易不妄动，即便变了心也不妄动，可一旦动了离婚的心，那就是真的，就可能要行动要付诸实施的。而这样的男人最怕女人闹，顺理成章的事情他愿意做，遇到困难就会退缩，所以要想对付这样的男人，女人的一哭二闹三上吊最有效。

她决定闹，她必须让他意识到，想把自己老婆甩了，是一件极其有难度的事情，不是一件你想做就能做的事情。

鞠向东被太太审问了整整一夜。

别看太太平日里一干家务活就这酸那酸，一累就捂着胸口说心脏不舒服，那一夜，她表现出来的激昂和耐力，酷似一名马拉松运动员。眼泪是贯穿始终，回忆往事和痛说今天相结合，举例说明和冲动举止交替出现，摆事实讲道理，数次提到不想活了，并且拿剪刀翻药片……最后，精疲力竭的鞠向东哭丧着脸对她说，你要是不能原谅，我就搬出去。疲惫不堪的太太，立刻抖擞精神快速反应，搬出去？让你搬出去不就正中你下怀吗？搬出去不就是要离婚吗？离婚不就便宜那富婆了？太太瞬间就想明白了这件事，太太当然不能答应，并且还要奋力自卫。她认为，自卫的第一步，就是要让鞠向东彻底交代清楚，她才能酌情处置。

太太哭了说，说了又哭，一会儿伤心欲绝，一会儿愤怒不已，鞠向东咬紧牙关，就是不说那个女人是谁，导致太太的情绪一浪高过一浪地起伏。说实话，鞠向东已经被这个突发事件弄得头昏脑胀，他也行为失常、思路混乱不堪，一会儿安慰太太，一会儿检讨错误，一会儿痛骂自己，一会儿责怪太太。一整夜下来，两个人都备感筋疲力尽。

思维混乱归混乱，有一点鞠向东还是清醒的，他死咬牙关不说出小M的名字，那根弦一直绷着。他知道说出名字的后果，两个女人扭打在一起……场面太混乱了，他想都不敢想。

那车呢？太太突然问，猛然间，鞠向东犹豫了一下，他这一犹豫，敏锐的太太，立即反应过来，她厉声问，难道车也是富婆送的？根本不是单位的？仓皇中，鞠向东下意识地点了点头，这又招来太太新一轮的狂风暴雨。

那一夜，鞠向东的太太，一直情绪激动，可怜的女人，被一长串审讯出来的残酷事实，折磨得几近崩溃。一个个事件还原了真相，一座座冰山浮出水面，一个个疑问得到答案，她无法接受又不得不接受，她陷入了深渊。

太太的深渊也是鞠向东的深渊。

审讯的艰苦，在于鞠向东的死扛，他拒不交代那个富婆是谁。事情来得突然，鞠向东还没有来得及和小 M 通气，或者说，他还不知道小 M 对他们私情暴露的态度，这涉及他们的未来，他要保护他的女人。鞠向东这么想。

可太太被激怒了，愤怒得向他扔来一个枕头，又扔来一个枕头。她还恨恨地说，要死给他看，要和儿子同归于尽，要全家一块死……最后，她终于甩着眼泪说，你马上给我搬走。

17. 高就为谁挣扎

高就为谁挣扎?

高就的王老五生涯，活得并没有传说中的那么滋润，的确有些挣扎。活得这么挣扎，到底是为什么?

说起来，高就是个出得厅堂进得厨房的新好男人。对前妻，以及对前妻之后的任何一位女友,从来都是谦让有加、体贴备至,里里外外都不让自己的女人操心。可能是光顾着体贴了，结果，把驾驭的事情生生给忽略，一不留神，就总让女人给驾驭了；等他反应过来要换位，女人已经不舍得不驾驭了，结果又生生把一个五尺高的名副其实的家长，弄得找不到一点家长的感觉，还在女人那儿落了一身不男人的埋怨。整个过程比较莫名其妙。

高就说自己活得莫名其妙。一说起这些，南楠都替高就冤得慌。

高就最终决定把自己安稳在小公务员身边，就是基于强烈的要当真正家长的意识。因为他坚定地以为，一个比他年岁小一轮的女人，是不可能给他当家长的，或者说，一个小女人，只可能依附于他，不可能驾驭他。给她当家长，是一件完全没有悬念的事情。

显然，他的算盘没拨拉准。

自从他那次严厉谴责了小公务员的恣意任性，小公务员倒是貌似变得老实了，可是，她家里人开始折磨他了。

高就和小公务员经过面对面认真商讨，正式确定了未婚夫妻的关系，于是，高就理所当然地要求正式拜见未婚妻的家人。小公务员几番嘟嘟囔囔地推脱，话里有话地说，她实在张不开口。高就不解，说你未婚我单身，我们正大光明的事情怎么就张不开口了？小公务员还是话里有话地说，是没法给家里说自己男朋友离过婚。这样的对话重复了多次，每逢此时，高就像个罪犯似的无言以对，顿时觉得自己身高不够五尺。

终于，小公务员像是背负了天大的委屈，撅着嘴跟高就说，她好不容易鼓足勇气跟父母说了高就的存在，父母开始坚决不同意，现在答应见见人，她说决定把高就领回家。

自从走进小公务员那个地段和平米都很普通的家，高就就觉得浑身不自在，莫名其妙地就有了罪犯的感觉。经过迅速的形势分析，高就明白了这是为什么。因为他还没有踏进她家的门，站在门里的几个小公务员家人，个个都是用审判官的眼神盯着他看。

问题出在那些审判的眼神上。

抬脚进门的那一刻，高就的自信瞬间破灭，曾经自以为优越的种种王老五级别的条件，比如黄金年龄，比如成熟稳重，比如事业有成，比如收入可以，比如拥有住房和座驾，等等，这些硬邦邦的条件，在人家小公务员家人眼里，几乎成了盲点。面对小公务员家人犀利的富有洞察的眼神，他的自知之明不得不油然而生，他清醒地认识到，作为小公务员的亲人们，他们的判断必然是，他这个有过婚史的男人，必须配不上自家这个黄花大闺女。

见过了太多的剩女，高就忽略了小公务员的年龄，人家 25 岁，还没到剩女的阶段。他同时也忽略了，人家的家人完全有理由不把王老五当王老五。

进门前，小公务员千叮咛万嘱咐，你要这样你要那样，你不能这样你不能那样，你只能这样你只能那样，把本来信心满满的高就，弄得腿肚子直打战。事实证明，他应该腿肚子打战，并且早就应该打战。一进门，场面就很尴尬，主要表现在一家人的微笑很尴尬，一张张想笑不笑的脸，像是乱收费的上了门。

其父拉着脸说，我女儿可被我们惯坏了，太任性，言外之意是，她把你带回家就是一种任性的坏行为；其母懒洋洋地说，我女儿一点儿家务都不会，教也学不会，言外之意是，你别指望我女儿伺候你；其兄冷冰地说，我妹妹从小到大可没受过一点委屈，言外之意是，跟了你我妹妹受大委屈了；其嫂酸溜溜地说，我们小妹可是高消费时髦月光族，每月家里都得给她发工资，言外之意是，跟了你你就得好好养她。

言外之意都那么赤裸裸，高就努力克制着自己没有变脸，但是毫无疑问，那一刻，高处长的尊严、王老五的牛B、好男人的骄傲，均遭到了前所未有的挑战。整个过程，高就快忍出鼻血了。

尽管高就如此克制忍耐，小公务员依然很生气，不高兴地说，他没有把她的家人放在眼里，态度不诚恳。高就比她更生气，说你家人把我放眼里了吗？

南楠劝他，谁让你要吃嫩草，这就是代价。高就又被噎得无语。

尽管给他脸色看，但小公务员的家人，对使唤高就这样的事情，一点也不客气。今天其父身体不舒服要去大医院，让他安顿医院联系专家；明天其母想出门要去海边疗养，让他安排吃喝玩乐；后天其兄不满现状想要升职，让他引荐领导踅摸职位；大后天其嫂嫌路远活累要换工作，让他给找既清闲又挣钱的好单位；大大后天其小侄岁数到了要入托，让他办理有关事宜……女公务员全家不遗余力，把高就那点人力资源，生生往干净里用。

高就的头顶像是悬着一根鞭子，他被驱使的，除了屁颠屁颠，就是唉声叹气，整天脸上不见晴天。他的脸色，当然逃不过小公务员的眼睛。小公务员又不高兴了，说他不是真心爱她，给她家里办点事，就给她脸色看，分明是看不起她的家人。还说，她家里人反对他都是为她好，他是一个离过婚的男人，这是事实，为什么她家里人不能有想法？最后小公务员说了，你帮谁不是帮，再说就打几个电话那么点事，你至于吗？小公务员驳斥得高就，彻底无语。

高就出力还不讨好，恋爱谈得精疲力竭。

精疲力竭的高就，思想完全混乱。环顾左右，他发现此类混乱不能告知家人，更不能告知同事，跟小公务员相熟的朋友也不能告知，以免后患，只有求助南楠。

南楠一边忍不住嘲笑他，一边也忍不住宽慰他。南楠跟高就说，你知道为什么小公务员家里人对你既不待见又舍不得丢掉吗？因为你是块宝。男人四十的确一枝花，这一点你千万不要质疑，这是前人的经验，更是现世的真实。你们这些老男人的独门优势，不是我们这些小年轻能比的，你以为小公务员年幼无知？以为他家人尊重你们的爱情？都不是！选择你，完全是他们审时度势的结果。不客气地说，你将面对一家子的势利眼，此劫难逃。

南楠好像是故意看不见高就阴沉的脸色，继续他滔滔不绝的分析和批判，但腔调明显开始走向鼓励：“一般说来，到了你们这个年龄的男人，除了特别恶心的外，上了这年纪的男人都在成熟中带有稳健。比如你，就是最典型的代表，不光成熟稳健，绝对有能力有水平。”南楠说到特别恶心，高就眉头使劲一皱，南楠说到成熟中带有稳健，高就的眉头开始有所展开，尤其是南楠的“比如你”一出口，高就差不多要眉开眼笑了。

当然，高就的表情变化，南楠都看见了，于是他又说：“要是没到你这个年龄，男人就是长得再帅也不可能有所谓的风度，比如我。”听到这句，高就的笑容藏不住了，彻底曝光，嘴角的咧度很大，此时此刻，南楠的话在他的耳朵里已经变得相当受用。

“再说了，你们还有相对稳定的经济基础，你们这个年纪的男人已经不为经济所困，有足够的经济基础陪女孩子吃大餐买衣服，你们还有的是时间和耐心，约会完了一定会开车送人家回家，哪怕从东四环送到西四环。到了家门口，你们不会过分殷勤地送人上楼，但当人刚换了拖鞋，你的手机就打了过来，问一声，楼道黑，有没有平安到家？你们还可以具有丰富的定位经验，可以给人家充当不同的角色，什么兄长、情人、父亲、导师、知己，你们还对床上那点事驾轻就熟，会正确引导、正确激发……这都是我们这些毛头小伙子不能比的……”

后面的话南楠一气呵成，说完后他点着脑袋看着高就，意思是我说得对不对，还是我老弟懂你会宽慰你吧？高就经过略为严格的对照检查，发现果然很准确，尤其是那个送人回家的情节，简直就像是给他画像。他就是那样，每次都送，多远都送，不管自己再累身体再不舒服，身边有再着急的事，他从来没有干过让女友自己回去的事。每次到楼下，一定看着女友上楼，然后估摸着差不多进门了，就打一电话，问一句到家了吧，说那我走了。

一对照检查，南楠给他的受用分析，又慢慢开始消退。面对疲惫的现实，心情依然不甚愉悦的高就，最终还是难以彻底领南楠的情。他不知好歹地跟南楠说，既然这样，那你一天到晚忙活什么，老老实实等自己变成老宝贝再恋爱，那多省心啊。

这句话，也把南楠噎得不轻。

其实，高就的挣扎和他心里的一个疙瘩有关，这个疙瘩一直压得他心情沉重，谁也不知道，他也不可能跟人说。这个疙瘩生得就很奇怪，去又去不掉，挪又不好挪，让高就有一种吐不出挖不出的难受。

自从亲眼看见前妻被一个女人拥吻，一个曾经远在天边的同性相恋的事实，被真真实实地摆在了他的生活里。事到临头他才明白，这是一件多么令人难以接受的事情，这样一件事情，不仅改变了他的生活轨迹，居然可以扭曲他对待女性的正常态度。

只有天知道，离开了前妻，再面对其他女性的时候，高就不仅要留神她身边以及生活中的男人，还要提防她身边以及生活中的女人。这恐怕是其他男人想象不到的。以前，也就是前妻之前，高就一直对女友身边的闺蜜没什么特别的感觉，觉得女人有几个特别亲密的闺蜜很正常，可是自从前妻之后，他对这个词以及这类人变得极为敏感。

偏偏，几乎每个女人都有闺蜜。

所以注定，高就这一生要比别的男人活得更加警惕。

高就对闺蜜的反感，让小公务员颇为费解。

起初，小公务员也觉得闺蜜比较危险，那些闺蜜抢男友的故事，让她不敢把自己的闺蜜拉入自己的生活，每当闺蜜们哭着喊着要高就请客，小公务员都推三推四地给挡了。后来，她看高就对自己的闺蜜丝毫不感兴趣，甚至说起来还凶巴巴的，就放心大胆地开始邀请闺蜜参与聚会了。让小公务员相当意外的是，高就的反应十分怪异。

有一次，小公务员看短信，看得咯咯咯地乐，乐完了还把手机塞给高就，说是闺蜜发给她的一个段子。高就顺手接过手机，刚一看，脸色就变了，段子他还没看清，但段子前面一个称呼他看清了："亲亲。"

高就突然变脸，并且嘴里冒出了一句脏话，还不依不饶地说了句"真龌龊"。小公务员惊愕地看着他，然后也爆发了，说你凭什么骂我的朋友，你说谁龌龊啊？你简直莫名其妙。高就也不甘示弱，说她一个女人，怎么跟你发那种段子，还叫你……那个，你们是同性哎，你们啥关系啊？这是正常的关系吗？

小公务员突然噗嗤一声笑了。

高就的理论，把小公务员的火气熄灭了。她换上一副无奈的表情，歪着脑袋跟高就说，你真是老了，我们真是有代沟，你不懂我可以耐心给你讲讲，什么“亲亲”“宝贝”“亲爱的”，这在我们女孩子之间很正常，你要听我女友说爱死我了，要是看见人亲我，你是不是要跟人家决斗啊？是不是要疯了啊？拜托你满大街看看去，女孩子们，用你的思路就是勾肩搭背龌龊的有多少？你以后不要这么大惊小怪了好不好？

小公务员不知道，她的解释并没有起作用，因为她不知道高就的心结在哪里。但是，高就顺坡下驴了，他不想因此闹出不愉快来，当时就假装接受了小公务员的解释，尽管嘴上嘟嘟囔囔地说不可理喻，但脸上的愤怒收敛了许多。他也觉着自己有些失态。

可是，解铃的不是系铃的，心结依然在高就心里搁着。

小公务员以为，高就已经被她教育好了，岂不知，很快，高就就故伎重演。

一天晚上，熟睡的高就接到小公务员电话，说让他到一个 KTV 接她。放下电话，高就马上就看表，已经是凌晨 1 点了，心里不由得恼火，觉得小公务员太贪玩，也不怕家里老人担心。听着电话里小公务员有点喝高，高就不敢迟疑，赶紧起身穿衣服下楼。

急急忙忙找到那家 KTV，一推门，他的眼睛适应了半天才看清，一屋子都是穿红戴绿尖声叫喊的年轻女孩子。他想起来刚才小公务员忽高忽低地说过，今天是女同学聚会。他定睛正要找小公务员的身影，却看见一幕令他不堪的场景。

一个女孩子，正端着一个大酒杯往另一个女孩子嘴里灌，灌完了酒，那女孩子一把抱过另一个女孩，对着嘴巴动作生猛地狠狠嘬了一口。此动作完毕后，两个人继续脸对着脸，双双嘟起嘴巴，像鸡叨米似的，一下一下地对叨。

之所以使用了“嘬”，是因为高就实在没有办法在两个女孩子之间使用亲嘴这个词，之所以那么多动作高就都看清楚了，是因为两个女孩子是一气呵成的。

高就正要皱眉，却愣住了，他发现那个被嘬的女孩，居然就是小公务员。更关键的是，他刚才看到那一幕时还嘀咕，那个被嘬的女孩子为什么不拒绝，不仅没有丝毫拒绝，还很享受地迎上了那张嘴，两个人嘬完了又叨，然后还一阵浪笑。

高就的血一下子就冲上了头顶，他的行为失去了大脑的控制，他冲进去一把把两个女人拉开，然后狠狠地把那个嘬人的女孩推倒在沙发上，要不是小公务员迅速酒醒，快速把他抱住，高就很可能把那个女孩子当男人暴打一顿……

高就的勃然大怒，把小公务员的那个女同学吓坏了，也把所有在场的女孩子吓坏了，很快，就有人把保安叫来。在小公务员的再三解释下，她的女同学们才算饶了高就，但她们的细胳膊，像愤怒的长枪，纷纷指向高就的脸，嘴巴像一挺挺机关枪，唾沫的子弹向着高就毫不留情地飞溅。要不是小公务员好说歹说，一帮喝多的女孩子，是不会轻易放过高就的。

事后，小公务员不依不饶，非要高就说清楚她闺蜜哪儿得罪他了，她女同学哪儿不对了，他凭什么总是跟她女朋友过不去，甚至还恨恨地质问他，是不是故意用这种方式接近她的女友们，说他心理变态。

冷静下来后，高就感觉丢人了。他也意识到，自己有些神经过敏，他也明白，小公务员和那个女孩子的亲吻，就是一种简单意义上的嘴唇接触，和前妻跟那个壮硕女人的深情亲吻，不是一回事。但是这一切，高就根本无法解释，对同性亲密无比反感的情结，实在难以告人。

心中乱麻纠结，只好低头认罪受罚。咽了一肚子碎牙。

18. 南禾源的一个承诺

南禾源的一个承诺，导致了他半生的迷茫和忧伤，并且，使这个迷茫和忧伤永远没有了尽头。世间情路最难问，而南禾源的情路是一个人的情路，即使迷了路，他也是没有人可以问路，更没有人可以指点。

在南禾源给小鸟讲那个长长的故事时，他曾经无数次骨鲠在喉，想要告诉她自己的那个承诺，可是他又无数次地克制住了。他担心，一旦说出来，他就可能永远失去小鸟，永远也见不到小鸟，自己也将陷入万劫不复的情感深渊，永远不能自救，更不能自拔。

那个承诺就像一个紧箍咒。

从十几年前开始，将一直延续到他离开人世那一天。

十几年间，这个承诺让他在被迫的情况下重复了数次。每一次重复，他都像一具失去了灵魂的道具，口头的或者内心的，进行一番机械的表述，然后看家人皆大欢喜，看妻子如释重负，也再一次意味着，那是个跟随了他十几年的承诺，并且还将永远跟随他，直到他或妻子离开这个世界。

十几年了，南禾源一直刻意回避，不愿意自己的思绪触碰到那个承诺。

14年前，在经历了每一对爱情消失、矛盾积累成堆、婚姻濒临绝境的夫妻都要经历的那一切后，南禾源跟妻子说，我们离婚吧。

妻子的反应激烈，如他所料。

当时他做好了准备：争吵的准备和等待的准备。他决心已定，准备等她冷静后把离婚进行到底。可是，经过了“开口挑明”的环节，到了“纠缠”这个环节时却出现了问题，因为妻子并没有跟他纠缠什么，或者说，根本没有接他离婚这个茬。尽管自他开口说离婚之后，她一直没有冷静，只要开口，言辞必定混沌激烈，行动起来，肢体也是僵硬紧张，有时候看她从眼前走过，南禾源都会不寒而栗，觉得像是一个没有灵魂的僵尸飘过，有时候，更像是一个一触即发的炸弹。

实际上，妻子的冷静更让他害怕。虽然看上去，她的冷静并不是真的，她在努力地使自己冷静。她冷静地上班下班，冷静地做饭吃饭，冷静地跟儿子说话，冷静地穿梭在南禾源左右，冷静得出乎了南禾源的所有意料。

妻子的冷静，使南禾源准备充分的应对，统统没有派上用场。

南禾源试图跟妻子谈判，可是妻子根本不合作，他说他的，妻子说她的。他想用谈判的形式打破妻子可怕的冷静，妻子似乎看透了他的心思，要么答非所问，要么转移话题，就是不跟他讨论什么离婚。南禾源几近绝望地多次争取，妻子冷静依旧。

就在南禾源准备调整策略的时候，更大的意外发生了，妻子突然自杀。

那是一个阴沉沉的下午，南禾源急匆匆地回家，在门前掏钥匙的时候，钥匙两次掉在了地下。等他开门走进客厅，闻见了新鲜饭菜的味道。觉得奇怪，他探头看了看厨房，在厨房门口的餐桌上，看见了整整齐齐的四盘炒好的菜，罩在大罩子下。他抬手看表，才下午两点多，本来想进书房拿了材料就走，餐桌上的异样让他觉得纳闷，他推门进了卧室。

妻子平展地躺在床上，因为身体过于端直，双手还交叉放在肚子上，看上去样子有点奇怪。南禾源冲着床喊了一声，没有动静，他回身要走，突然感觉异样，就转身走到床前，伸手推了推床上的妻子。妻子的手，瘫软地滑向了身体两边。

南禾源突然被一种预感揪住了，他赶紧爬上床，使劲摇晃了妻子几下，妻子毫无反应，他的手臂顿时变得僵硬起来，紧张的情绪很快控制了他的全身。他又急急地使劲摇晃了几下，喊叫的分贝加大了很多，妻子依然没有反应，就像死了一样。

南禾源慌了。

他摸出手机拨号，先接通了110，又接通了120，差点又接通了119。等待中，他手忙脚乱地再一次摇晃着妻子，又掐人中又做人工呼吸，手一直在抖，声音一直在颤，腿一直发软，直到传来激烈的敲门声。看着急救人员把妻子抬上担架，他才感觉到自己心脏极其难受，心跳极度快速，几乎要从嘴里跳出来。

妻子伴着红酒吞下了一大把安眠药，要不是他把一份重要材料忘在家中，百年不遇地在下午回了趟家，妻子必死无疑。

中途回家取材料这样的事，南禾源几乎没有过，也就是说，这样的巧合概率几乎为零。显然，这个事实强有力地证明了一点，妻子没有吓唬谁，她真的想死。

事情过去了多年，南禾源依然清晰地记得自己当时的惊慌。

妻子真的想死。

这个事实强烈地震惊了南禾源，当然，这个事实，也在整个家庭掀起了惊涛骇浪。这整个家庭，包括南禾源的父亲母亲，南禾源的岳父岳母，南禾源的亲姨亲姨夫、亲姑姑亲姑父、亲大伯亲伯母、亲叔叔亲舅舅、亲哥哥亲妹妹、亲大姨子亲大舅子……只有他们的儿子南楠，一直蒙在鼓里。

在这个庞大的队伍里，老人们占了大多数。南禾源的屈服，根本就在于布满他眼前的那缕缕白胡子，以及纵横的老泪。

妻子从医院回到家里之前，在父亲主持的家庭成员会议上，南禾源第一次向大家作出承诺，保证和妻子白头到老，永不离婚。

那个保证，完全是猝不及防。

妻子被抢救过来，他要离婚的消息就迅速传遍家族上下，更严重的是，所有人都知道，妻子自杀是因为他要离婚，换言之，他差点把自己的妻子逼上绝路。这个罪名，瞬间诋毁了他的人格，更瞬间击垮了他的意志。面对这样的事实，父亲已经没有选择。父亲严令他保证：绝对不能离婚。

随后，妻子从医院回到家的当天，母亲又召开全体会议，当着妻子的面，南禾源第二次重复了自己的承诺。其后，为了表示管教有方，父母把亲家请来，再一次召开全体会议，让南禾源庄严宣布自己的承诺。

那些日子，南禾源几近崩溃。他的人性一次又一次被撕裂，曾经斩钉截铁的离婚要求、坚定不移的分开意愿，和如今一遍遍机械重复的不离婚不离婚，让南禾源觉得自己像个小丑，白天戴着面具，深夜才能恢复自己。他憎恶那个面具，可却不得不把它提在手上，好随时随地套在脸上，心里，却想着随时随地把面具扔到太平洋去。

可是，承诺如山。一次次的承诺，沉重地堆积在他身上，压得他喘不过气来。

事情还远远没有完。

十几年间，家里的老人们一个一个离去，每一位老人的离去，临终之前，南禾源都要有一次病床前的表白，告诉老人安心地走吧，我一定会照顾她一辈子，绝对不离婚。这样的表白有时候不是老人的意愿，完全是他妻子的意愿。妻子跟老人伤心地哭泣，这让老人们想起她感情上的不幸，念及她苦苦守着这个家，念及她可怜儿子的心情，于是老人们就会把南禾源叫到床前，好好地叮嘱他一次，他就认真地表一次态，让老人们放心。

就在岳父去世 3 个月后，南禾源身边发生了一件事情。

他在一个朋友的博客上，看到了一则通告："各位亲友，各位同事，我决定放弃一切，和刘苏私奔了。感谢大家多年的关怀和帮助，祝大家幸福！无法面对大家的期盼和信任，也无法和大家解释，故不告而别。叩请各位宽恕！鞠躬！"

朋友是他的同门师哥，现在是一个商人，拥有自己的上市公司，也是一个文人，出版过个人诗集，在圈子里有一定知名度，算是一个名人。朋友的妻子他也见过，是一个美丽能干的女人。看到这篇博客，南禾源愕然了，除了私奔这个词看懂了，其他就都看不懂了。到底发生了什么？这人疯了？不会是博客被盗了吧？有人跟他恶作剧？

他赶紧给朋友拨电话，关机。赶紧又给朋友办公室打电话，无人接听。再接着给朋友公司其他人打电话，问你们总裁在哪儿，接电话的人告诉他，我们也不知道。

那些日子，朋友的私奔，成了各大媒体的话题，更是人们茶余饭后的嚼头。旁人议论的焦点是，有人居然把私奔广而告知，不是炒作就是疯癫。南禾源猜测，朋友不是这么炒作自己的人，他相信是后者。朋友是诗人，是性情中人中的极品，这事朋友做得出来。

朋友的举动，震惊了社会，更震惊了婚姻处于尴尬状态的南禾源。扪心自问，他知道自己不会选择如此极致的行为，别说没有女人跟他私奔，就算有，他也不会。他深深知道，那是需要不顾一切的。他的一切，他能全然不顾全部放弃吗？事业，儿子，名誉，还有表面上的安安稳稳？

当时，一次次面对私奔这个词，女医生在他脑海里出现过，并且不止一次。他的生活中，除了妻子，没有过别的女人，女医生是他的唯一，他的有关私奔的联想，里面的女主角只有她，并且栩栩如生。

联想让他小有冲动。

在那个私奔故事发生期间，他跟女医生的联络变得不自然。他既希望有所发展，又担心有所发展，既想得到女医生的青睐，更或者与他暧昧，又怕自己无法承接，感情迸发了却无处安放。他心里的鬼变得清晰，他变得越来越紧张。然后，就发生了他跟女医生脱口而出的“我生活得很幸福”那件事，导致女医生消失在他的生活里。

南禾源那时候年近半百，但很多问题他觉得自己真不清楚，有些问题想问而不敢问，诸如，爱情能是完全理性的吗？婚外恋就一定不是爱情吗？爱情必须以婚姻为目的吗？如果没有爱情的婚姻不道德，那么没有婚姻的爱情也不道德吗？爱情该接受道德的审判吗？

那段时间，他一直跟道德纠缠不清。

直到有一天，南禾源环顾四周，他突然醒悟，家里已经没有直系老人了。也就是说，父亲母亲和岳父岳母，都已经离开了这个世界。

妻子几乎跟他一起醒悟。

十几年间，老人们已经先后离去，他妻子很清楚，对南禾源来说，老人们的离去，使得南禾源获得了真正的精神自由，他没有了任何障碍，他的行动已经没有人可以制约。对妻子来说，从此以后，他们之间的婚姻，再也没有老人的过问了，她的保护伞，没了。

妻子有理由以为，南禾源已经没有了顾忌，他们的婚姻走到了尽头。

那些日子，她表现得异常焦躁，有时候，她显得格外体贴，居然破例买了一把蒸汽熨斗，开始熨烫南禾源的衬衣，之前家里就没有买过熨斗，她也从来没有熨烫过衣服。这弄得南禾源浑身不自在，使劲跟她说其实你不用这么着。偶尔，她会学着电视节目做几道菜等南禾源回家，南禾源一进家门，拖鞋恭恭敬敬地候着，家里也收拾得干干净净，弄得南禾源很不习惯。可有时候，她又突然来了脾气，不是暴躁就是抱怨，当着南禾源面摔摔打打，说些指桑骂槐的旧话，让南禾源倍感不堪。

妻子显然多虑了，她没想到，南禾源没有食言的意思。

有一天，南禾源在卫生间对着镜子拔白头发，妻子看见了，走进来幽幽地说了句，你的白头发少得可以拔，我要拔了，就秃了。当时，南禾源没有言语，只是停止了动作，转身走出了卫生间，但他的心，却被妻子的话震了一下。

妻子老了。

妻子真的老态毕现。说实话，南禾源的目光，没有在妻子身上好好停留过，她怎么变成了如今这个样子，他真的有些不知觉。听了妻子的自言自语，他暗自仔细观察了妻子，不由得叹气，一个50出头的男人还貌似风华正茂，可一个50出头的女人，尤其是妻子这样性格内向、平时缺乏精气神的女人，简直就是老气横秋面色晦暗，更加毫无魅力。南禾源甚至推想，我当年怎么会喜欢她？我的小鸟就是到了这个年纪，也断然不会这么衰老。

他似乎依稀回忆起，曾经有一次，妻子近身站着，他一抬眼，被妻子额前的一圈银白吓了一跳，猛一看，就像戴了一个白色的紧箍咒。他当时就明白，妻子开始染头发了，妻子如果不染发，恐怕已经白了大半。那一刻，南禾源心里泛起了恻隐。

十几年前他要离婚，那时候妻子三十六七，还算是个风韵犹存的女人，即便在他眼里毫无吸引力，但是走出家门，也算一个资深美女。那时候，他对她没有恻隐，那时候，他只恻隐自己。

妻子自杀，他非常害怕，他不能看着自己儿子的母亲自杀，不能看着一个活生生的人因为他去死，这个人给他生子，和他肌肤相亲地生活了七八年，最后死在他们的家里，死在他们曾经共枕、曾经云雨、曾经孕育的床上……他不敢想。

如果妻子真的死了，他将万劫不复。

他当时真的非常害怕，但是，害怕绝对不是恻隐。他当时依然没有恻隐，屈服只因为责任。可是现在，他心里却不可抑制地冒出来这个感觉。他没想到，恻隐之心，是那么的令人不堪、那么沉重难忍，完全是一种无法收拾的情绪。它可以让他改变决定，可以看着妻子不那么厌倦，可以跟她同床共枕不那么难忍受，可以与一个没有爱的人继续过日子。

虚伪的誓言，说上十几年，也会变成真的。

有那么一瞬间，南禾源会胆怯地想，现在离婚，她还会死吗？其实答案不难，他认为妻子不会再去自杀。他知道，如今的妻子已经接受了现实，十几年没有爱的婚姻，她已经习惯，已经选择甘愿承受。这样的磨砺，早就把一个女人的感情弄麻木了。更何况，儿子已经立业，生活逐渐安逸，当初妻子对他全方位的依赖，如今没有那么凸显，离开他，她可以活。

但是，答案之后还有另一个答案，妻子一定不会死，但一定会生不如死。想到这，南禾源心有不忍。

还是恻隐。

他仰天长叹。

因为尽孝，南禾源做出了一个承诺，因为这个承诺，他埋葬了自己的婚姻生活，因为已经埋葬，他如今再也不能自拔。十几年一路承诺下来，那个承诺，已经深植在南禾源的骨子里，再也拔不出来。即便他现在可以自由抉择。

他无法跟小鸟解读这个承诺，这个承诺漫长而复杂，承诺没有变，但支撑它的内涵已经几经变迁。他甚至根本不想说起它，那是个一想起来都要心痛的事情。他一直想，也许不说更好，即便会被小鸟误解，误解他是个对她不负责任的男人，误解他的感情不真，他也不想让她认为，他是以孝顺的名义。这个高度会令他难堪。

南禾源问自己，我到底该对谁负责？对诺言，对孝道，对家庭，还是对爱情？他没有答案。因为选哪个答案，都不准确。

可是他不曾料到，小鸟最终知道了那个承诺。

19. 南楠成了尴尬二代

南楠成了尴尬二代。

所谓尴尬二代，这是高就热心地给他命的名。

高就的具体解读是这样的：南楠是个二代毫无疑问，老爸曾经当官，权力不小，算是官二代；老爸如今又在央企当高管，拿着不菲的年薪，他又算是富二代。但从严格意义上讲，老爸南禾源正局级不算大官，也没给儿子谋进什么梯队，于是就不算严格意义上的官二代。南禾源虽然是企业高管有高薪，但归根到底也是打工的，也不可能给儿子留下家族企业可以继承，也不算严格意义上的富二代。

二代来二代去，高就认为，南楠两边都不靠，但又都沾点边，一点不给人家靠也不仁义不科学，于是就给他命名为“尴尬二代”。

南楠不在乎自己属于什么二代，但是不幸的是，南楠的尴尬，被高就一一言中。

尴尬一：女友A一直以为他是个高级干部子弟。

女友A跟他约会的时候，总是有意无意地打听他的父母大人，动不动就流露自己上门拜访的愿望，说是要尊重老人。起初，南楠没看清女友的真实意图，也没有把上门拜访这事想得那么复杂，只是出于自己还没想好的现实，所以他完全没有实现女友愿望的意思。

终于有一天，女友A憋不住了，跟他说，我现在工作太累了，将来结婚恐怕没有时间照顾家庭，我想做一个贤妻良母，要是那样就有心也无力了，你看，帮我换个工作吧，你爸爸那个系统就很好，随便什么岗位都行，大树底下好乘凉嘛……

女友A的话把南楠吓了一跳，让他想起了老爸对他铁面无私的训斥。他定定神后跟她说，我爸那个系统……不好进。南楠的婉言回绝没有作用，女友A不仅不理会他的回绝，还完全没有放弃的意思，人家态度积极地接着提醒他，说你爸那个部里直属单位那么多，都是有油水的好地方，咱不用到部机关，咱直属就行了。

南楠眼看着糊弄不过去，只好赶紧跟她说，我毕业都没让我爸管，我爸也不会管，当年我自己……南楠话没说完，女友A就把他的话截断了，说那正好啊，你当年没让你爸管，现在正好管我嘛……南楠又紧着解释，说你不了解我爸，当年就是我开口，我爸也不一定会管，他说我是个大男人……女友A又自信地截断，说咱爸说得不错啊，你是大男人需要磨炼，可我是女的，我是你女友，咱爸未来孙子的妈，咱爸不可能不管的……说到这句，女友居然面露羞涩，虽然那羞涩看上去很可疑，但还是让南楠受了些许刺激，几乎要起鸡皮疙瘩，尤其是那声越来越响亮的咱爸，直击南楠承受不起的心扉。

因为南楠总不接招，女友A的问题越来越多，也越来越尖锐。诸如，你爸真是局长吗？你是你爸的亲儿子吗？你们家的家庭关系有问题啊？你爸那么有权力为什么不使啊？你家房子在哪个地段有多大面积？是不是有小院那种？

经不起女友A三番五次越来越直接地拿他高干子弟身份说事，南楠只好咬咬牙，一反往日原则，决定暴露家庭隐私。他铿锵地跟女友A说，我在北京算不上高干子弟，我老爸的确是厅局级，的确是个局长，但这级别北京很多，你到饭店包间里看一看，一屋子一屋子的。

女友A听了，沉默很久很久。南楠估计，她在心算，算一算正局级在她家乡算多大官，算一算局长在北京到底算不算高级干部，算一算一屋子一屋子是多少，掂量掂量南楠是不是在有意躲闪故意托辞。

南楠冷静地等待着。

结果出来，女友A正色道，局长也是高级干部，你给句痛快话，给不给我换工作？

南楠早已经豁出来了。这样的女孩子，完全不是他的菜，失去也没什么遗憾的，就是因此再上演一场分手大戏，他也义无反顾。于是，他不惜无视老爸的价值，不惜贬低老爸的人脉，他跟女友A正色道，我爸是正局级不是正局长。

女友A显然很吃惊，她又沉默良久，又掂量良久。终于，她鼻子里先冒出一声“哼”，然后冲南楠说了句，冒充高干子弟，你太无聊了！不等南楠言语，就掉头扬长而去。

事后，南楠反省自己，我冒充什么了我？我一直很低调没吹牛啊，她凭什么认定我是高干子弟啊，难道我那么像？难道我挂相？把出身带在脸上？他反复照镜子，狠狠地观察了一番自己，觉得自己真不像。

尴尬二：女友B一直以为他是个富家公子。

南楠是个讲究人。

从头到脚，南楠是非国际知名品牌不纳，普拉达、李维斯、第五街牛仔裤、耐克、阿迪达斯、古奇欧·古孜等等，脱了这个上那个。现在的女孩子，在名牌上个个都是明眼人，女友B自然也不例外。他们第一次见面，南楠的行头，就给女友B留下了深刻印象，她毫不迟疑地断定，南楠是个有钱人。

当然，南楠很诚实，他知道在女孩子眼里，所谓男人的实力是什么，他不愿意误导别人，他很诚实地告诉女孩子，自己是个奋斗男，现在还没有很扎实的经济基础，但以后一定会有的，云云。他看到女孩子毫不介意的微笑，他当时还颇感欣慰。

他不知道，女孩子的微笑不是因为他实在，更不是她不介意他薄弱的经济基础。女孩子的微笑是一种认定。他没想到，因为他的谦虚谨慎，导致人家更加断定，他是个有钱人家的阔公子，只是不愿意露富的那种。

女孩子当然不知道，南楠之所以经济基础薄弱还名牌加身，因为他很会过日子。

讲究归讲究，南楠还是个很会掐算的男人。浑身名牌不假，但全部都是折后，燕莎折扣专卖店他是常客，外衣衬衣、皮鞋钱包，男人的主要装备，都是从那里踅摸来的。鞠向东为此曾经调侃他，说那些既缺钱又想名牌包装的女人，才等着买折扣名牌呢，你一个大男人，是不是太抠门太对不起自己了？每当此时，南楠就骄傲地指着自己的衣服说：“这个，2折，原价上万，省了我整整

6千大洋。”

那时候，鞠向东有小M包装，说话口气比较大，底气比较足。

但是南楠坚持自己，并且耐心地用自己的实践经验教导高就、引导鞠向东。他跟他们说，男人的东西不像女人的，多少年过去也不过那几个式样，不存在过时的问题。燕莎折扣店的东西，都是上年度下架的，款式面料都符合潮流，二三折是什么概念？那就是少花了几千块啊！我们完全用不着花冤枉钱嘛，我追求的是货真价实，不是什么原价不原价。听了他的蛊惑，高就没做反应，鞠向东直接表示不屑。

事实上，南楠的理论已经深入高就和鞠向东的心田，因为后来的鞠向东，也开始光顾名品折扣店了，只不过是偷偷去的。高就更是常客。

南楠的掐算会过日子，女友B不知道。

但是女友B在暗自期待。

一个女孩子，如果以为自己的男友是有钱人的后代，那么，后果就可能是这样的：不管她要表现自己不物质，还是她不掩饰自己的物质欲望，或者，她的确不是个物质女孩，她都会对这个男友有所期待，期待这个出自有钱人家的男友，出手大方。可能期待的程度有所区别，但很遗憾，无一例外地都会有所期待，这个期待的确真实存在。

女友B也期待了，并且是很期待。

南楠当然有所感觉。开始，他还尽力满足女友B的期待，除吃了几次大餐，还送了包包，还有一套化妆品，但是很快他就招架不住了。不是人家开口索要让他招架不住，是他自己发现，自己不知不觉已经扮演了一个富家公子，这不是他的真实角色，更不是他想要的。在他看来，这是个要命的角色，他一点儿也不想扮演这个角色。

被女友就这么坚定地认定，并且坚定地期待，南楠很尴尬。身为一个大男人，他眼睁睁地看着女孩的攀富心思往外冒，又不能一个劲儿地跟人家女孩子说，我们家真的没钱，我真的不是什么富二代，你可别指望我别误会我……这么说更加可疑，像是找借口，也越说越不真实。

不自觉地当了回演员，让南楠难受无比，实在演不下去了，南楠只好选择挥挥手，向一份还没进行的爱情告别。

尴尬三：女友 C 一直以为他有海外重要关系。

如果说，官二代的尴尬有点自找，那是先天因素所致，富二代的尴尬有点活该，是后天做派导致，那么海外有关系的尴尬就有点冤枉。

南楠曾经的国际关系学院经历，还有如今的英语老师经历，使得他有不少同学在国外学习或者定居，并且如果他愿意，就能操得一口漂亮英语，所以南楠身边的外国货很多，南楠的做派腔调也很有些洋派，喜欢出入西餐厅，北京哪家西餐厅的牛排正宗上等，他闭着眼睛就能把你带去。他喜欢喝咖啡，身上总是会有微微的咖啡味，他钟情的个别欧美国家，人文的、地理的，他都可以如数家珍，弄得跟自个儿出生地似的。

女友 C 出现的时候，恰逢他刚从国外游玩回来。第一次见面，南楠说得最多的就是某钟爱国的见闻，女孩子听得很愉悦，还很澎湃，架不住内心的一种期待油然而生。

又是期待。

南楠拿出几个某国小礼物，女孩子一下子喜不自禁，那份满意不加掩饰，尤其是一盒精美的巧克力，惹得女孩子发出了一声尖叫。南楠仁义，看人家真高兴，就说，我吃的巧克力都是国外带回来的，我有一帮经常飞各个国家的朋友，我有个朋友还做过白宫实习生，我老爸也经常出国，接待他的都是小型专机，瑞士他去过几次了，那里盛产巧克力。你要是喜欢这个，可以经常吃到，世界各地的。

完全怪不得人家女友 C。

女友 C 是个土生土长的中国北方某小城的姑娘，一双秀脚还留有黄土高坡的土腥，从来没有踏出过国门，由于自身外语比较凑合，面对南楠这样的男人，她所有关于中国以外的遐想都得到了确认，所以她根本不想克制自己的崇拜和想象，甚至，她祈望梦想有一天照进现实。南楠无意中传达给她的种种信息，让她有理由相信，南楠家里海外有人，还不止一人，还不是一般人。

第三次见面时，女孩子就直接问他，你能带我出国吗？南楠想都没想就说，没问题，我可以帮你找朋友联系学校给你推荐。南楠会错了意，女孩子一点都没计较，只是接着又说，我说的不是留学，我说的是我们一起到国外生活。说完，女孩子好像生怕南楠又没听懂，就加了一句："就是定居"。

“啊？我可从来没想过到国外定居。”南楠既吃惊又笃定地回答。

女友 C 一点都不介意他的态度，说你以前没想过现在可以想啊，你要是不出国都可惜了，你外语那么好，你们家国外那么多人……

“啊？我家国外没啥人啊。”这回，南楠就剩下吃惊了。

“啊？不可能吧？”女孩表示不相信。

女孩子一心做侨民，南楠一心做国民，两股道上跑的车，方向出了问题。

三次尴尬，都和女朋友有关，弄得他不得不承认，自己的确气质混乱，活该被女人尴尬。南楠不由得一次又一次问自己：现在的女孩子们，整天琢磨什么呢都？

20. 三个买醉的男人

三个买醉的男人要是坐在一起，基本上局面比较混乱。

高就、南楠、鞠向东，他们每个人，都有非常强硬的买醉理由，但是每个人，都不方便说出自己的理由，于是就纷纷先把自己弄晕乎再说。

高就想喝醉了永远不醒。

他不想整天看着小公务员跟女人亲热，这个亲亲、那个宝贝，脂粉弄得乌烟瘴气。尽管看不过眼，也只能独自一边暗自难受，只有悄悄犯嘀咕的份儿。他心烦很有理由，这点事能说吗？显然说不出口，再说还和前妻有关，只好自己跟自己较劲。

南楠想醉了吼几嗓子。

他特别想冲一帮不开眼的女人喊一声，你才二代呢。总是被人误以为官二代富二代，这真的很伤自尊，好像他就是一个一门心思装二代的主。这烦恼能跟人说吗？说得清楚吗？好像既说不清楚也不方便说。

鞠向东恨不得天天不省人事糊涂到底。

和小 M 东窗事发，老婆跟他摊了牌，跟他说滚。他又没地方滚，更不能真的滚，滚不滚他还没想好，再说，这还得取决于小 M，不是老婆和他能做主的。不滚，就得天天回家听骂，于是他在家里就像个落水狗，天天有人喊打，随时有可能被打。落水狗的日子能说吗？落水狗的日子旁人能理解吗？所以打死他都不会说。

共同点大家都看出来了，一个个言不由衷，所以一个个都成心想醉。南楠善解人意，就说，喝酒不需要理由。此话当然正合众意，于是众人附和，对对，大男人喝酒需要什么理由，不需要。

大男人喝酒不需要理由，但大男人喝酒需要同伴，要醉一起醉，众人皆醉不算醉，谁也别埋汰谁。众人皆醉你独醒，那不厚道。

酒还没过三巡，南楠先沉不住气，率先暴露了思想。

看一干人只喝酒不言语，南楠嚷嚷，说喝闷酒太没劲，我给你们说个笑话。他说有一天他坐出租，收音机里正在播报一个明星要离婚，出租车司机跟他说，结婚就是遭罪，因为婚姻肯定是不幸福的，要不国家还给你打结婚证干吗？如果你们自己住在一起分都分不开，国家还养那么多法官、民政局的人管你干吗？还不是因为国家知道，如果不这样的话，10个里面有9个是要后悔的！说明凡是国家要用法律保护的事情，基本都是你不愿意自觉去干的事情。

笑话讲完，基本没人笑。

“结婚就是遭罪。”

南楠自己咧嘴，勉强笑着强调了一遍，然后一直一个人笑，笑得很尴尬，还没分贝。高就没笑，并且是一点没笑，并且还嘟嘟囔囔自言自语起来：“他们说我算不上一个高档商品，但是又实惠耐用，还说我的性价比不行，你们听听，这是选女婿吗？这是把我当商品啊……她爸爸住院手术，我联系了一切事宜，我说去病房看看她爸爸，她却推三阻四不让我露面，说她家里人不愿意见我……把我当什么了？”

“这还不明显，是看上了你巨大的实用价值，先把你往死里用，用足了再说。”南楠笃定地说。

“我鞍前马后啊我……这辈子跟我爸我妈都没这么殷勤过我……”高就高一声低一声地委屈着。

“你这叫什么你知道吗？你这叫……活该。”南楠显然喝多了，都敢跟高就言辞凿凿了。

“你管好你自己吧，还不抓紧给自己找个对象，拖一年两年没人管你，拖八年十年地球都不会原谅你。不要太浪漫，不要再妄想，人到最后都得皱巴成一堆干面团儿。”鞠向东突然张嘴，向着言辞凿凿的南楠发了力，一串更加言辞凿凿的话语，着实把刚跟高就说完活该的南楠，给惊着了。

说实话，南楠的笑话，的确挺好笑，的确可以笑，但鞠向东跟高就一样，也没笑，不光没笑，还撇嘴了。

论心事，鞠向东认为自己才算得上满腹烦心事。你南楠有啥烦的，满世界的女孩子让你挑，你有房有车有存款，你正当年。你高就有啥烦的，满世界女孩加女人都让你挑，你有前途有潜力，你是牛气王老五。对照检查，他认为自己才有资格烦，一个奔五十的男人，眼看着妻离子散情人跑，人财两头空，眼睁睁要成孤家寡人，前后不见村。不烦不醉都对不起社会。

自己的心事，很想跟人说道说道，很想找人理论理论，但是他实在不方便跟旁人探讨。

倒是太太很怪异，多次有意要跟他理论，他不光不愿意，他更是不敢。太太之所以愿意跟他理论，全在于太太属于理直气壮，他处于理屈词穷。理直气壮的人觉得真理在手，她愿意跟他理论，享受看他无言以对一败涂地的样子，觉得比较解气；他不敢，因为他不占理，移情别恋背叛妻儿，到啥时候都不占理，一讨论他不仅排遣不了自己的烦心，还会招致一顿新账老账一起算的痛斥。

如果就事论事，他更想跟当事人或者自己人理论，他的烦恼归咎于小M，他的真心归属于小M，小M是当之无愧的当事人，以及自己人。可身为当事人并自己人的小M，坚决不跟他理论，或者说是不屑于跟他理论，斩钉截铁地说分手了就不要再见，逼得他内心的愤懑越积越多。积攒了一肚子的委屈，鞠向东只好在夜深人静的时候，死死盯着某一墙角，一个人跟假象的小M理论。

不过，每逢那一刻，鞠向东是痛快的，他桩桩件件，他慷慨陈词，他痛说往事，批驳得小M哑口无言，甚至痛心疾首地向他俯首帖耳赔礼道歉……可是，睁开眼睛，现实很残酷，他四顾左右，无人可以倾诉，更无人跟他痛心疾首赔礼道歉，结局无言，他面对的只有忍受。

忍受，总是难受。

男人心里难受就想喝酒，一个人灌不下去，高就一招呼，他连矜持都顾不上了，屁颠屁颠就来了。他在难受的时候，的确有兴趣听一听南楠跟高就的烦心事，他确信，自己倒霉的时候，别人的倒霉会让你觉得自己没那么倒霉。此时，他非常需要听一听别人的倒霉事。

可是，听南楠跟高就的那些事，每一件烦心事都离不开女人，又觉得无聊透顶，让他对自己遭受的伤害浮想联翩，这叫什么事啊，怎么总是阴魂不散的女人啊，一帮大老爷们，被女人弄得焦头烂额，能不能说点别的啊。

鞠向东强烈地想要转换话题。男人如果没有事业可说，没有女人可说，还有爱好可说，他认为他完全可以说点别的，比如车。

其实，自从鞠向东拥有了自己的座驾，他就觉得自己有了新爱好，或者说，是自己的爱好变得具体，他为此有理由生动起来。

他开始密切关注车市行情，关注每一款上市新车。关注久了，他就积攒了一肚子车情，就总想跟人说。开始，他跟不知情的太太说，太太挖苦他，说你开着单位的车，又不是我们自己的车，有什么好说的。无奈，他后来就跟小M说，可跟小M说，结果更惨，他要是说的车太高档，小M会误会他想要更好的车，他要是说中低档的车，小M更会以为他嫌弃她给他买的车不够高级。有时候一说车的事，总觉得小M的表情怪怪的，像是在挖苦他，像是说你有本事你自己买一辆去。此类表情一而再再而三，他也就丧失了跟小M聊车的兴致。

除攒了一肚子委屈，鞠向东还攒了满肚子车的话题。如此热衷于车，主要是因为，在鞠向东的生活里，只有车可以给他带来驾驭的良好感觉，只有车才是唯一给他乐趣的东西，只有车不在他那一肚子委屈里。车从来不给他烦恼，只给他快感。此感觉没地方释放，就一直憋着，就等着高就招呼喝酒，他可以一吐为快。

南楠和高就的无聊，把鞠向东关于车的情结重新抖擞出来，他决心给他们做一个表率，让他们看看，男人离开了女人，男人还有没有其他乐趣和追求。

鞠向东自斟自饮自语，从德国造说到日本产，再到韩系兄弟大对撞，从奔驰说到奥迪再到宝马，从路边野店说到4S专卖店，从性能动力说到四驱技术……懂的不懂的，一知半解的，东拉西扯，纵横驰骋，就像个念经的和尚，念念有词，含糊不清，云里雾里，抑扬顿挫，翻来覆去。

鞠向东念的车经，都是他自己的车经，他不知道，车对高就和南楠来说，就是一交通工具，不是啥稀罕东东，他们没兴趣深入了解，就算有兴趣了解，也是各有所好，方向目标明确，不像鞠向东，好像什么都着迷，什么都感兴趣，完全没有一个作为爱好的标准和底线。

鞠向东在那东一榔头西一棒子，终于把两个男人听晕了，也听烦了。南楠数次打断鞠向东，都未果。南楠就跟他嚷嚷，说一个工具而已，你至于那么冲动吗？鞠向东说南楠你不懂，这个很至于。高就在一边说，啥叫很至于啊？大主编都开始出胡话了。

鞠向东的执著，导致意外地勾惹出了两个男人的挖苦之心。南楠拼了命才拦住鞠向东不太正常的滔滔不绝，他说要给鞠向东讲个关于车的段子，鞠向东才算停住。但鞠向东不解其真意，更没看出南楠的挖苦之意，以为自己成功转换了南楠无聊的爱情烦恼，终于跟自己志趣相投了。他饶有兴致地撺掇南楠快说，南楠就不客气地一溜烟地开说了。

一大哥花了280万买了辆12缸6.0的万众飞跃……某日，大哥进停车场，正在自动泊车中，管理员冲他喊道，喂，开奥利萨的小心点，别把边上的新宝马320给撞了，你赔不起。大哥冲管理员怒吼：谁是奥利萨谁是奥利萨？老子的车够买它10辆奥利萨了……某日，大哥进了加油站，一不留神，加油小妹的93号枪就对准开加了，大哥汗都下来了，又吼：老子是要加97的，谁让你自作主张加93了。 小妹好心地回说，大哥，奥利萨加93的绝对没事，我每天都加多少奥利萨，93的省钱，不是奔驰宝马没必要加97……又某日，大哥去夜店泡妞，看中一辣妹后相约外出消夜，辣妹跟他走向停车场的地方，一见大哥的万众飞跃，辣妹扭头就走，并说，开奥利萨还好意思约我吃夜宵，早知道跟刚才开宝马的走了……又某日，大哥宴请一高官，开车到其家接他，大哥恭敬地把车门打开，高官走近一看，说，我还是让司机把A6开出来吧……再某日，大哥到一处接朋友，此小区门口黑车众多，大哥在车上等朋友之际听到黑司机们议论，这么好的车也出来拉活啊，另一位说可能单位的吧，不过奥利萨怎么也得百公里8个油吧。大哥摇下车窗怒吼：老子百公里得17个油……再某日，大哥一朋友之重要朋友结婚，要借一重量级头车，大哥厚道之人，虽爱车之心无可比拟，也大方出借。事后朋友还车，大哥自豪地问怎么样，让你在朋友面前长脸了吧？朋友叹气，说别提了，朋友非说这是一老款的奥利萨太不拉风，最后又花钱租了一辆红色跑车当婚车，你的车就排到婚车队最后一个，专门接送上了年纪的老人家和儿童了……某日，大哥停完车正准备走的时候，听见身后两个年轻人的对话，一人说快看，哇噻，飞跃啊！大哥心中一片舒坦，心想终于有识货之人，正爽之际，听到另一年轻人说：操，真有傻帽买它啊……

南楠一口气讲了一大堆，高就早已经乐不可支，鞠向东似乎听出点弦外之音，眨巴着眼睛问，你说的这飞跃……不是跟我那腾跃……一个公司出品的？看鞠向东半梦半醒将信将疑的神情，南楠一下子没忍住，乐得把刚灌进去的一口酒，亲自喷了出来。

南楠和高就还没完，借着酒劲，借着鞠向东的糊涂劲，跟鞠向东继续放肆，两人像是商量好了，企图彻底揶揄一把老大哥。

高就接茬说，东哥我这有个段子是说你们媒体的，你给审审准确不准确。说单身叫稿荒，恋爱叫赶稿，结婚叫定稿，离婚叫撤稿，被人抛弃叫毙稿，抛弃别人叫垃圾稿，复婚叫重稿，再婚叫修改稿，婚外恋叫又讯，包二奶叫转版，复婚再离婚叫紧急撤稿，未婚先孕叫新闻事故，久恋不婚叫备用稿，与其中一个情人分手叫删稿，与情人吵闹老婆发现后离婚叫政治错误……

“这也太准确了，高人啊，完全符合东哥的国情啊。”南楠起哄。鞠向东一听自己也乐了，说还真有高人。

一看高就的段子出了效果，南楠更来了劲头，说也给东哥贡献一个媒体的段子，说某报社招聘记者，约了一群人面试，一人从楼下给考官打电话说保安不让进，希望下去接一下，考官说不，如果这都对付不了的话，还是别做记者了。最后大部分应聘者都进来了。翻墙进来的最后成了狗仔队，讲理进来的成了评论员，软磨硬泡进来的去跑官会了，撒泼打滚的后来都提拔成了主编，硬打进来的，顶了保安。

南楠话音未落，高就跟鞠向东已经欢乐地碰杯了。鞠向东醉态毕现，根本听不出南楠跟高就的揶揄了，几杯下肚后，竟然自动加入了揶揄自己的行列。

“我跟你们说啊，我们当编辑的日子不好过啊，有一个段子咋说的？说早起的是做编辑和收破烂的，晚睡的是做编辑和按摩院的，不能按时吃饭的是做编辑和要饭的，担惊受怕的是做编辑和犯案的，加班不补休的是做编辑和摆地摊的，说话不能错的是做编辑和主持节目的，新闻事件发生后必须马上知道的是做编辑和开救护车的，加入了就很难退出的是做编辑和黑社会的……还有一段子，说某编辑长期夜班，终于抑郁，痛苦不堪，决定不活了，留下遗书赴江边断崖。最后一刹那他突然收住脚步，回返，口中念念有词——遗言没有起标题……你们听听，我们编辑过的什么日子……”

“借酒浇愁原来说的就是你们文人编辑啊？”南楠故意说。

“日照香炉生紫烟，江枫渔火对愁眠。若问酒家何处有，疑似银河落九天……”鞠向东突然冒出几句，没头没尾的，念完了又突然不做声，死死地瞪着南楠看。南楠眼珠子一转，也突然接了句：“秦时明月汉时关，轻舟已过万重山，醉卧沙场君莫笑，自称臣是酒中仙。孤帆远影碧空尽，万水千山只等闲……”南楠言毕，摇头晃脑地冲鞠向东点头，意思很明显，你们文人那两句，我也会。

鞠向东晃着脑袋，对南楠说，你小子行！你小子很行！也是一文化人。南楠乐得忘乎所以，问鞠向东，东哥的意思，我也可以混个主编当当吗？鞠向东肯定地说，我看行！

“这都哪和哪啊你们，好像不是一个人写的啊？一会儿是李白，一会儿又换人了？”高就听出了问题。“高哥，我们这玩的是意境，玩的是混搭，谁的诗不重要，关键能搭，关键能懂，是不是东哥？”南楠貌似耐心地给高就解惑。

鞠向东似乎看出了南楠的不怀好意：“你小子还真懂！我算看出来了，你们今天是专门欺负老大哥来的，你们要是不证明我们文人活得悲惨，你们今天绝对不会善罢甘休是不是？”

“不是悲惨是悲催，现在悲催时髦，属于常用词。”南楠没有丝毫悔改之意，还特意补充纠正了一句。鞠向东愣了一下，好像在思考悲惨和悲催的区别，但同时没有忘记用狠狠的眼神，努力瞪了南楠一眼。南楠看见故意使劲一仰头，显得无比欢乐。

这么备受欺压的酒，鞠向东还是第一次喝，临走他说终生难忘。

21. 鞠向东很委屈

鞠向东很委屈。

因为鞠向东被离婚了。

离婚的事情，一直不在鞠向东的人生计划之内。虽然有了小 M 以后，他开始冷淡自己的太太，并且期盼着小 M 离婚，但是，他一直想等小 M 离婚以后，再考虑自己的离婚问题。他想的是，如果自己和小 M 的感情没有结果，或者说小 M 没有为他放弃原来的婚姻，他也没必要放弃自己的婚姻。鸡飞蛋打不是他想看到的。

可现在，鸡飞了，蛋也不在自己手里。他很委屈。

尽管无比的委屈，离婚了，鞠向东还是想把事情尽量做得很爷们，他让自己净身出户。他觉得自己多少都对不起太太，毕竟是自己爱上了别人，他尤其觉得对不起儿子，眼看孩子到了青春期，却过上了单亲家庭的生活。一个男孩子，没有父亲在身边，会不会走错了路，会不会心理扭曲，会不会影响他的人生，他真的很担心。太太跟着他，也没有过上什么严格意义上的好日子，甚至连衣食无忧都达不到，去超市买菜，都不舍得买绿色蔬菜，嫌贵。现在人到中年，却被丈夫半道丢下。他觉得有愧。

鞠向东良心犹在地想。

事已至此，已经由不得他选择，更或者，太太的决然，让他的走多了些借口，更何况，小 M 对他的吸引，给他的好日子，一直让他做着一些关于未来的美梦，那美梦对他的吸引超越了一切。愧疚虽然有，但却是短暂的，愧疚过去后，还有憧憬等待着他。

实际上，鞠向东的确没有让自己愧疚太久。他租了一个一居室，把家里自己的一些衣服和书籍，简单收拾一下搬过去，随便往衣柜里一塞，然后就锁门而去。

一居室，是用来掩人耳目的，鞠向东急切并且必须去的地方，是玫瑰花园。

作为约会场地，玫瑰花园的公寓完美无缺。除了约会必需的卧室、客厅，书房，厨房也一应俱全，做饭的家伙什儿都是全的。打开衣柜，里面塞满了四季衣裳，有男有女，光睡衣就好几套，看上去很像个家，让一个没家的人，很有家的安全感。

鞠向东几乎什么都没有带，就回到了公寓。他使用了“回”这个词，似乎是在告诉自己，这原本就属于他，属于他和他的小M。

可是，真要作为一个严格意义上的家，这套公寓实在是空洞了些。

在这里约会的时候，鞠向东几乎每次都想一个问题：什么时候可以不走，可以一直睡到大天亮。每次他们云雨之后，两个人都要小睡一会，每次都是在睡眼迷蒙中，不得不穿衣戴帽，然后在半夜时分，两个人各自奔向自己的家。那滋味，起初还有点刺激，但是很快，鞠向东心里就不是滋味了。

他不想一直偷情。

那种坏滋味，那时候鞠向东不止一次跟小M探讨过，他观察，小M对此似乎无所谓，她的心里似乎没有鞠向东那么多破滋味，各奔东西的时候，人家挥挥手就头也不回地走了，有时候连手都没给他挥一挥，倒是鞠向东，总是依依不舍，心情比较复杂，步履比较沉重。他跟小M说，小M反而避重就轻转移话题，说他这是文人的忧郁气质，她就喜欢他这样缠缠绵绵。

那种坏滋味，鞠向东跟小M探讨不下去。

终于，现在鞠向东不用半夜往家奔了，可以在这个舒适豪华的卧室，一觉睡到天亮了。可是，新的烦恼又来了，天亮一睁眼，身边却没有小M，他现在得面对另一种滋味，他得半夜送小M回家。

每天下班一个人回到公寓，他百无聊赖，就给小M打电话，问她回不回家，或者，发短信的时候，也是家长家短的，问人家晚上想吃什么之类。有时候，小M回复说“我晚上过去”，鞠向东就摆出一副不高兴的样子纠正她，说应该是“回家”，或者问“你过哪里去”。心情好的时候，小M会响应一下他，说“我错了，是回家回家我是回家”，遇着小 M 心情不好，人家就不回复了，鞠向东就自己跟自己运气。

鞠向东说的“家”，自然是玫瑰花园公寓，他这么有意无意地往“家”上引，就是想提醒小 M，她的家到底在哪里。

从前，都是小 M 约他，现在，一切都在不知不觉中发生了颠倒。他离婚了，他自由了，他成了单身汉，按理说，小 M 想见他可以无所顾忌了，他们之间，又多了一些自由度，可实际上，自从鞠向东搬到公寓来，约会的电话，大多数都是鞠向东发出的了。

自由了的鞠向东，自由的心情得到了释放，他一下子觉得可以展翅了，天空都属于他的翅膀了，他恨不得天天和小 M 见面，每晚都蜷在一起看电视，顿顿饭都和小 M 一起吞咽，想什么时候做爱就什么时候做爱，想在大马路上拥吻就在大马路上拥吻，想出游就出游……

鞠向东的这个节奏，显然让小 M 不适应。她无法满足他的想法，他也似乎忘记了，小 M 是有丈夫的女人。

他们之间曾经的平衡，因为鞠向东的离婚，被彻底打破了。

短暂的自由享受完毕，剩下的，竟然是无边的孤独。这一点，鞠向东过去没有品尝过，现在更没有预料到。夜夜空房，鞠向东不得不面对一个事实：小 M 要每天睡在自己丈夫身边，他的夜晚，必定孤独。常常不得不孤独的鞠向东，心中对小 M 的埋怨，渐渐升腾起来。

他们开始冷战。

鞠向东是个温柔浪漫的男人，他不擅长争吵，也不喜欢争吵，心里有气，就采取不理睬的方式。鞠向东冷淡小 M，他以为小 M 会有所意识，会顾及一下他现在的心情，更或者，会给他一个惊喜，突然跟他说她准备离婚了……他没想到，小 M 不知道是真忙呢，还是看出了他的不满，开始有意回避他。鞠向东不发出约会的指令，小 M 那边也安安静静的，他实在忍不住打电话过去，只要他不提见面的事，小 M 也不提。两个人如果不谈约会的事，话题就变得无趣，三两句就挂了。

小 M 的态度，鞠向东很意外，并且更加生气，也非常困惑，那个哼哼唧唧百般温情的小M，那个恨不得把他吸干的小M，哪儿去了？我离婚了，我自由了，我把太太儿子抛弃了，我们有的是时间谈情说爱了，可我们之间的温度，却不如从前了？

鞠向东相当委屈。

鞠向东的委屈除了和离婚有关，和小M的态度有关，另外，还和一个女属下有关。

杂志社有一个女编辑，三十一二岁，没有结婚，她自己说有个男朋友，但是谁也没有见过。平常，这个女编辑对鞠向东很不一样，跟他说话特别温柔，有时候温柔得叫他不自在，问她话，她乖乖地“嗯”一声，有了问题，她轻轻地“哦”一下，他知道她跟别人不是这样的，他路过编辑部，听到过她豪放的笑声，说话也没那么乖巧温柔。

尤其是看他的时候，女编辑的眼睛特别放光，会做出一副天真可爱的样子来瞪着他，还总是穿着低胸的衣服，在他面前做含胸状，弄得春光乍泄。

既然鞠向东是个温柔浪漫的男人，当然也是个情商很高的男人，他一直温和地回应着女编辑，觉得这是一种体恤，是一个男人对一个女人的体恤，是一个男领导对一个女下属的体恤，更进一步说，是一个受到爱慕的男领导对一个暗恋他的女下属的体恤。一个女人向一个男人示好，那个男人即便不接受，也没有必要非得冷眼相对，他得体恤。

没想到，他的体恤出了问题。他离婚没几天，女编辑就给他发了一个火爆的短信，说她想他。他没敢回复，装作不知道，以为这样就是表明了态度，女编辑就会知趣而退。可是，事情不按他的意志发展。

女编辑完全不理睬他的不理睬，那个短信，就像是一个通知，让他知道一个事实而已，接不接受，根本你说了不算。之后，女编辑一发不可收拾。她给他悄悄订美味午餐，每天换着花样换着饭店，她会含情脉脉地坐在他对面不说话，或者一脸哀怨泪眼模糊地看着他，火热的短信更是每天都有，是一般人扛不住的那种。

说实话，鞠向东扛住了。他没有接招，他也不想接招，他对女编辑没什么感觉，更不想和女编辑发展关系。他虽然是男人，但他也是领导，领导不领下属的情，是一件很容易的事情。他很容易就做到了视而不见，并且表现得无动于衷，几句居高临下的冠冕堂皇，就把女编辑的火热表达弄得一地零碎、七零八落。哪怕女编辑把一地零碎收拾了再表达。

可是有一天，小 M 突然出现在鞠向东的办公室。

小 M 来了就说她没事，让鞠向东别理她，她就坐一边看看他。小 M 的话含情脉脉温柔可人，显得很善解人意，鞠向东意外加感动，裆间物件都有了反应。小 M 可是有一阵子没有腻他了。

小 M 果然不打搅，她默默坐在一边，活活坐了一个小时。

在那一个小时里，打扮妖娆的女编辑，数次走进鞠向东的办公室。小 M 看得真真，女编辑到鞠向东办公室，完全是没事找事，并且中间还换了一次衣服。当女编辑头戴贝雷帽，身着低胸外衣，径直走到鞠向东办公桌对面，前倾着身体请示鞠向东事情，大半拉酥胸暴露在鞠向东眼前的时候，小 M 确定，他们有事。小 M 还看得真真，鞠向东如坐针毡，脸上一直挂着极度心虚和极其不自然的表情。

小 M 要和他分手。

女编辑成了导火索。小 M 之所以要和鞠向东分手，理由是她很伤心。小 M 认定，鞠向东和他的这个女属下暧昧不清，还认定，他和他前太太，依然联系紧密、关系暧昧，并且断定他们依然有床戏。

鞠向东也很伤心，说，我为你离了婚，你却不离婚，你不跟你丈夫离婚，就是不想跟我结婚，你把我晾在这儿，你还有理啦！

可是显然，鞠向东也不是那么理直气壮。因为小 M 从他手机里，清清楚楚看到了一条短信，短信很短，但意思足够明白："我想你。"短信来源显然不是小 M，更不是鞠向东的前太太。在小 M 不依不饶的审问下，鞠向东承认，就是那个女编辑。他说他离婚后，女编辑一直态度鲜明地追求他，当然，鞠向东也态度坚决地表示，他并没有接受女编辑的示爱。说这话的时候，鞠向东语气足够坚定，但眼神的确有些飘忽，他并没有直视小 M。

鞠向东的飘忽，没有逃过小 M 的眼睛。

她问鞠向东，就算你没有爱上她，那你为什么不断然拒绝，不跟人家把话说明白？你就是故意给人家机会，要不然，一个女人凭什么给你发这么热络的短信？还没完没了地发，难道她花痴啊！她精神分裂啊！我看她精神很正常！你是不是巴不得她天天给你发骚，你是不是陶醉其中啊？

鞠向东被小M驳斥得只有结舌的份。小M的某些言语，的确戳到了他的痛处，点到了他的穴位。对于女编辑的暗恋明求，他心里是美滋滋的，说到底，人家是一个未婚大闺女，比他年轻了足足十几岁，被这样一个女性爱慕，无论如何不是一件该沮丧的事。每次看到女编辑的短信，说实话他都会心跳，跟女编辑用短信打太极，也是一件快意的事情。当然，女编辑的午餐，也是相当美味的。要不是他要忠于小M的爱情，离婚的他，即便没有那么中意女编辑，但完全有可能跟女编辑有点故事。都是单身，谁都需要，谁也不吃亏。鞠向东时不时这么想。

但是此时，他顾不上进一步解释女编辑的事，又赶紧回答小M的下一个质疑，一向逻辑缜密的鞠向东，结结巴巴，表现得很狼狈。

说到和前太太联系密切，鞠向东说的确是在家里住过，儿子打电话说妈妈病了，他就过去照顾了一下，但他睡沙发了。小M说宫颈糜烂也叫病，哪个女人没得过？鞠向东惊愕，问你怎么知道？小M不理他，接着说，这种病你也专程过去照顾，你怎么照顾的？是床头照顾还是床尾照顾？小M的话太直接，鞠向东被逼得语无伦次，说，你乱猜什么啊你，我们老夫老妻……不是……我们十几年夫妻了……不是……我对她没感觉了，怎么会和她……

小M依然不理睬他的辩解，继续说，你对她没感觉，她可对你不死心，她是你的前妻，是你曾经的女人，她使劲黏糊你，你会不反应不接招？你会不上床安慰安慰她？

我没有……鞠向东小声抗议了一句，显得有点心虚。

他确实安慰了太太，并且还安慰了好几次，是那种比较彻底的安慰。

第一次回去，太太可谓想尽办法把他留下过夜，他当时心照不宣。那天，他陪儿子看足球也的确太晚，看太太把沙发给他已经铺好，他也就没有坚持离开。可是到了半夜，他被一阵动静弄醒，一睁眼，看见太太一丝不挂站在沙发前。

看他睁了眼，太太不由分说就钻进了他的被窝，鞠向东推搡了也挣扎了，甚至还把太太推下了沙发，看见太太滑下沙发又爬上来，他不落忍了。一个女人家这样，叫一个男人情何以堪？起初，他把后背转给太太，觉得这样不会发生什么，哪知，从前在床事上挺被动的太太，一下子让他不认识了，人家不在乎他把后背给她，人家从后面紧紧抱住他，一只手直接握住他的命根子，并且时而温柔时而有力地揉搓起来。

说实话，那天鞠向东的命根子没争气，很快就硬了起来。主要因为，他太太从来没跟他这样玩过，让他感觉很突然很刺激，身体根本不听理智的话。再说，小 M 和他玩冷战，他们已经几十天没进行过床上运动了，他正急需呢。

其实，鞠向东也没打算给自己找理由，他没有多想就让自己从了。边从他边给自己找辙，就算没有了感情，他们还有旁人无法替代的熟悉，他们实在太熟悉了，尤其是在床上，熟悉到他都不知道怎么拒绝她，跟她做什么都无需深想，顺理成章做就是了。

当他不耐烦地把身子放平，太太就明白了。太太很卖力，过去从来没有用过的姿势，以前不愿意的姿势，人家都表现得任劳任怨。最让鞠向东吃惊的是，太太居然把他的命根子真当命根子，含在嘴里当冰棍吮。

他任由太太在他上面折腾，直到要结束了，他才翻身上马。他得让整个过程显得自己很不情愿。

真不怪鞠向东。那个家再破，也是他曾经的家，他太熟悉那里，一进那个家，他就很自然地回到了丈夫的角色。几次回去，的确都是去看孩子，他说带孩子出去吃饭，可太太说还不如在家里，死活把他拦住。

有过那一次后，他再回去，太太表现得很温柔，他也觉得很温暖。那些日子，他和小 M 正在冷战，再说下意识里，和太太重新在一起，他好像没觉得背叛谁，丝毫没有影响他对小 M 的感情，他甚至一直觉得，太太不是外人，即便他们已经不是夫妻。

鞠向东的“我没有”小 M 不信！或者说，小 M 了解鞠向东的定力。

面对证据确凿的“我想你”，面对鞠向东数次安慰太太的基本判断，小 M 愤怒地说鞠向东欺骗了她的感情。

为了向小 M 表示自己的诚恳，鞠向东情急之下，不光进一步承认了一些事实，还爆出了相亲的新情况。他说他确实和女编辑暧昧了，至少没有明确表示拒绝，态度不够鲜明，客观上造成了暧昧的事实，这是自己不对，但他和女编辑绝对没有实际接触，手都没拉过。他还确实出去相过亲，碍于热心朋友的面子，见过两个单身女人。他说这都是因为他们冷战，他这是为了气她，为了提醒她，让她赶紧考虑离婚，然后尽快和他结婚，他和那些女人什么也没干，不过是吃顿饭，发几个短信，还是手都没拉过。

小 M 听了，一脸鄙视地跟他说"呸"。

鞠向东也确实没想到，小 M 居然无视他们几年的感情，居然不听他声泪俱下的解释，居然因为这些小事情，因为一些猜测，和他彻底翻脸了。

鞠向东心里的委屈，简直比天还大。他在心里怒吼：说我欺骗，你也太没良心了，非要说欺骗，那也是你骗了我啊！我这一天到晚想着和你永结同心白头到老，你那儿却把我当尤物了……

"尤物"这个词突然泛上心头，叫鞠向东心里一阵难受。

这是他太太说的。

离婚前他和太太有过一次吵架，太太指着他，说他就是小白脸傍富婆，还说，你照照镜子，你何德何能？富婆为什么找你？你是能帮人家赚钱，还是能给人家传宗接代？有钱的女人找你，就是当尤物玩的。当时，鞠向东实在经不起这么侮辱性的比喻，顺手操起身边的一把椅子，愤怒地向太太扔过去。幸好，太太比他想象中跑得快。

鞠向东平生第一次打女人，因为这不是他的个性，他从来都不是一个暴躁的男人，之所以没有克制住，实在是被戳到了软肋。太太的话，直指"吃软饭"这个敏感性质，这是任何一个号称爷们的大男人都难以接受的指责，哪怕他真的想吃软饭。

"我吃软饭？"鞠向东这么问自己，可得出的答案令他沮丧：自己真的喜欢钱，喜欢高质量的生活，尤其喜欢这么轻而易举地获得，通过一个女人，抑或是通过一份叫爱情的东西。

遭到太太的鄙视，鞠向东很委屈，而自己离婚了，小 M 还按兵不动，他更加委屈。基于这两种委屈，又经过了冷战的考验，鞠向东开始跟小 M 要态度。

第一次跟小 M 发作，是在他们进行了一次像打架一样的性活动之后。那次，小 M 像一头发情的母狮子，一个人躺在床上呼哧带喘，等着鞠向东扑上来满足她，起初，鞠向东一反常态，表现得有点懒洋洋，动作有一搭没一搭的，和母狮子的状态完全不匹配。

小 M 不满意，并且毫不掩饰地表现出来，她顾不上跟鞠向东计较，她把鞠向东推倒在床上，爬上鞠向东的身子，抓住鞠向东的肩膀，一顿猛吮乱咬，企图用疯狂激发一下鞠向东。

突然地，鞠向东爆发了，像是被激发了，但看上去更像是被激怒了。他一个大翻身，骑在了小 M 的身上，开始肆无忌惮毫无控制地冲撞，并且手也没闲着，左一把右一把，把小 M 身上捏得红紫。小 M 叫唤的时候，他一个猛子扎过去，用嘴堵住小 M 的嘴，狠狠地咬了小 M 上嘴唇一下，顿时见了血。

鞠向东的所谓疯狂，近乎虐待，倒把小 M 弄得狂叫不断，貌似很欢快。鞠向东真不知道她是真不明白还是假装过瘾，因为他觉得，自己的动作极其反常，他一向以温柔见长，对小 M 下此狠手，他都有点不敢确信。

他是有情绪的，他是在发泄自己的情绪，他希望小 M 看明白这一点。

可是，小 M 很欢快。

完事后，鞠向东发现小 M 不仅没有责怪他的粗暴，还变得温柔有加，一下子从母狮子变成乖乖猫，撅着被鞠向东咬肿的嘴，说着肉麻的亲热话，身子像蛇一样扭动着，表现得意犹未尽。

鞠向东借题发挥的发泄，显然没有奏效，甚至离预期的目标越发遥远，小 M 不光没有丝毫内疚，还一下子掉进了爱情的海洋，游玩得很畅快。看来暗示是没有用了，鞠向东必须实话实说，必须把自己的心里话说出来，鞠向东真的不想忍了，他要要态度。

“你到底是怎么想的？”鞠向东坐正了身子，背对着小 M 问。

“什么啊？”小 M 在他身后问了句。小 M 的问话，在鞠向东看来，就是装糊涂。

“你到底想不想离婚？到底想不想和我结婚？”鞠向东一字一句，明明白白地表述。他表述完，出现了静场，小 M 没有回答他，径自起来下床穿衣服。

这场景，在鞠向东意料之外，也是意料之中，所以他没想等小 M 的回答，又说：“我家犬子、我太太，天天打电话骂我，要不是为了和你在一起，他们能那么恨我吗？我太太恨我也就罢了，现在儿子也不理我了……”

“够了！”小M终于发出了一声吼。

“什么犬子、太太，这些我听够了。整天犬子太太，你那么重视他们，你跟我干什么？你以为我不知道，你把我给你买的衣服退了，换成女装，拿回去给你老婆穿；你用我买的车拉着你老婆出去玩，拿我的钱我的车讨好你老婆，你真叫我恶心……你装什么绅士？你以为你是谁？你这样所谓的文化人，我一抓一大把，更别说贪财贪色的，你当自己是宝贝呢？你对我忠诚吗？你敢说你就我一个女人？”

小M迅速变脸，又变成了母狮子，只不过不再发情。

面对小M的铿锵，鞠向东内心委屈，也很紧张，但他不想妥协。

他认为，自己已经妥协了五年，从39岁妥协到44岁，他认为他把一个男人最宝贵的时光都给了她。他还认为，自己是个男人，却不能主宰自己的生活，让一个女人牵着鼻子走，简直是枉为男人。

此时此刻，鞠向东强烈地想到了自己的性别。

22. 高就坚持不住了

高就坚持不住了。

小公务员和高就的感情生活，弄得南楠都要替他发疯。那种激烈的争吵，然后激烈地作出分手状，比如撕照片、退还礼物、收拾衣物等，分开后又激烈地用短信来回相互指责，最后，在一个环节也不少地完成整个过程后，两个人又筋疲力尽、鼻涕眼泪地抱在一起。

如此循环往复。

身为好哥们，南楠数次亲历，数次出手解围，并且数次解救高就。南楠看在眼里急在心里，不想看着高就在怪圈中越走越远，他得不厌其烦，得继续教育高就，用南楠的话说，教育是为了挽救。

南楠跟高就说，你们两个都错位了。她以为自己是找婚姻，所以找你这个王老五了，就以为能谋求个好婚姻，其实，她不知道自己是找爱情的，她吃醋猜疑哭泣纠缠，都是要你无条件地爱她，要不，这么折腾自家男人，是过日子的态度吗？你呢，你以为自己是找爱情，想真真切切爱一场，其实，你还不知道你找的是婚姻，你骨子里就是个过日子的男人，爱情是很折腾人的，你根本就经不起爱情的折腾。你们两个都找错人了……她说找你这个老男人就是找人疼叫人让的，那你找她这个嫩女子，不也图个听话省心吗？结果呢？老男人不让步、小女子不听话，两个人都打错了算盘……

高就的神情，看上去完全是醍醐灌顶。

高就心情复杂，他有些不确定地问南楠："你是说……我……找她……就是找错人了？"

"有些女人呐，宁可把自己的感情婚姻搅黄，也不能理性地思考和解决问题。你很不幸，你真的运气不太好，你遇到了这样的女人，你现在是在谈恋爱是吧？你已经很难受了是吧？要是将来结婚了，她还这么不懂事爱折腾，你的日子可想而知啊，你别指望狗改得了吃屎。"一番话，南楠说得很难听，很掷地有声，但是非常语重心长。

都沦为不幸了我？高就哭丧着脸说。

难道你幸福吗？南楠不客气地问。然后又说，你要是把受虐当幸福我也不拦着，那你以后别这么伤悲好吗？看你一天到晚这样，看着你俩这么谈爱情，感觉都不真实了，害得兄弟我意志都彷徨，都不想找女人了。你让我害怕，难道这世界除了作女就没其他女人啦？你个王老五都落在作女手里，我还有希望吗我？南楠先跟高就语重心长，说着说着，又顾影自怜为自己叹起气来。

"不过……好的时候……她还是挺好的，我和她又这么久了……"高就似有不甘地说。

"你怎么又说回来了？你不是悟明白了吗？我上次，还有上上次，苦口婆心让你悟到的那些道理，你都就着饭吃下去啦？"挽救高就反而连累自己心情，南楠忍无可忍。

看高就总是犹犹豫豫，南楠拉来了鞠向东，希望形成一个共同挽救的局面。南楠不知道鞠向东正被小 M 的无情所困，精神正被分分合合这件事折磨，几乎到了听见分手二字就激动的地步。

"都说宁拆一座庙不拆一桩婚，你怎么能劝人家高就分手呢？你怎么能这样呢？"知道了南楠的意图，鞠向东跟南楠激动。

"东哥，这哪里是拆，明明是救嘛。你看他过的啥日子，见面跟咱没笑脸，还一见面就痛说那点感情的事，严重影响了我们哥们的聚会质量。哥你说他这不找罪受嘛，你看现在的人，谁还这么谈感情，形势不对马上掉头啊都……再说，他们不是还没婚嘛，我这不算拆……"

听南楠如此铿锵又肺腑，激动的鞠向东只好放缓了语调：“人家不是舍不得嘛，人家高就这是重感情，这个你得理解。”

一听鞠向东这么说，高就在一边频频点头。

“东哥你太有洞察了，这不就是要解决他舍不得的问题吗？人生处处存在取舍，该舍就得舍，你说是不是？”南楠赶紧顺着鞠向东说。

“我承认，女人都有猜疑的特质，有些女人还会防卫过度，让男人没法做人。但我也必须承认，这些特性，间接地起到了预防和敲警钟的作用。你看高就，自从从了小公务员，人家小公务员是严防死守，这阵子是不是他脚底下不忙活了？脚下船少了，不用忙着踩了，这不挺安生的？”

鞠向东的话听上去是想幽默，可是鞠向东从来都不是个幽默的人，导致听上去更像是一片好心地描述高就的现状，所以南楠没乐，并且做出了继续铿锵的表情。高就更没打算嘲笑自己。

“安生？那种女孩子能给他安生？那么多事的女孩子怎么会给他安生啊！我看他真有受虐倾向，他就是愿打愿挨。反正这种小家碧玉型女子，我是不想娶回家。”南楠坚定地表示。高就被南楠批评多了，耳朵也麻木了，坐在一边面无表情。南楠忍不住开始愤怒，冲高就说，你都成死尸了啊？扎不出血了都！

“我原来的原则也不想伺候小家碧玉，谁不知道大家闺秀省心啊，可最后就被小家碧玉给降了，我也不知道是怎么发生的，怎么事到临头，原则一下子都不好使了。”高就诚恳地说。

“你都挑花眼了你哪有原则啊！你现在是不是深刻体会到，小家根本没碧玉？”南楠已经被高就反反复复的态度弄得失去耐心，嘴里不留情，穷追不舍。

“还真是。”高就似乎真悟到什么，频频点头。

“你们打击面太大了啊。”鞠向东表示反对。

鞠向东这么说，是因为他突然想起了一个女人，这个女人给他的印象就是小家碧玉，他觉得小家碧玉挺舒服的，尤其是经历了大教授家庭出身的太太和大女人小 M 的历练，他觉得那种俯首帖耳的乖乖女，只有小家小户才能养出来。

“东哥说得对，咱是有针对，咱不打击旁人，专门打击迷途的高哥。”南楠不想惹鞠向东不高兴，就附和鞠向东的意思说。

“真舍不得？”鞠向东体贴地问高就。

“都那么长时间了……”高就嘟嘟囔囔。

“时间能说明什么？别把时间当回事，时间这东西可以把人拉近，也可以把人推远。”南楠马上接了句。

就在三个人争论不休、准备裁决小公务员的时候，小公务员那边却对自己的情感命运浑然不知，她再一次自掘坟墓，又给高就和南楠分别制造了一个理由。

小公务员被高就的母亲甩了脸色。

小公务员还被南楠甩了脸色。

高就母亲一直催见准媳妇，高就总觉得和小公务员关系没理顺，也一直把不准小公务员的脉，不知道她会不会哪天再发飙，真的跟他拜拜了，或者自己忍无可忍决定改变了，担心母亲前脚刚刚召见，他们后脚就分手，弄得不好交代。所以这件事他一直跟母亲打太极，并且准备接着打下去，想看看情形再说。

可是有一天，小公务员一反常态，突然向他发起挑衅，质问说，你为什么不带我去见你的父母？是不是说明你根本没想好？

小公务员的激将法获得成功。高就不想让小公务员看出自己的犹疑不决，不想别人误会他情感不稳定。他觉得维护自己的尊严比跟母亲交代重要，并且难度大得多。他几乎是直接拉着小公务员回了家。

显然，事情出乎了小公务员的意料。其实她完全没有准备好，她以为高就不会接招，没想到高就接了，弄她个措手不及，话已铿锵地出口，她已经驷马难追，只好跟着高就进了他父母的家门。

没有思想准备的结果很糟糕。

一场无准备之战的结局，不出意外就是失败。那天，小公务员算是把高就的母亲给气着了。

一进门，小公务员就在高就母亲眼皮底下，跟高就嘟嘟囔囔，说拖鞋不合适，高就弓着身子一双又一双地给调换，老母亲就一直站一边等着。落座的时候，她径直走到沙发中央坐下，弄得两位老人很别扭地分坐其左右，像是众星捧月。喝水的时候，人家端上茶，她却问有白水吗，人家再端上白水，她又问有果汁吗。吃饭的时候，她看着桌上的菜迟迟不动筷子，弄得一家人不知所措，以为不合她口味。高就给她碗里夹了一堆食物，她都咬着筷子皱眉头——不是油大了就是太辣了，高就反复劝说让她尝尝再说……

高就母亲显然忍无可忍，对着自己儿子，她声调反常地说了句：“你怎么连顿饭都吃不安生，你想气死我啊。”然后虎着脸，甩手离开了。

小公务员的确没有故意气人的意思，她基本属于正常发挥，高就也习惯了她的娇气骄横，并没有把这一切当回事。但是他们不知道，身为一个出身高级干部家庭的女人，身为一个优秀单身男人的母亲，高就妈妈有自己的标准和底线。

其实，高就母亲的标准并不高，她认为，女孩子可以不漂亮，可以不会做家务，可以笨拙木讷，但她的底线是要对自己儿子好。这一点，她不仅根本没有看到，还意外看见自己的宝贝儿子受到驱使，给人家使唤得吃不了一顿安生饭，她完全是猝不及防。这时候，身为母亲，有多少优雅都扔在一边，有多少学识都用不上了。她身不由己就惹了一肚子不开心。

母亲不高兴，甚至很生气，并且气成了那样，这让高就心里很不安。事后他跟小公务员说，你看你把我妈气成什么样了？他没想到，小公务员不仅不愧疚，还居然理直气壮地说了一句话，那句话高就听着属于振聋发聩那种。她说：“我第一次上门，你们就那样对我我不气吗？妈气成啥样都还是你自己的妈，老婆气坏了就是别人的老婆了！你懂不懂！”

这什么逻辑？高就当场气蒙。

这逻辑，这气势，这能当母亲的儿媳妇吗？高就心想，我难受事小，我妈难受事大。小公务员暴露的逻辑，让高就原本不打算动摇的思想，开始剧烈摇晃。

正摇晃呢，南楠那又告状了。

南楠是这么说的：她跑到我学校事先也不跟我打招呼就领来一个学生要插班我说过几天这事我说了不算我得运作下她居然当着我一帮学生的面挖苦我说我这么点事都办不成你啥兄弟啥爷们啊要不是看在你高兄的面子上我得给她个背影你以后让我管她叫嫂子我就跟你疏远……

南楠的连珠炮，让高就倍感内疚、颜面扫地。他没想到，小公务员这么快就殃及池鱼了。

两次事件，使高就的思想动荡愈演愈烈，让他的心肺翻江倒海。终于，高就痛下决心：分手，跟小公务员。

决定一经出窍，他立马感到浑身轻松，并且，同时还迅速滋生了一个新念头：单身怎么那么好呢。

23. 南禾源的面具

南禾源的面具，南禾源自己不知道。

工作中的南禾源，是另外一副装扮，也是另外一副面孔。这是他的小鸟说的。

不管是作为当年的公务员，还是如今的企业高管，南禾源常年战斗在会议室主席台上。这也是他的小鸟说的。所以他一张嘴，嘴里就是场面上的官话套话，不是“这个问题分三点”，就是“解决这个问题要分几步走”。经常是旁征博引、名言警句一套又一套，就像是早已准备好的，更像是熟稔于心、驾轻就熟。你是不是天天跟你的部下这么说话？在他一套又一套的时候，他的小鸟总会打断他，并且故作担心地这么问。

自己有两副面孔，南禾源浑然不知。要不是小鸟这么跟他说。

小鸟总结说，他表面客气内心不屑，表面轻松内心刻板，表面谦和内心骄傲，表面柔软内心刚硬……说她只认识表面那个，内心那个不是她认识的南禾源。的确，谦和低调是南禾源的常态，但不是他的真正面目，他只是很会收敛，很有分寸地掩藏着自己的强硬和坚韧。别人看见他谦和的同时，也能够感受到他的坚持，只不过，这一切，在他的身上表现得非常和谐，让人感觉不到刻意的痕迹。

小鸟还说，不管是穿夹克还是穿西装，不管是当局长还是做高管，他都在扮演角色，并且愈演愈烈，真实的自己被越缩越小，经常看不见。小鸟还说，整天坐会议室、坐主席台的人，幽默感会越来越少。

小鸟还说了很多。

对此，南禾源从来不争辩，永远都好脾气地听着。他知道，小鸟说的是真话，没有人跟他说过这些真话，他喜欢听真话，尤其是他的小鸟说的。

来自小鸟的揶揄，让南禾源开始回顾自己，一回顾，他发现自己真的愈演愈烈。

当公务员的时候，他骑自行车上下班，后来当局长了，他也经常坐单位班车，可自从下海当了国企高管，他就再也没有坐过公交车。

有一次跟儿子出门，儿子说坐地铁吧，几站就到，还快。看他迟疑，儿子又说，就当你老人家体验体验生活，北京的地铁你都好久没坐过了。儿子这么说了，他就跟着儿子下了地铁站，一进去，看见人们都排队过安检，然后滴滴滴地刷卡，他被弄得不知所措，他没卡。儿子带他去自动售票机，他摆弄半天没摆弄出一张票来，儿子插手帮忙才算见了票。看见纸票可以买票，他不由得赞叹，说以为只有硬币可以用。那次，要不是南楠跟着，他可能会丢。到站下车，正好是中转站，被人流裹挟着，他完全不知道怎么走，东张西望找路标，像个外地来京人员。从那以后，他就是有心，也不敢轻易自己坐地铁，怕丢。

从公务员到企业高管，虽然都是正局级，但从工作环境到日常生活，都可谓天翻地覆。

作为机关一局长，他整天也就一件夹克衫，偶尔一次领带西装，出门倒是有车坐，也是单位派的，经常有下属单位献殷勤借车给他，他一般不敢接受，只会偶尔借用。可是身为大央企的高管，他一年不分四季，整天必须西装革履。打开他的衣橱，几乎只有名牌西服和高档衬衣，找一件休闲装，很难。即使大冬天，他也是穿西装扎领带，因为他一出楼门，就有奥迪 A6 趴那等着，基本不和大自然接触。出差去机场，进大厅没走几步，就一路从铺着红地毯的贵宾通道进了有吃有喝的休息室。登机下机，头等舱的先下先上，空中还可以躺倒睡觉。要住宾馆，有人给预定，还有人去结账……由不得他自己也嘀咕，都是正局级干部，差别咋就那么大呢？

有一次，他在北京某酒店会客吃饭，去的时候是司机送的，他让司机回去，说不用来接，办完事自己回去。饭后出门打车回家，一看钱包没有钱，全是卡，只好让出租车司机把他拉到家门口，让南楠出来付钱。南楠逗老爸，说你太外星人了，在地球出门都敢不带钱啊！

小鸟后来揶揄他说，一般穿常委服的都不带钱。

小鸟说的常委服，是中央领导九位常委出境的时候，经常穿的藏蓝色拉链小翻领夹克。

每当小鸟这么揶揄他，南禾源就无奈地笑。他知道，小鸟不喜欢他那个另一副模样。

小鸟常跟他玩笑说，你要端正思想，做个普通人。他就作低头认罪状，说我改。小鸟说你改不了了。他说，我一定改。小鸟说，你是个戴着面具生活的人，摘了你就没方向了。他说，在你面前，我是真实的，这也是我愿意和你在一起的原因。小鸟说，可你经常让我很恍惚，因为我面对的是戴面具的那个你，可能你自己意识不到，有时候让我难以适应。

为了端正思想，为了让小鸟开心，只要通电话，南禾源就跟她说笑话。有一次他说，当领导也不容易。领导经常要坐主席台，此坐台需要坐功。坐功好能邀功，你坐得够端正坐得够久，上司会认为你够忠诚；坐功还见憋功，就是憋尿的功夫，所以最怕尿急，怕上厕所就不敢喝水，遇到尽职尽责的服务员，频频给你倒水，你就得频频举杯装着喝，因为不能让左右看出你在憋尿，你要表现没有尿。也不能让下面看出你憋不住尿，质疑你身体不好使，该退休了……他的此类笑话，经常会惹得小鸟大笑，但是之后就跟着揶揄他，说开玩笑都离不开本行。说他彻底没救了。

南禾源喜欢被小鸟揶揄，他把这当成一种享受。来自小鸟的揶揄，尽管都是揭露，但他却觉得极为放松。小鸟的揶揄让他回归了本性，在小鸟面前，他不怕露丑露怯。为了遭受揶揄，他就经常给小鸟讲故事，一般听完故事，小鸟就会给他总结，并成为揶揄他的理由。为了揶揄，小鸟还经常给他做测试，为了被揶揄，他就积极答题，听小鸟开心大笑。

小鸟曾问过南禾源，说假如你第一次给女友送生日礼物，一是首饰，二是服装，三是蛋糕和花，你会选择什么？南禾源觉得这问题有陷阱，就假装生气不回答，小鸟不依，他只好说蛋糕和花，说完还讨好地解释了一句，说回答这个问题时，他想的是她。小鸟不领情地撅了下嘴，照着答案说，选择蛋糕和花，说明你不想被恋爱所束缚。

小鸟又问过，如果你经营的店铺旁边又开了同样一家，你会怎么办？一是打价格战，二是研究新产品，三是等等看，四是算了，你会选择哪个？南禾源一听这题，估计和恋爱无关，就态度积极地说，我会研究新的产品。说完又补充一句，说我也可能会等等看。哪知，小鸟听完，鼻子一哼，说选择研究新产品，说明你总是回避现实；选择等等看，说明你喜欢为自己找借口……

小鸟还问过，你觉得养生之道应该注重什么？一是规律生活，二是饮食习惯，三是定期运动，四是培养兴趣，你选择什么？南禾源脱口而出，当然应该注重规律的生活了。说完他得意地等着小鸟表扬，结果，小鸟气哼哼地念答案：答应别人的事情总是做不成。

南禾源屡战屡败，他有点急了，说这都哪和哪啊？你这都什么测试啊，结论科学吗？这题面和结论是不是风马牛不相及啊？小鸟故意哼哼着鼻子，说，测试就是这样啊，貌似不相干，其实有关联，都是书上的，不是我编的。

小鸟的测试属于玩笑，但南禾源着实有点怕，因为每次测试，他都有种果真如此的感觉，对照真实内心，不由得暗自点头。每次结果一出来，小鸟都会说一句话：“看看，暴露了吧。”他嘴上说不对，其实感觉好像真的被扒光了衣服，露出了灵魂。如果他不配合，小鸟就说他心虚了。南禾源既不想小鸟不高兴，又不想暴露自己，他经常左右为难。

南禾源知道自己无药可救。

他已经习惯了那个面具，并且，他的面具是那种永远也摘不下来的，那个面具，已经和他长在了一起，摘掉他会疼。有时候他自己也搞不清楚，自己是为自己活着，还是为面具。他也知道，小鸟非常了解他了，了解他的环境，了解他的生活方式，了解他的个性脾性，了解他的行为方式。只有小鸟，能真正看清他的两面，只有在小鸟面前，他可以不用担心，不管呈现的是哪一面，他都无所顾忌。正因为如此，他更加依赖小鸟，只有在小鸟面前，他才彻底地放松，才是真正的自己，如果没有小鸟，他会把自己彻底丢了。

南禾源在小鸟面前很放松，但南禾源也很无奈。因为他总是无法面对小鸟的眼睛。

四目相对，就是交流的开始，更何况，有时候，眼睛分明就是窗户，不用说话，内容已经一览无遗。

在小鸟那双美丽的眼睛里，过去，一直只有信任，现在，有了些许的哀怨。他知道那哀怨是因为自己。他对小鸟说，我是个罪人。可他这么说了以后，小鸟的眼神更加幽怨。他又说，我真心希望你快快乐乐的，每一天都开心。她就说，我的快乐和你有关，我的不快乐也和你有关。她这么说的时候，他就闭了嘴，默默地看着她，眼神很无辜，像个受委屈的孩子。

自从小鸟知道了那个承诺，那个承诺，就成了挡在他们之间的一道墙。那道墙时高时低、时远时近，他们都想翻越，也可以翻越，就是没有翻越。但是他们都守着那道墙，都没有走开。

他问小鸟是怎么知道的，小鸟说是他喝多了酒，自己说的。他仔细回忆，确信自己没有在小鸟面前喝醉过，怎么会酒后吐真言。小鸟就说，你不想承认就算了，也许你真醉了自己不知道，也许你就是没醉过，你想告诉我那个事，清醒的时候你不知道该怎么说，你就醉……假装醉了呗，可以不记得，也可以记得……这段话小鸟是歪着脑袋说的，故作调皮，话里话外透着机巧，既明确了一个事实，又给了南禾源面子。

小鸟说得南禾源无言以对。

无奈一直折磨着南禾源。

因为害怕那种无奈，南禾源就拼命地工作，让工作填满自己的时间。他以为，工作能把思念挤出去，没有思念就没有相见，也就远离了无奈。可南禾源的生活，无奈却越来越多。最无奈的，还是面对小鸟的眼睛。他越是远离就越是思念，越来越想念，却越来越怕见面，越怕见面，就越发思念，一种无奈的循环，开始主宰南禾源的生活。每当他的小鸟触碰到他们的未来，南禾源就不得不跟小鸟说他的责任和承诺，那一刻，小鸟的眼睛就立即盈满了泪水，波光闪动，美丽得让他心痛。

最让南禾源受不了的，是小鸟经常用疑问的眼神看着他。

他看得清清楚楚，她眼里有很多“为什么”，他都没法回答。每当小鸟用那样的眼神看着他，他就想告诉她，不要那么沉重，轻松一些，人生有知音，还求什么呢？应该好好享受他们的相知相爱，他们都不年轻了，不要蹉跎了自己的岁月……可他说不出口。他知道，她不喜欢听这些，她想听的，根本不是这些。

因为无奈，南禾源想对他的小鸟好，那种尽可能的好。说不上是不是一种补偿，是补偿她，还是补偿自己？他就是想对她好，他不能给她朝夕相处的日子，但可以给她每时每刻的关爱，在他的内心，他早已经把她看成自己的女人，早已经拥有了她，他想让自己的女人生活无忧，让自己的女人活得高贵活得有品质……

他让小鸟陪他看车，小鸟温顺地点点头，说好的，也没有问他看车做什么，是给他自己看，还是给他儿子看，或者就是随便看看。

他带着小鸟去了北京几家著名的汽车销售点，还跑了不少家品牌车的专卖店，每进一家店，他都会问小鸟，你喜欢哪一辆？每次小鸟都会说，新车都好看。他要再问，小鸟就会嗔怒地说，我又不懂车，你问人家销售人员嘛。

跟着他看车，小鸟很开心，完全把整个行程当游玩当散步。

小鸟当然不知道，南禾源准备买一辆车送她。

有一次，小鸟对一辆一闪而过的车说，这车我喜欢。当时，那辆车就是一闪而过，快速从南禾源和小鸟乘坐的出租车后面窜出，然后超过几辆车，几乎是瞬间就不见了踪影。

虽然是一闪而过，但就在小鸟话音刚落的时候，南禾源的目光就锁住了那辆车的标牌。南禾源暗自笑了，他心里有数了。

第二天，南禾源就把小鸟拽到了一家汽车专卖店，一向矜持的小鸟，惊喜毫无掩饰，一览无余。她看到了那款车，昨天一闪而过的那款车，正恬淡地站在她面前，和恬淡的她，成了一对绝配。

南禾源松了口气，然后转身对销售人员说，这辆车我们买了。

给我买吗？别开玩笑了，这么贵重的礼物我不会要的，你为什么要给我买车啊？我怎么会要你的车，太贵重了，再说我又不会开车。小鸟说了一连串话，最后一口拒绝。

小鸟的反应，在南禾源的意料之中。

他很了解，以小鸟的自尊个性，她是不会轻易接受的。南禾源为此早已经准备了一大堆理由，什么她是一个有品质的女人，他不想让她坐公交车，她的身份需要一辆车等等，包括她治好了儿子南楠的眼睛。但是小鸟就是不点头，还说都不是理由，并坚持说她没有理由接受他这么贵重的礼物。

南禾源当然有理由，但是这个理由是难以准确表达的。

在南禾源眼里，小鸟是个完美的女人。小鸟之所以吸引他，正是她具备了一般女人所没有的独特气质：温柔而又坚强、妩媚而又果敢、才华而又贤淑、高洁而又低调、天真而又睿智、风趣而又矜持、窈窕而又丰满、美丽而又质朴……很多矛盾的东西，在她身上完美和谐地集合。十几年一路走来，他见识过很多优秀的女性，但他却越来越觉得，她是一个近乎完美的女人。

他很喜欢她的声音，高兴的时候欢快，温婉的时候轻柔，总是那么悦耳。有时候，他就是为了听一听她的声音，把电话拨过去。

这样的女人，就应该被人呵护，就应该拥有一切美好的东西，而不是疲于奔命。和小鸟相处时间越长，南禾源越来越不能容忍，这样一个有地位有学识、在事业上有所建树的女人，这样一个又美丽又温柔、在生活中受人仰慕的女人，这样一个骨子里透着优雅和高贵的女人，居然一直过着一种那么简单的简朴生活。这样的女人，应该过一种有品质的自在随心的生活。

他再也不想让她追着公交车跑了，那样的场景，他想象一下都觉得心疼。

小鸟死活不同意，南禾源无奈，想来想去，他决定孤注一掷，只有把她逼到思维的墙角，她才有可能回应他。南禾源给小鸟发了一个短信："我爱你，这算不算理由。"

话一出口，覆水难收。

南禾源原本也没打算收回。

这三个字，他早就想跟她说，心里已经说过无数次，没有说，是不想让小鸟难过。他确信，这三个字，早已经根植在两个人心里，如果没有未来，说出来就是伤害。他不愿意伤害他的小鸟，哪怕一点点，任何可能造成的伤害，如果能够避免就绝不让它发生。有时候他甚至想，自己的存在就是在伤害她。

他们都知道，他们之间的那一道墙，心已经翻越，身体还在原地。翻越中，轰然一声，心掉在了地上，两颗心摔在一起，摔得很疼。

南禾源深知，自己不可能放下这份感情，他和他的小鸟，永远不可能分开，无论现实怎样，无论结果如何，他都要坚守和小鸟的这份缘分。在他心里，这缘分无比的珍贵、难得的美好，此生，他再也不可能遇到了。一想到分开，南禾源就一阵心酸。

南禾源舍不得。

有一天，他跟小鸟依偎在一个咖啡馆的角落，当时，小鸟跟他说了一句狠话，她说，你的呵护，就像止疼药，变成了我的精神依赖，我要戒了你，不能让自己上瘾。当时，南禾源什么都说不出来，尽管心里有很多话。

离开后，他打开手机，写下了一段话：人生就是这样，牵挂着、烦恼着、自由着、限制着。走出一段路，回头一望，却也生动着、美丽着——有着你爱的人和爱你的人，有着你喜欢的事和需要你做的事。人这一辈子是短暂的，所以要让自己健康着、开心着、幸福着，偶尔要醉着……他深深叹了口气，点了发送。

小鸟最终没有接受他的车，但她接受了他的理由。

24. 南楠陷入丈母娘怪圈

南楠陷入了丈母娘怪圈。

形成怪圈的缘由，对他来说是比较悲催的，因为他属于80后。假如不出意外，他面对的女孩都是八十年代生人，这些孩子的母亲，不幸要面对全球金融危机下的中国经济，不幸要替女儿应对诸多现实压力，于是，她们只好让女婿们惨遭苛刻条件筛选，以及不幸淘汰出局。

偏偏，南楠是个正在奋斗中的80后，他基础薄弱、肩膀单薄，丈母娘们一个个都高擎着一副重担，只等咣当一下撂他肩上。南楠不怕挑担子，他也愿意挑担子，可即便他想担并且也能担，丈母娘们还是很不放心，怕他担不住、担不稳，再把自己女儿给摔着。

担与不担，都是女婿的错。

南楠不怕见姑娘，他怕见姑娘她娘。

真不能怨南楠胆怯。

在很多丈母娘的眼里，南楠服务于私人企业，属于工作不太稳定、未来不太确定的观望股。尽管在很多女孩子眼里，南楠是职场精英，收入较高，人够体面，属于未来一定光明的绩优股。这种来自未来丈母娘和未来老婆对他定位上的差别，直接导致南楠的求偶之路比较颠簸，总是怪象环生。

怪现象是这样的，几乎，女孩子百分百对南楠本人喜欢无限，南楠自然就以百分百的高枕无忧开始往下进行，可是，一旦见过了丈母娘，事情就向着结束的方向下滑了，焦点问题都集中在他没买房子上。原本不计较的女孩子们，经过丈母娘的一番掐来算去，态度就会变化。女孩子态度一旦出现犹豫，一般情况下会嘟嘟囔囔跟他说，我妈说了，长得英俊有什么用。有的妈比较含蓄，会说好看不能当饭吃。言外之意傻子都听懂了，南楠属于没有用的。

这哪是丈母娘啊，分明是账目娘嘛！南楠被这一系列的丈母娘，弄得无比困惑。

怪现象的后果就是，南楠总是兴高采烈地跟人说有女朋友了，然后没几天，就垂头丧气地说吹了。更怪的是，明明总是不成功，却不见他对女孩子有什么不满，非要有什么不满情绪的话，嘴里也是念叨几句“她妈妈怎么……”弄得高就也跟着犯嘀咕，几次揶揄他，说你不会是看上姑娘她妈了吧？我可真见过年轻的丈母娘，母女俩走一块跟姐妹俩似的。

被丈母娘们一次又一次打入另册，南楠禁不住多次对自己发问：我到底是跟女孩子谈恋爱，还是跟丈母娘谈恋爱？结论是：女孩真不是问题，丈母娘真是个问题。

高就不明就里，一个劲儿地替他着急，说你看准了再进行行不行？你这么频繁换人，你不头晕啊。南楠心里叫屈，心想，谁让我赶上这拨丈母娘呢，一个个哪里是挑女婿，分明是给家里挑顶梁柱嘛。

可他不能这么跟高就说。高就要是跟他比年龄段，已经快属于他的丈母娘队伍了，高就要是早结婚早生了孩子，他就是这一拨老丈人了。高就那代人没有遭遇这样现实的丈母娘，他怎么会理解他的现实问题呢？

心里的委屈不好明说，南楠只好换一种内容叫屈，他跟高就解释说，我不仔细看看，怎么知道是不是我的菜？我要一眼就能看准我是CT啊。他这么说高就还是替他着急，一片好心地规劝他说，你别把自己耽误成我。

南楠接受高就的着急，但南楠不接受高就的担心，说本人不会耽误，本人天生丽质难自弃，招女人喜欢实在没办法，我现在最需要做的，是时时告诫自己要克制，陷入在儿女情长里，我怎么发展事业。

南楠这不是借口，南楠说的绝对是心里话，尽快发展事业，尽快雄厚自己的经济实力，尽快拥有自己的房子，尽快告慰父母大人，的确是他的当务之急。

一想到父母大人，南楠也奇怪，在自己的婚姻大事上，老爸显得相当沉着，每当他遭到老妈的督促，只要老爸在家，老爸总是会打断老妈的唠叨，说晚点没什么不好，年轻往往弄不清自己真正喜欢什么，成熟一点更知道什么人适合自己，免得后悔来不及。每每此时，老妈就会反驳老爸，说你是不是后悔了？有啥来不及的？可以离婚啊！此时，两人眼神里都会有一丝复杂闪过。

其实，南楠更在乎老爸的意见，只要老爸不说啥，他就乐得自在，心安理得地按照自己的想法，继续前进。当然，老爸不知道，他不是不着急，他是屡遭挫折，而且遭遇的挫折跟丈母娘有关。

丈母娘麻烦的出现，从另一个角度思考，对南楠是件好事，这让他的思路大为拓宽。他后来择偶时，除了对女孩本身的要求，也开始挑选丈母娘。他现在很在乎未来丈母娘的价值观，总结为一句话，就是："你看不上我，我还不敢要你女儿了呢。"

为此，很长时间，南楠盯住了丈母娘。

他认为，一个母亲的价值观，直接影响一个女儿的价值观。如果一个女儿，在他面前有所修饰的话，那么在她母亲的身上，你会看到她未来的价值取向。就算一个女儿原本单纯、追求爱情并且只要爱情，可是如果她有一个物质的母亲，那么很快，她的这种价值观就会遭到侵蚀。母亲会苦口婆心地告诉她，没有房子你不算有家，没有存款你要辛苦赚钱，没有前途你没有出头之日……即便，这是个坚定的女儿，并且他成功地娶到了她，但未来的家庭生活，将一直笼罩在丈母娘的咒语中，一辈子不得安生。

南楠不想一辈子不得安生。

经过了数次来自丈母娘的挑战，南楠很清楚，自己的这个要求，给自己的未来婚姻自制了一大障碍——就是说，他除了要相女孩子，还要相女孩子的妈。坊间有一风传，说剩女都是丈母娘的功劳。这说明了什么？说明丈母娘增加了女儿出嫁的难度，那些嫁不出去的女孩子，其实心里早已经把自己许配了无数次，之所以还待字闺中，都是因为身后有一个替女儿着想，替女儿要房子要票子要好日子的母亲。

丈母娘们没有错。南楠愿意理解。

于是，南楠和各种各样的丈母娘过招。在没有见过其母之前，南楠不敢和任何一位女孩子往纵深发展。有很长一段时间，南楠不是在选择未来的老婆，而是在选择未来的丈母娘。

很可惜，现在的准丈母娘们，几乎无一例外，都会问房子问存款问前途，导致南楠陷入了前所未有的丈母娘怪圈。问题是，南楠的悲催，还不仅仅是被丈母娘们问房子问前途问存款，他遇到一些奇怪的丈母娘。

一个姑娘很喜欢他，南楠也想继续发展，按照他先要考察丈母娘的指导思想，南楠提出拜见姑娘母亲。姑娘很高兴，并且给他打气，说你放心，我老妈思想超级时尚、超级新潮、绝对慈善，绝对不会为难你，绝对体谅80后男生的奋斗艰辛。在姑娘阵阵绝对声中，南楠信心十足地去了。

准丈母娘果然很新潮，果然没有在房子车子票子问题上过多审问他。

第一次见面，丈母娘的出场方式就让南楠颇感欣慰。老人家描眉涂唇、一身紧身衣，撅着屁股、蹬着一辆赛车就来了。落座一开口，话题也不输出场，基本上都是潮流话题，女儿嘴里时髦的网络流行语，经常性地会从那张慈祥的笑脸上得到积极响应。南楠站一边，原本要表现自己规规矩矩懂礼貌，结果，也给弄得忘乎所以，跟着母女两个眉飞色舞。南楠不由得暗自掐大腿感叹：这丈母娘，真全面啊，集慈眉善目与时尚新潮于一身啊。

南楠当时心情有些澎湃。

丈母娘顺利过关，南楠那颗悬着的心总算可以放下。哪知，等到他们第二次见面，他就被丈母娘给他的突发情况打晕了。

缘由来自于丈母娘是搞环保的。此丈母娘常年做公益。第二次跟南楠见面，她就跟南楠说："你们买房子不要图奢华，不要图有多大……"听到这，南楠很欣慰，心说，都说丈母娘疼女婿，这话真不假，我总算见到一位，这丈母娘真是体贴女婿，真是不俗，这才是真正的丈母娘代表……"你们买房子一定要保证低碳环保，最好是发电余热供暖，最好是隔热保温外墙，最好不使用电梯，最好全部使用太阳能热水器供应热水……"丈母娘的"最好"在耳旁萦绕时，南楠心里在悄悄衡量，父母给自己准备的那套婚房，好像不太符合丈母娘的环保要求。

他觉得有些沮丧。

南楠暗自观察，发现此丈母娘完全没有开玩笑的意思，他心里开始打鼓。这种房子我上哪找啊？不用电梯？别墅倒是不用，我买得起吗？隔热保温外墙？非高档小区莫属，一般小区真难说。依照老人家的思想，是不是最好也不要装修，最好地板地砖都不用，最好买原木做家具，最好不用纸巾都用手帕，最好不用电都摸黑……结婚咱也低碳，不用轿车用小毛驴驮着？

丈母娘的"最好"还在继续，教诲之间，南楠调侃地附和了几句："咱最好不坐车、不泡澡、不用筷子用手抓饭……""对对对，就是要这样，很多少数民族就是用手吃饭，非常环保。"丈母娘大喜。

特别的想法一定来自特别的丈母娘。他不怕特别，更不怕环保，他怕极端和执著。如此特别的丈母娘，南楠实在不敢往深入了遐想。

特别还在继续。

一女孩子说我妈特有爱心。一听有爱心南楠内心豪迈了，心想，有爱心最好，对女婿下手不会太狠，只要有爱心，就是一个替别人着想的人，这样的丈母娘耳濡目染出来的女儿，一定差不太远，肯定错不到太平洋去。

预备见面，南楠态度很认真，花了一番心思置办了礼物，亲自挑选并亲手摆放了一个果篮，沉甸甸地拎着去了。

一进门，南楠就怔住了，迎接他的不是人声，而是一片犬声。

大大小小七八条狗呼啦一下冲过来，南楠瞬间被惊着，手里的果篮差点脱手。定睛再看，一群狗里面还有两只猫，两只猫很显眼，因为它们很胖，虎着大脸盘瞪着他。

惊诧之间，丈母娘现身："快叫哥哥快叫哥哥，哎呀，看哥哥给你们带什么来了……哎呀，这么多好吃的。别急别抢，你们要有礼貌，花花，别叫，皮特，你别挤了，哎呦莎莎你这个小淘气……"丈母娘嘴很忙，就指指沙发让南楠坐下，南楠刚要坐，一只小花狗已经抢先跃到了他的屁股底下，他赶紧转移屁股，差点坐地下，只好站起来给它们腾地儿。

然后，站在地当间的南楠，目睹了他精心摆弄的果盘，顷刻间被丈母娘分食给各位猫朋狗友，地上一片狼藉，丈母娘开心地放声哈哈，笑得浑身都在颤抖。整个接见过程，一直洋溢着狗狗们的欢歌笑语。

丈母娘的确是个好丈母娘，一点也不虚荣，根本就没有在房子票子上为难他，基本上没有向南楠发出任何问题，所以，南楠的所有担心都不复存在。南楠一直心情放松并且真的很放松，因为他要是不想说话就可以不用说话，丈母娘的主要话题都在狗狗身上。她跟他历数了每一只狗以及猫的故事，每一段故事都令她激动，也都比较漫长。其间，她还给他讲了一个自己的故事，说参加了一个狗狗救援行动，奔波了好几天，差点累虚脱了。

在丈母娘激动的讲述中，南楠一下想起来了，那个救助活动声势浩大，社会反响很大，还引发了一场大争论，他清晰地记得，一个中年女士在电视上声嘶力竭，说要跟不爱狗虐待狗的人战斗到底。

最后，南楠听见丈母娘说，要不是她这房子太小，她的家庭成员不止这些……

那一瞬间，南楠想到了一个词："爱狗斗士。"他不禁打了个寒战，赶紧抖了抖身子，企图抖落一直覆盖全身的鸡皮疙瘩。

直至谈话结束，他终于听到一个跟他有关的声音："你只要对它们好，我就没意见。"尽管，这是唯一一位没说你一定要对我女儿好的丈母娘，但南楠却觉得那话很不悦耳。

不想给那么多狗猫当哥哥，南楠又一次选择放弃。

一女孩跟他说，她母亲曾经给她报名一个培训班，美其名曰"贤德佳人学馆"，专门培训上得了厅堂、下得了厨房、杀得了木马、翻得了围墙、开得了好车、买得起新房、斗得过二奶、打得过流氓的一代未婚新女性，学费不菲。她说她母亲之所以选择这个培训班，就是因为学校是以有钱人的眼光和择偶标准去培养女性，学校的口号就是"怎么嫁给有钱人"。在"嫁个有钱人"的召唤下，据说很多母亲带着女儿报名，就是冲着那句"怎么嫁给有钱人"去的，目的非常明确，就是一门心思要把女儿嫁给一个有钱人，一点也不含糊。

女孩儿说她去了后，只上了一堂课就听不下去了，讲授内容是怎么陪男人吃饭、怎么讨男人喜欢、怎么表现温柔、怎么对待男人的前女友或者前妻、怎么容忍男人脚踩两只船、怎么对男人的外遇视而不见……

"教不教怎么把有钱男人变成身无分文？"南楠故意问。"你真聪明，还真教女孩子怎么谋取财政大权、怎么防止男人有私房钱呢。"女孩子欢快地表扬南楠。

女孩子的欢快表扬，诱发了南楠的刻薄，他忍不住自己恶毒的冲动，他跟女孩子说，你知道什么是有钱的男人？如果是年轻人就是富二代，爹妈给的都是现成的，外带一身不劳而获的臭毛病，就是没婚史也攒了一大堆不敢说的情场烂事；如果是自己奋斗的，起码已经年届中年，这说明什么，说明他要么有婚史、要么有孩子。你们一帮年轻姑娘，挖空心思给人当二房当后妈，不以为耻反以为荣？跟一个老男人过日子，也不怕把自己下半生给闲置了。

那女孩子给他说学馆这事的用意，是想证明自己不物质，并且愿意讨男人喜欢，立志做一个乖巧听话不惹麻烦的老婆。可事与愿违，女孩子没想到，南楠不这么理解。她对此事的正确态度，南楠几乎充耳不闻，还挖苦她，女孩子很伤心。

其实，不是南楠没有看懂她，真正让南楠胆寒的是她母亲。“这女孩子的母亲太恐怖了，居然公然撺掇女儿嫁给有钱人，一点都不掩饰，不惜花重金教授自己女儿怎么犯贱。有个这样的妈，就算她现在不追求，谁知道将来变不变，把这女孩子娶回家，太冒险了吧？”事后，南楠情绪激动地跟高就说。

南楠几乎要得丈母娘恐惧症。

“这都什么丈母娘啊？现在给人当女婿咋这么难啊？你一青年精英都这么难，那些自己没钱、父母没资助的年轻人……还不得年年过光棍节啊！”终于跟小公务员果断分手的高就，看见南楠的恐惧症，同病相怜之情油然而生。关于丈母娘，他虽然感同身受，但还是不明白，他一个有过婚史的男人被丈母娘挑拣也就罢了，怎么南楠这样的我国优秀男青年，也难逃此劫呢？

见不得优秀男青年南楠也孤身寡影，高就使劲拱南楠，让他干脆抛开丈母娘，既然摊上这个时代，就不能退缩，只要女孩自己看中了，该加温就加温，该沸腾就沸腾，等生米做成熟饭，看丈母娘着不着急。

“温度都没到，沸腾啥啊？沸点不得 100 度啊。”南楠马马虎虎地应付高就。高就没想跟他马马虎虎，接着他的话说：“沸点不沸点，恋爱一谈你这壶茶就已经泡上了，茶叶已经不是茶叶，白水也不是白水了，要想喝出味道，就得加温。”

高就不知道，南楠的温度，取决于未来丈母娘的温度，其实水没开，茶还没泡，茶叶还是茶叶，白水还是白水，只不过看上去像是泡了，因为都见丈母娘了，让人误以为木已成舟。

南楠没有解释，顺着高就的话说："泡好的茶就非得喝完啊？谁的胃也没那么大吧？"

南楠明白，与其说是听妈妈的话，其实，女孩子还是对他没有信心，不像她们嘴上说的，只要人对了就行，她们的内心，几乎无一例外，对现实有很实际的想法，只不过她们太想扮演一个脱俗的女孩儿，不想让男人以为自己是个贪图物质的女孩子，纠结来纠结去，进退两难之际，正好借母亲说话，借着母亲的反对，她们就顺势来了个不得不舍的结束。

高就替南楠担心，说你牵那么多小手，不会没感觉了吧？南楠回敬说，我是止于乱，情没发。高就继续担心，说你又要换人了？南楠说，谁禁止跳槽了？高就说，据我所知，"跳槽"这个词在明清时期，可是指嫖客丢弃原来的妓女另结新欢啊！有一首叫《跳槽》的歌还唱说："你风流，我俊雅，和你同年少，两情深，罚下愿，再不去跳槽。"南楠不想跟高就纠缠，说不带这样的高兄，现在情场的事已经够乱了，让你这么一解释就更乱了，简直三俗了都。

南楠真的快三俗了。

因为高就还跟他说了，现在是新女婿时代，新女婿的标准，基本都是丈母娘制定的。什么是新女婿？出得厅堂，下得厨房；两人吵架，主动投降；有权有房有存款，先要孝敬丈母娘。你没见女婿们个个玩阳光灿烂，都拼命讨好丈母娘，哪有挑丈母娘理的？

南楠跟高就梗脖子，说我就要倒行逆施，我就要挑丈母娘，我这是为下一代，我这是在挑好基因……强调这些时，南楠的神情无比悲壮。

25. 鞠向东的悲情时刻

鞠向东的悲情时刻，还是不可遏制地到来了。

和太太离婚，然后和情人分手，这两个比较悲惨的事件，一年之内，先后发生在他身上。

自从小 M 抓住鞠向东和女编辑的所谓把柄，自从鞠向东决定在小 M 和其丈夫离婚问题上不妥协，鞠向东和小 M 的关系进入了艰苦的拉锯战。

鞠向东面临一个残酷的现实，他的现实就是：他既要耍态度，表明自己的不满，又不能因为耍态度失去得到的一切。于是，鞠向东的日子变得很纠结，态度要耍，但耍要得不紧不慢、忽软忽硬、火候恰当——不能紧得让小 M 退避三舍，消失得无影无踪，也不能慢得让小 M 忘记了她的责任；不能软得让小 M 不以为然，也不能硬得让小 M 难以接受。

鞠向东就这样万分纠结地耍着态度。

这样的态度，鞠向东耍了一次又一次。因为总是得不到小 M 和她丈夫离婚的肯定态度，弄得鞠向东进退两难，态度只好一直耍，耍得他觉得自己的性子都变了。一直觉得自己是个好脾气的人，是个好商量的主编，是个轻易不着急上火的人，现在倒好，被小 M 历练的，动不动就跟人发火，手下见了他都溜墙根儿，儿子难得见一面都不敢在他眼前待。看谁不顺眼一点也忍不住，大马路上跟人呛呛了好几回，那火气一点就着。

对小 M 也不例外。

相处几年来，对小 M 他表面上保持着强硬。一起出去，他一般很少说话，以酷为主，有时候甚至严厉小 M 几句。小 M 私底下说都是她惯的，他也承认。他知道，小 M 就喜欢他所谓的男人样，说跟他的络腮胡子很配，他也就摆出一副酷模样，乐得满足一下自己的虚荣心。实际上，无论外表装得多酷，内心都是言听计从的状态，从没想过跟小 M 真上火。这个他们心照不宣。

可是现在不同了。现在他看见小 M 就想发火。过去的心照不宣、曾经的好脾气，眼看着就要毁于一旦。可他的性子还没变，小 M 先变了性子。鞠向东态度要得次数一多，小 M 失去了耐心，主要表现就是开始放他的鸽子——失约，并且是故意失约，这是他们交往几年来从来没有过的。

他们的关系，进入了分分合合、冷冷清清的境地。

即便如此，鞠向东依然不相信，小 M 真的要和他分手，他坚守在他们的爱巢里，憋足了他的温柔浪漫，眼巴巴地等待小 M 回来。

期间，小 M 过生日，他那天等在小 M 的公司外面，一直等了几个小时。看见小 M 出了公司大门，他迎了上去，不由分说把小 M 拽到车里。小 M 在车的后座上，看到了满座的红玫瑰，鞠向东说是九百九十九朵，小 M 激动了一下，但激动程度没有想象中热烈。鞠向东没有计较，专注开车，一路无言，像是急着往家奔。鞠向东把小 M 带到玫瑰花园的公寓，一路上，他不时含情脉脉地看一眼副驾驶上的小 M，右手一直有力地放在小 M 的腿上，小 M 有意躲闪过几次，都被鞠向东坚定地按住。回到公寓，鞠向东直接进了厨房，亲手为她做了一桌饭菜，吃了一顿点了烛光的晚餐。饭后，他们一起进了浴室，他给躺在浴盆里的小 M 轻轻按摩，水面飘满了玫瑰花瓣，浴液的薰衣草味道，醉人地飘满整个房间。那是他早已经准备好的。然后，他把她抱进了卧室……

那晚，他们没有争吵，甚至没有过多的交流，就像一对初识的情人，在洋溢着暧昧气氛的房间里，完成着一对初识情人必经的程序。一切都显得极其浪漫和美好。

送走了心满意足的小 M，鞠向东发现自己的眼睛潮湿了。

他终于知道，并且确定，不是小 M 离不开自己，是自己离不开小 M。这个确定叫他一阵心酸，给他带来了无尽的惆怅。

心酸没用。

那一天的浪漫，丝毫没有改变小M的冷漠。小M就像没有注意到他的用心似的，依然若即若离。如果鞠向东不主动联络，他们之间就像陌生人，隔着千山万水。终于，鞠向东跟小M怒放了一次。那次争吵非常激烈，在激烈的争吵中小M也怒放了一句，这句话非常狠，小M之前从来没有说过。小M怒目圆睁地说：我再也不想看见你。

鞠向东没想到，小M说到做到。她把他晾在玫瑰花园的公寓，很长时间不来见他，连失约都懒得玩。他打电话给她，她从来不拒接，大大方方的，但是态度冷淡、言语无情，完全没有了丝毫情爱征兆。他约她见面，她也不绕弯子，直接回答没必要见面，连一点委婉都不给鞠向东。鞠向东觉得非常无趣，并且非常绝望。

鞠向东心灰意冷。一切迹象表明，小M跟他情断义绝，他已经没有理由住在玫瑰花园了，玫瑰花园从来就不是他们的，更不是他的，是小M的，彻头彻尾。鞠向东最终不得不放下自己所有的委屈不满，尽可能地表现自己的识趣。痛定思痛后，他从玫瑰花园搬了出去，回到了自己租的那一居室。

鞠向东搬走，小M的反应意外地强烈，好像被彻底激怒了，表现得极为恼羞成怒。

小M的恼羞成怒起初让鞠向东很纳闷。既然你不理我，又何必在乎我离开？既然你不回来，我又何必住在你的家？难道让我一个大男人去祈求你不成？尽管有诸多的纳闷和不解，但是小M的恼怒他能不能想通都得接着。他已经退到了墙角，再没有其他退路了，他陪伴她几年，现在他失去了一切，他不知道小M还要怎样不满。

鞠向东万万没有想到，小M的恼怒，是以那样一种方式进行并且完成。

已经正式宣布和他分手，宣称再也不想见到他的小M，主动约了鞠向东。她很平静，一点也没有发脾气，她递给鞠向东一张纸，纸上是一些密密麻麻的列项，还有数字。鞠向东接过来定睛一看，顿时气血攻心，差点英勇倒地。

说实话，鞠向东看了半天才弄明白，或者说，看了半天才不得不相信，那张纸上的数字和他有关系，并且关系不一般。纸上列的是这些年小M花在他身上的钱物，一笔又一笔，大到车，小到内裤。鞠向东在气血攻心之前，碰巧看见了最后的合计，他快速反应的结果，那是六位数。

小M对鞠向东扭曲的表情完全视而不见，她平静地跟他说，都还给我。不等鞠向东给她亮出一个态度，小M继续平静地说了一个期限，然后又说了如果不归还就“否则”什么的。由于鞠向东一直处于气血攻心的状态，大脑空白、心脏缺氧，小M亮出那张纸之后说的话，他一直听得断断续续含糊不清。其实不是人家小M说得断断续续含糊不清，是他完全被突然涌上大脑的气血给弄晕乎了，根本听不清小M的声音。

鞠向东就剩下一个状态，那就是愤怒，无比的愤怒。

情何以堪？情何以堪呢！鞠向东内心狂吼。

几年的感情，几年的付出，最后变成了一次结账，性情中的鞠向东简直要崩溃。我一个大男人……竟然让一个老女人给休了……竟然让一个狠心的女人给如此羞辱……鞠向东在意识里非常想撕了那张纸，但是残留的理智告诉他不能撕，如果撕了会让小M误认为他要赖账，以为他不敢接受这个挑战，是个怂包软蛋。这账他一定要还，并且一样不缺地还，他要让小M在他的凌然面前，惭愧不已。

我都还给你！这句话鞠向东是咬着牙根说出来的。

对于鞠向东的愤怒决定，南楠给予了坚定的支持，他说了一段话，让情何以堪的鞠向东感到稍许舒服。南楠说，实践证明，你和她不是一类人，她信奉的是“你的是我的，我的还是我的”，而你信奉的是“我的是她的，她的还是她的”。你们两个人感情的支付原则完全不同，如果非要相比，你比她高尚，你是真正的给予，她是有条件地给予。最后南楠说，咱伤了人家心了就不要再破人家财了，咱得仁义。

虽然鞠向东不太接受咱伤了人家心的说法，他认为与事实不相符，好像他背叛了她似的，但此说法多少让他挽回了一些做男人的面子。于是他用瞪眼表示默认。

鞠向东在铿锵地强调自己的性别后，却忘记了主宰他和她关系的，以及主宰他自己生活的，恰恰不是性别，偏偏就是钱。他忘记了钱曾经是，并且一直是让他羞涩的东西，尤其是在他和小M之间。

最要命的是，这个东西，注定还要让他羞涩下去。

由于还账事件，鞠向东的尊严，被小M彻底地踏在了脚下，他的委屈变成了愤怒。他向着幻影中的小M怒吼：你他妈付出的是金钱，我付出的是岁月、是经营了十几年的婚姻、是和儿子的父子情、是兄弟姐妹一大家子的亲情、是众叛亲离，你他妈买得了吗……怒吼归怒吼，怒吼完了，鞠向东没有办法无视那张纸，还得认真思考怎么对付那张纸的内容。

思前想后，鞠向东最终决定理智对待那张纸，他不能按照小 M 的计算支付，他要有选择地部分地退还。

这个主意，来自一个二十八岁的未婚女青年。她叫鞠向东“师傅”，是鞠向东在一个主编培训班上认识的。

她是一家内部发行的小杂志的小副主编，在历时十天的一次主编培训班的学习生活中，未婚女青年和鞠向东分在一个小组，并且一直和鞠向东相邻而坐。上课的时候，她热情照顾鞠向东，给他端茶添水，他外出接电话，回来她会一五一十转告他老师已经讲到第几个问题，并且把笔记给他用，吃饭的时候给他占座位，业余活动的时候，鞠向东上场打球，她给他拎包拎衣服递水。一直跟前跟后的。

学习结束的时候，他们已经很熟络，并且不知从什么时候开始，她已经开口闭口跟人说起鞠向东，使用“我师傅”了。

还账事件出现以后，鞠向东第一个见到的人就是未婚女青年。由于当时未婚女青年正跟他痛斥一个女人的不可理喻，此氛围实在太具有诱发性，导致他没有很好地控制好自己的情绪，跟未婚女青年分析别的女人，结果一不留神，一下子把事情扯到了小 M 身上，把自己的整个事件喷发而出，最后把重点落到了自己全部退还礼物的大无畏决定上。当然，他隐瞒了小 M 有妇之夫的身份。

当时，未婚女青年是这么劝说他的，她说，既然她这么无情，你也不必太讲义气；既然她这么不尊重你们之间的感情，不尊重你，那你也不用跟她客气，那就以其人之道还治其人之身。未婚女青年非常详细地给他支招，她让他把小 M 给他买的衣物整理一下，还说内衣内裤袜子鞋垫都别落下，包一个包袱让快递送过去，然后把小 M 约出来，把车开过去，最好停在禁止停车的地方，把钥匙扔给她就走，小 M 不会开车，看她站在当街面对警察还能那么平静。

未婚女青年的主意，把鞠向东的郁闷和不快请走了一半，他简单想象了一下小 M 站在当街怒气冲天的样子，都忍不住想笑了。

起初，一向仁厚的鞠向东还不想那么做，促使他下决心那么做的理由，是他想到了小 M 递给他那张账单时脸上的表情，他看到了蔑视。这个回想再一次刺痛了他的自尊，并且坚定了他按照未婚女青年指示去办的决心。

整理衣物时，鞠向东心情复杂，他仿佛才发现，小 M 真的把他武装到了牙齿，如果真的全部归还，他还真的要裸着出门了。在复杂的心情下，他给自己找了一些理由，比如一些衣服太旧，一些用品已经不好使，一些留下也是个纪念等等，在这些理由的指引下，他留下了几套高档衣服几双名牌鞋，还有包括 iPad 和数码相机在内的几个电子产品。手机是爱疯 4，也是小 M 买的，他非常喜欢，有点舍不得。

当鞠向东咬了咬牙要把手机扔进包袱里时，此时彩铃却响了，他收回动作一接，却是个推销电话。鞠向东立马觉得，这不是一个电话，这分明就是跟他撒娇哀求，让他不要丢下它。鞠向东翻着眼皮把手机揣回衣服兜里，装作忘记了它。

不出未婚女青年所料，鞠向东看到了小 M 恼火的表情，他用气急败坏形容。那一刻，他心里果然平静了许多。

但是鞠向东的平静很快就被小 M 破坏。

当街还车的举动，把小 M 气得够呛，她干了一件让鞠向东颜面更加扫地的事情。一向行为优雅注意个人形象的小 M,，完全出乎鞠向东的意料。在一个人来人往的上班时间，把鞠向东堵在了办公楼入口处，大骂鞠向东是个忘恩负义的白眼狼、朝三暮四的臭流氓、玩弄感情的伪君子。那天，鞠向东虽然很快突围，但他非常明白，事件的影响极其深远。

果然，那段时间，单位上上下下看他的眼神都很怪异，连上级主管的纪检部门都打了电话，说是了解情况。社长给他说这事的时候，特别地痛心疾首，极其地语重心长，让他非常不堪。

雪上加霜，鞠向东的儿子又受伤了，这更加导致了在很长一段时间，鞠向东的火气处于脖子以上部位，很容易就冲上了大脑。

那天太太打电话，说儿子一脚踩空，从学校楼梯上摔了下来，别的没啥事，就是脚不能着地了。当鞠向东接到太太电话到了学校，手忙脚乱架着儿子下了楼，太太问了一句，你的车呢？太太哪壶不开提哪壶，顿时给鞠向东的火上浇了油，他冲着太太嚷嚷，说你哪那么多废话。

打车到了医院，医生检查后说骨折了。鞠向东第一时间想起了高就，他给高就拨通电话，说完儿子的病状，然后说让高就给找个专家再看看。听见高就在电话那头不是很痛快，说话有点支吾，鞠向东火气又上来了，忍不住向高就发了飙，说，你不是好几家医院都有关系吗？怎么啦？到老哥这就不好使啦？只给女朋友家跑前跑后啊，这我儿子需要你服务了你就磕绊了？我可是第一次求你！

后来，儿子刚出院，鞠向东就急赤白咧地跟南楠下指令，说儿子拉了不少课程，让他赶紧给补上。南楠说行，那就让他到培训学校来免费旁听，哪知，鞠向东很不高兴，他跟南楠发脾气，说旁听能解决问题吗？你就拿旁听打发我儿子？南楠赶紧解释，说按常规，到我们学校旁听都难，我们学校上课很严格的。鞠向东完全不理他那一套说辞，说你少啰唆，旁听什么啊旁听，就你，给单独辅导。

儿子上了石膏，上学很不方便，太太说，孩子已经人高马大了，她可搀不动，让鞠向东这段时间开车接送孩子上下学，还又问，咋不见你的车了？鞠向东冲太太吼叫，说你事儿不事儿啊你！我接我送行不行啊！

那段时间，鞠向东焦头烂额，把高就和南楠也整得头大，指使得两人围着他转。两个人表现得很配合，但是依然没看见鞠向东多少好脸色，动作慢一些、反应稍有迟缓，就得劈头盖脸挨顿唠叨，两个人只好继续表现得很体谅。

南楠跟高就嘀咕，说看来东哥这回真是遇到坎了，要不，一向对咱俩宽厚的他，咋能这么不……宽厚。

彻底离开了小 M，鞠向东情无定所。实际上，情无定所是鞠向东自己给自己的定位，他身边一点也不寂寞，只是他被小 M 折腾得伤透了心，没了心情，失去了感觉的能力。

26. 三个男人的集结号

三个男人的集结号，这回，是高就急赤白咧吹响的。

一见面，高就居然头一回没有哭丧着脸，还居然极为难得地说，他要好好请大家一顿。从来都是南楠召集，或者高就召集南楠买单，高就这一表态，南楠还不适应了。

“啊？出啥事了？好像从来都是你请客别人买单？这回我得祝贺你，从一毛不拔的铁公鸡，变成了一只拔毛的肉鸡。”南楠的调笑，高就更是居然没有起急，反而一脸轻松，甚至有点无赖地说，我要负起责任负起责任，光召集不负责，那样的确不好。

高就之所以变成了要拔毛的肉鸡，全因为让他纠结了不少日子的小公务员，终于成了过去。他没有想到，分手能让他如释重负，感觉如此轻松，觉得都有点对不住人家小公务员了，早知道是这个样子，他完全可以提前结束纠结。

高就一见面就宣布，自己又恢复单身了，和小公务员彻底挥手告别了。南楠一听不干了，说没你这样的，为了这小公务员，你让我贡献了多少思想，你牺牲了我多少脑细胞，你就这么算了，还像是中彩了似的，你对得起我吗你！高就依然一副轻松表情，说这不挺好，这不是你一直希望的吗？你再也不用牺牲你宝贵的脑细胞了。南楠不相信地又问，你确定一定肯定？你这回真的不回头了？高就不言语，拿起酒杯跟南楠使劲一碰，算是回答。

跟南楠的激烈反应不同，鞠向东表现得比较仁义。他说：“其实人家女孩子条件不错。你们都是公务员，很配嘛，再说，论相貌论身材论职业，人家都配得上你高就，值得你老人家纠结……不过……我发现她脸上带着相呢，就是传说中的挂相……”鞠向东说到最后，话锋有点转，语意开始不仁义了。

“挂相？啥相？你啥时候变成半仙了？”凭直觉，高就估计鞠向东“不过”后面的话不是什么好话，就充满警惕地问。

“怨妇相！”鞠向东也没跟他客气，脱口而出，“你仔细想想，她虽然笑，但不够阳光；她虽然说，但不太坦诚；她虽然听话，但不那么情愿；她虽然礼貌，但不怎么亲切。”鞠向东给高就归纳总结。

“人家一个女孩子，在你们这些老爷们跟前，不得矜持矜持啊。”高就不服气。虽然已经是前女友了，但是被人这么评价，他还是觉得事关自己的面子。

“你别说，东哥这一说，是这么回事。说了你别不高兴，那姑娘是有点小家子气。”南楠附和。

南楠一附和，鞠向东就继续归纳总结，说：“你没发现，她从骨子里往外冒着小妇人的那股劲儿，小妇人身上都有一些共性的东西，或者说是毛病，也就是让你纠结的那些毛病，比如猜疑、嫉妒、使性、吃醋、委屈，这些她都带在脸上，有事没事都带着，伺机待发，可能她自己都不知道，这就是本性。”

鞠向东一番话，高就脸上的欢乐，迅速降至零度以下。他也不知道自己到底为什么不开心——是前女友被哥们贬低，自己觉得没面子，还是懊恼自己曾经那么没眼力，把一个人人都能看明白的怨妇坯子当白雪公主。

“唉……我算是尝到了为伊憔悴的滋味了。”高就感到沮丧。自己的轻松，到底没有敌得过鞠向东、南楠的一番分析，两个人的几句闲话，又把他瞬间拉回到旧社会，过往的一幕幕不堪回首的情事，一下子拥上了心头，嘴里的唾液也很配合，居然有了苦涩的味道。

“我说高哥，一把年纪的男人可以酸，但不能这么酸吧？为伊憔悴？伊不是刚被你休了嘛，酸得有点恶心了哈，再说了，咱宁可让人憔悴，也不能为人憔悴。”南楠不以为然，半是挖苦半是劝解。

鞠向东看高就一副沮丧万分的样子，略有不忍，觉得自己刚才话重了，就冲南楠说，高就此伊非彼伊，伊不是哪一个人，是这件事，谁摊上了重新孤独这件事不得憔悴憔悴？憔悴是为了总结，是为了将来，憔悴就是为了不再憔悴。高就听了频频点头，说文化人就是不一样，东哥理解绝对深刻、绝对到位。

我理解别人，谁能理解我呢？同样重回单身的鞠向东，不由得心里泛酸。

自己跟小M的纷纷扰扰，一直是鞠向东聊天的禁区。不是鞠向东不想聊，关于小M，他其实有满腹的话儿需要倾吐。三个人一聚会，听着高就跟南楠的故事，看他两个畅所欲言， 在那儿可劲地发泄，他经常处于一种骨鲠在喉的难受状态。可是，他真的没法说，都因为小M是人家的老婆。

一想起小M是个有夫之妇，鞠向东就怨气不打一处来，除了名不正言不顺的怨气，更大的怨气还在于有怨无处诉。后来分手还给他账单要他清还，这种气冲云霄的侮辱他也没法说，要不是偶然得到未婚女青年的支持，他那一肚子怨气，还不知要憋到啥时候呢。他时常幽怨地想，自己要是憋出个好歹都没人知道，气死了都不知道被谁气死的，活得太憋屈了。

骨鲠在喉的鞠向东，打心眼里感激高就跟南楠。

他觉得在这方面，高就极其富有自我牺牲精神，情场的失意和得意都可以给人借鉴。高就口无遮拦的倾倒，让鞠向东比上不足比下有余，内心的幽怨减弱不少。南楠别看年轻，却总是措置裕如的，再大的麻烦都可以笑谈，笑谈自己也笑谈别人，把一切伤痛弄得瞬间灰飞烟灭。南楠的生活态度，的确给了鞠向东不少信心，让他的灰暗生活有了些许光亮。这也是他愿意跟他们伙同的最大意义。

鞠向东陡然的沉思，让聊天的气氛出现沉落。高就转脸殷切地看着南楠，南楠知道，自己又该救场了。他坐直了，抖抖肩膀说，我给你们上一段子吧。

“最近，我一同事天天请一姑娘吃冰淇淋，我不解，就问原因，你猜人家怎么说？人家答曰：科学表明，女生经期的时候向她表白成功几率最大，我不好意思问姑娘大姨妈来的日子，就只好天天请她吃冰淇淋。等哪天姑娘不吃了，肯定就是大姨妈来了，没跑儿……你们猜我怎么说？我说，那大姨夫跑了呢？哈哈哈哈……”南楠上的段子不太成功，除了他自己，鞠向东跟高就没啥反应。

“这跟姨妈姨夫有什么关系？”鞠向东皱着眉头疑惑地问。

“啊？别告诉我你不知道大姨妈是谁。”南楠惊讶地说。

“我当然知道大姨妈是谁啊，不就是母亲的大姐嘛。”鞠向东胸有成竹地说。

“难道你是长期生活在月球，不了解中国国情？”南楠一脸发愁地问鞠向东。

看鞠向东真的不知所云，南楠就靠过身子，压低了声音告诉他大姨妈是谁。鞠向东一听表情很无奈，说这都哪儿和哪儿啊，挨得上吗？其他就不再追究。

大姨妈没有把气氛弄欢快，南楠表示不气馁，说再上一段子：“一裸男叫了一辆出租车，女司机目不转睛盯着他看，裸男大怒，吼道：你没见过裸男啊！女司机也大怒，也吼道：我看你从哪儿掏钱！”说完南楠自己先乐了，然后看着高就跟鞠向东。高就咧了咧嘴，算是笑了，鞠向东先是笑了笑，然后突然问：“不对不对，哪个裸男坐出租啊？这不符合现实。裸男不都为了裸奔才出来的吗？不会坐车的。”

“哎呦喂，见过较劲的，没见过你老人家这样较劲的。我太悲剧了我。”南楠愁坏了，冲着鞠向东嚷嚷。

“据说，失恋使人智商下降。”高就在一旁认真地煽火。一边的鞠向东又突然乐了，可能是自己反应过来了，觉得自己的确好笑。

看鞠向东终于露出了笑脸，南楠顿时欢乐起来：“来来来，先为了我们共同沦为自由身干杯。”南楠率先举杯。

“我们现在都是一个人吃饱全家不饿，这值得祝贺。”高就有点强作欢颜，言不由衷地跟南楠碰了一下杯。鞠向东没有举杯，心里突然感到沉重，心一沉，手也变得肌无力了，懒洋洋地在桌子上转着酒杯，眉头紧皱。南楠知道鞠向东一向心事重，有些话也不跟他俩说，可能是不方便说，他也就不多问，他猜测跟感情有关，于是就话里话外地解劝。

“别那么自卑，单身怎么了，我们这是在做贡献你们知道吗？有个英国学者说，地球上每个人都有自己的另一半，但是找到的几率是千万分之一。这说明什么？说明百分之九十多的人，结婚对象不是自己的另一半。所以说啊，单身是伟大的，是有贡献的，单身的伟大和贡献就在于，我们不祸害别人的另一半。”说完，南楠又玩笑地补充一句：“尽管很有可能，我们的另一半正在被别人祸害。”

“总而言之，我们现在算输了。”高就始终不能从沮丧的低落情绪中走出来，继续低迷。

“只是情场失意而已，一个男人这不能算输。”鞠向东给高就鼓劲，也是给自己打气。

“输怕什么，胜败乃兵家常事，人生就是个战场。你没听说，20岁输得起，30岁不敢输，40岁没什么好输的，50岁不能输。我们都还能输。”南楠一副无所谓的样子说。

南楠的话，让鞠向东心里更加沉重。眼看着自己就44岁了，很快就奔45岁了，在他心里，45岁是个坎，男人一过了45岁，就开始走下坡路，身体开始出毛病，心理开始变脆弱。刚认识小M的时候，小M欲望强烈，那时候他还能充分满足她，有时候还能让她求饶。这一年，她明显表达不满就很多次，他真有点心有余力不足了，更有甚者，居然出现了一次彻底不举，折腾了大半夜都是疲软，这可是鞠向东做男人以来的第一次。那一次，严重挫伤了鞠向东的自信。难道是嫌弃我不行了？他不由得要这么揣摩。

不光鞠向东在对照检查，高就坐那也在暗自嘀咕。眼看着自己就奔40了，自己敢输吗？是不是提前到了没什么可输的境地？照这么输下去，胜利的滋味都快忘记了，真到了胜利来临那一天，会不会失去激动的功能了？

此时，南楠激昂的声音再一次响起。

“50岁的男人不能输，不管事业还是家庭，也不管有没有事业，家庭幸福不幸福，能守就守，不想丢失一寸土地，他们上肩的东西太多，每一个都卸不下来。40岁的男人还输得起，事业喜不喜欢已经成型，家庭喜不喜欢已经太久，没什么可输的了，就无所谓了，胆子最大，豁得出去。30岁男人很矛盾，一切都在节骨眼上，不敢有差池，这也想要那也不舍得，一点不敢输，想改弦更张，就是一辈子的事。20岁，输得起，大不了重新再来。”

“人生就在输赢之间来回折腾。输得起输不起由不得自己，输了就是输了，能不能输敢不敢输都得面对。”鞠向东替大家总结。

“是，我们务必坚强面对。”南楠积极地附和。

“有那么严重吗？”鞠向东嘴上不承认，心里很附和。

“真挺严重的，人家动物界都那么坚强，人能输给动物界？”南楠貌似认真地说。

“那好吧，让我们人类坚强地活下去吧。”高就半是玩笑半是认真地说。

随后，南楠对高就说：“你真是个坚强的了不起的王老五！”

高就对南楠说：“你也是个坚强的了不起的 80 后！”

高就南楠对鞠向东说：“你是我们坚强的了不起的大哥大。”

三个坚强的了不起的男人，依依惜别。

27. 高就眺望着前妻

高就眺望着前妻。这一点，鞠向东跟南楠都看出来了。

高就之所以理直气壮地眺望着前妻，因为他已经得知，前妻现在是一个人住，也就是说，她已经和那个同居的女人分开。他虽然不清楚前妻和那个女人为什么分开，她们之间到底发生了什么，至少他可以断定，前妻暂时抛弃了她所追求的那种生活。

那种生活，高就无法想象。

高就开始对前妻的身边人旁敲侧击，终于，他从前妻的姐姐，也就是他前大姨子处惊喜地获悉，当初前妻离开他，并不是心里没有他，内心态度也不是像表现得那么决绝，根本原因就是没有经得住那个女人的疯狂追求。据前大姨子说，那个女人的追求可以用拼命来形容。

至此，那个女人的身份浮出水面。

那个女人是他前妻儿时的伙伴，幼儿园就在一起，绝对的青梅竹马。前妻家没有男孩子，那个女人一直像哥哥一样保护他前妻，从小到大，那个女人一直扮演保护者的角色。成人后，那个女人就是对前妻好，无与伦比地对她好。他前妻是个没心眼的老实人，根本不懂什么同性恋，在他前妻看来，那就是好姐妹的那种好，并且当时那女人并没有什么过分的举动，他前妻也就丝毫没有戒备。

直到她跟高就恋爱，那个女人出现了很反常的举动，其中包括非常剧烈的痛哭流涕，还有像男人一样用力地抱着她不撒手，以及几乎天天带着哀怨的眼神去单位找她。那时，前妻好像才醒过味来。

友情和爱情，也就一步之遥。女友赤裸裸的情爱表达，让前妻很害怕，也让她非常难过，更让她窥到了自己的彷徨。女友说她要一辈子守着她，哪怕她成了男人的妻子。这话让人慌乱，并且心乱如麻。啥叫一辈子守着？守着她那不耽误人家一辈子？再说咋个守法？像情人一样见面说情话？约会避着人？还有……前妻不敢往下想。再说，往下她也没有思路。

乱麻之下，她迅速选择了和高就结婚。

她以为，自己结了婚，女友就可以不胡思乱想。哪曾想，女友一直坚定不移地温存体贴她，她们虽然没有过度的肌肤之亲，但是在女友身上，她感受到了从未感受过的一种感情——这种感情没有欺骗，没有猜疑，只有完全和彻底，只有无条件的忠诚。她觉得，这一点，男人无论如何做不到。

前妻的天平，之所以最终发生了倾斜，因为她女友为了她要做手术。

女友事先没有告诉她什么，之前还给她打了电话，叮嘱她多穿衣服别感冒，然后就消失了。十几天后，终于有人告诉她，她女友去了一家整形医院，当她赶去的时候，女友已经进了手术室。她紧张万分，女友要是就此改变了器官，为她改变了整个生命，那她的责任就大了。她不顾一切在手术室外呼喊，惊动了整个手术室，好像女友不是进了手术室，而是进了屠宰场。结果，正在做手术前备皮的女友，泪流满面地被推了出来。

女友冒着巨大的生命风险，独自选择把自己变成一个男人，决定用改变身体的方式来守着她，这叫前妻极其震撼，也极为感动。回想二十几年来女友对她的感情，思前想后，前妻觉得无人能及。

也就是那一天，前妻的心越了界，她接受了女友的深情。爱情之箭穿越了女人和女人，两个女人融为了一体。

也因为这个女友，前妻才真正体会到了那个所谓的性高潮。那个原本应该由男人给她而没能给她，却让一个女人给了她的欲哭想死的高潮——那一股电流，麻酥酥的暖电流，快速穿越了她的下半身，当时，她的呻吟不可抑制地脱口而出，人一下子就绷直了，身体随即飘飘欲仙，仿佛升入高空，继而升入太空，她闭上眼睛，陷入深深的沉溺……这个从没体验过的暖电流，成了她最终作出决定的关键。

如女友所愿，她逃离了高就，和她相依相伴了。

她们过了一年好日子。

可是，在短短一年里，女友曾经完全彻底的忠诚，最终演变成了不可抗拒的控制，一个忠诚的恋人，变成了一把牢房的钥匙。激情和甜蜜过去之后，想要平静生活的她，却没有办法正常生活了。两个女人的同居，招来了难以躲避的非议，前妻不敢出门散步，有人会指指点点；不能独自出去购物，女友要寸步不离；下班不能跟同事聚餐，女友坚决要她回家；不敢跟家人通话，不知道该说什么……那些来自家人、同事、朋友、邻居的疑问和过度关注，严重困扰了她的生活。这一切，远远超出了她的预想，或者说，她从来没有预想过。对自己的选择，她根本就没有准备好。

她又离家出走了。

这一回，她离开了她的女友。

前大姨子鼓动高就，说经过了这么多折腾，她妹妹也该明白了，你高就才是她的归宿。他们家里都希望高就能主动些，她还说她知道高就也一直没有放下她妹妹，就当重新恋爱一回，两个人都不年轻了，不要再折腾了。“再说了，她又不是跟男人跑了。”最后，高就前大姨子这么强调了一句。

南楠虽然一直不明就里，不知道高就前妻的故事，但是仅凭他的直觉，南楠看出来了，高就的前妻一直单身，高就也一直没有忘记前妻。于是南楠也比较鼓励他，说你给人打个电话吧。高就犹犹豫豫地说，电话打过，人家反应很冷漠，那架势，整得像是被骚扰了似的。南楠说，在正确的时候打电话是浪漫，在错误的时候打电话就是骚扰。高就又问，那你说什么时候正确？南楠很有耐心，一副认真的口气说，当然是彼此都在思念的时候。你们夫妻多年，这个感应你应该有吧，可以做到吧？高就不知好歹地反驳，说你不是经常叫嚣分手后的思念不叫思念，那叫犯贱吗？南楠也不生气，很会狡辩地说，没错啊，如果你不想把思念这么美好的事情搞成犯贱，那你就别思念了，赶紧见面。南楠还说，暗自思念，你这属于亚偷情。

暗自思念。高就觉得，至少南楠这一点说得很对。

思念前妻，早已经成为高就生活的主要旋律。

被前妻离婚，高就对前妻却丝毫没有怨恨的情绪，最多也就是懊恼，觉得自己运气差了点。尽管平心而论，自己爱前妻多于前妻爱自己，但是经过了这几年的折腾，对此他不那么介意了，漂亮美女见过了，女强人见过了，依人小鸟见过了，那种让他感觉强烈的爱情，还真是没有体验。他觉得，爱一个人真不那么轻易，相爱更是不易，心里能够有爱就是幸福。现如今，能够让他真正牵挂的，还是前妻。

女人的敏感度有多高，高就心里没有测算过。曾经有一个女友跟他回了家，那女友一进门脸就拉下来，问，你这还有女式拖鞋呢？问完了人家刚要挂衣服，又看见衣架上有一个可爱型的玩偶挂件，很显然，那不是男人的东西，女友的脸就拉得更长了。

尽管前妻已经做过一次扫荡，但是残留物品依然健在，并且高就视其为伤心物，压根就没有想过再去彻底扫荡，几乎是原地不动地摆在那儿，时间久了，高就对它们的存在也就习惯了。有一次找内裤，高就还翻出一条前妻的，他提溜着那个蕾丝小短裤，恍惚了半天，然后，他想都没想就又塞进了柜子。

没有人知道，在高就繁忙的相亲恋爱过程中，有一个女人贯穿始终。这期间，她没有跟他见过一面，但作用几乎等同于幽灵，萦绕不断，可以说如影相随。每当他跟别的女人说喜欢你，她就会在他的脑子里一闪而过，他和别的女人相拥而眠，她的体味会从他的鼻息中呼出，他给别的女人买衣服，会突然想起她的喜好，他带着别的女人出游，不自觉地避免重复她去过的地方……

这个女人，就是他的前妻。

前妻阴魂不散，高就始料未及。他无数次地问自己，这是太恨还是太爱？为什么不能忘却？为什么还没放下？哪怕是淡一些也好，难道爱还在？他真糊涂了。

除了时不时地、突然地、没来由地出现在他脑子里的情形，实际上，他主动回味的时候更多。一个人回到家里，大多数时候他想的不是当时的女友，而是前妻。他一直不太情愿把女友带回家，和前妻有唯一关系，因为家里到处都是前妻的痕迹，他怕没法跟别的女人交代。

他也懒得交代。高就想起鞠向东经常挂在嘴边的一句话：“你之鸡肋，我之熊掌。”前妻在旁人眼里是什么，他在前妻眼里是什么，对他来说真的不重要，几年过去了，她依然是他的宝，这就足够了。

暗自思念的日子，高就开始研究同性恋。

对研究结果，高就感到奇怪。主要是对自己的变化感到了奇怪。

自从断定前妻的性取向有异常，这个问题就成了他的雷区，简直想都不能想，一想就要喉头犯恶心，提更不能提，一提就要口吐脏字。现在，杂七杂八地查看了许多资料，他的大脑不再混沌，曾经对同性之间相恋嗤之以鼻的想法，慢慢发生了变化，尤其是发生在女性之间的爱情，还有她们的性爱方式，都让他觉得挺干净。

期间，高就看了一部好莱坞电影，电影描写了一对女同性恋结婚生子的故事。

故事说的是在美国的一个小镇里，一个女建筑设计师和一个女学者相恋，她们同居一起生活，然后，她们想要有自己的孩子，于是她们找到精子库，用同一个男人的精子，分别人工授精，生下一男一女，两个孩子都叫她们妈妈。女学者是一家之长，行事果断，强势有主见，肩负着养家的重担。女建筑师温婉随和，个性绵软，很长时间不出去工作，全职在家，专心照顾孩子们。

孩子们长大后，开始私下寻找自己的父亲，并且找到了。父亲追随孩子们来到小镇，父亲认识了孩子们的两个妈妈，随后，他爱上了其中一个妈妈，那个女建筑师。女建筑师百般回避，没能抵挡来自孩子父亲的深深吸引，并最终激情迸发……事情暴露，一个曾经充满幸福的“蕾丝”家庭面临瓦解。女学者痛苦万分，女建筑师悔恨交加，孩子们的父亲黯然神伤，孩子们迷惘无措而备受伤害。

电影结束，高就泪流满面，像个孩子似的抽泣着。

高就的眼泪非常复杂。

两个女人的爱情让他触景生痛，但是，两个女人的爱情也让他深深感动。女建筑师被高就设想成了前妻，看到女建筑师所有纠结的眼泪和激情，他似乎已经能够体会前妻的所有欢愉和伤痛。深思猛想，他对自己和前妻的分手，对前妻的再一次离家出走，除了嫉妒还有心疼，也有了些许自责。

高就查阅了很多关于同性恋的文字，他注意到，有文章说，女性同性恋处在被动角色的一方是不稳定的，很多是双性恋者。瞪着这段话，高就重新回味前大姨子讲的事情，以及那部电影，再细细琢磨旁人的理论，他得出了一个结论：前妻属于同性恋中被动那一方，前妻的性取向是不稳定的，前妻跟他在一起时是真的，后来跟那个女人在一起也是真的，将来前妻回到他的身边，也将是完全有可能的。

没有过多挣扎，高就决定不再相亲，他要等待前妻归来。

28. 南楠尘埃落定

南楠尘埃落定。

一个意外的邂逅，让南楠关于丈母娘的烦恼，彻底散尽。

从来不去夜店不去酒吧的南楠，突发奇想，结果出了个大状况。他后来这么评判。

一天下班后，他开车去见同学，路上，路过什刹海，他突然感觉大脑失控，像是受到了某种引力的作用，明明目的地向东，他却要往北走，方向盘猛然一打，把车拐进了什刹海的巷子里。随后，他觉得脑子继续失控，明明需要前行，却一脚点了刹车。

把车一停，没有丝毫迟疑，他下车钻进了巷子中间的一家酒吧，落座，看单，点酒，整套动作就像一个熟客。

南楠发现自己无师自通，对酒吧。

幽暗中，他凭栏向窗外望去，前海一眼尽收，有摇橹船古色古香地穿过，船夫身影晃动，岸边柳枝飘扬，橹船在柳枝缝中渐渐远去，宛如一幅完成中的油画。倏地，两只野鸭横空飞起，飞得不高，但足够狂野，湖上立刻涟漪一片。不远处，银锭桥上人影晃动，有人穿着戏服在拍照……

城市喧嚣背后的复古，让南楠有些恍惚，也有些心醉。他拿出手机拨通，跟同学说我在什刹海酒吧，你赶紧过来吧，喝酒！

暮色完全降临的时候，同学一路小跑地进来。南楠已经小有醉意，身姿歪斜于老木头中间，双臂潇洒地左右张开，脑袋上扬，下巴往前撅着，跟着背景音乐，鸡叨米似的向前戳，一边戳，还一边两眼使劲瞪着来人……俨然一个酒吧熟客做派。

一看南楠这副德行，同学一进门就神情紧张地问："出什么事了？出什么事了？"

"出什么事啊你这么咒我！"南楠懒洋洋地拍拍身边，说"坐下。"

"你哪根筋搭错了？跑来泡吧啊？"同学还在紧张中。

"请注意你的语言，另外，你的观念需要调整，谁说搭错神经才来酒吧？错误！很错误！很伤人滴。"南楠一边招呼上酒，一边指教同学。同学显然还在半信半疑，但已经换上一副既来之则安之的神情，接过招待递过来的酒杯，凑到鼻子底下闻。

"哎，我发现，人在酒吧里真有刺激，灵感咣咣地落地，我刚填一词，你听听。"有了同伴，南楠一下子来了兴致，摇头晃脑地吟起来："红颜几时有，把酒问青天。不知告别单身，要等多少年？我欲孤家宅人，又恐美女追念，空门不胜寒。起舞影为伴，寂寞在人间。望女子，妄相思，夜难眠。不应有恨，何时才能把梦圆。男有高矮胖瘦，女有黑白美丑，此事古难全。但愿人长久，光棍不恨天！"

"水调歌头。"同学附和。

"帅哥很自恋啊，还恐美女追念呢？"一个女声传来，从南楠身后。南楠一回头，看见一双黑亮的眼珠子，已经和他短兵相接了。他自来熟地接腔说："跟自恋没关系，美女追念帅哥，属于人间正道。"

"看你挺能说的，来吧，聊十块钱的。"女孩子大大方方，边把手里的高脚杯放在南楠面前，边说。

"看你挺胆大的，说吧姑娘，想聊什么？免费的。"南楠也大大方方，示意一下对面的椅子，请姑娘落座，同时招手让同学坐到自己身边，把椅子让给人家。

"十块钱？"南楠同学没有听明白，就问。

"没听说过付费陪聊啊。"在同学提问的时候，姑娘的那个聊十块钱，南楠已经迅速反应过来，就跟同学解释。回头又跟姑娘说："姑娘你很幽默。"

姑娘微笑着，抿着嘴，轻轻歪着头，沉吟了一下，跟南楠说："你是第一枚叫我姑娘的年轻男人。"

"一枚？男人？"同学又没听懂，又问。

"姑娘不愿意？"南楠顾不上搭理同学的提问，眼皮向上抬了下，问姑娘。

"愿意，本姑娘非常愿意，尤其是年轻男人这么叫，虽然你有点充大的意思，但这么叫的确显得你很亲切，还比较靠谱。"姑娘回答得一本正经。

"还有这理论啊，以后我见了女孩子就叫姑娘吧，我愿意显得很亲切很靠谱。"南楠回答得不太正经。

姑娘没有接茬，回头一招手，跟招待要了份匹萨，又要了葱包桧！还要了份奶油冰淇凌。匹萨和冰淇凌很快端上来，姑娘旁若无人地吃起来，吃相可以用大快朵颐来形容。期间，葱包桧又端上来，南楠看到，那个葱包桧里头，包着一截碧绿的葱，姑娘拿起来就是一大口，塞了一嘴的食物，还不忘很享受地冲南楠乐。

南楠看着，眼神里居然出现了些许的慈祥，忍不住关切地问："一个姑娘家家的，吃这么多，还吃生葱，不怕有味道啊……你们姑娘家，不是为了身材不要命的吗？不是天天嚷嚷要减肥吗？你不减肥啊这么吃？"

"不吃饱哪有力气减肥啊？"姑娘边吃边回答。

"哈哈，这话有意思哈，也很靠谱。"南楠给说乐了。

"当然啦，活着的时候必须开心点，因为我们要死很久。""哈哈哈……"姑娘话一出口，南楠更乐了。

"有没有人跟你说，你很可爱？"南楠觉得这姑娘很有趣，一般有趣的人都很聪明，他认为。南楠把胳膊支在桌子上，张开大拇指和食指托着下巴，微笑着问姑娘。

"我又不是人民币，怎么能让人人都爱我？"姑娘已经吞咽完毕，她边用手背抹嘴边，边说。南楠抽出一张纸巾递给她，说："说实话，你是一个很特别的姑娘，相当聪明，相当幽默。"

"说实话，你的话，我连标点符号都不信。"姑娘话音刚落，南楠和姑娘一起，发出了和谐的合笑。

"这姑娘，有点意思哈。"同学在一边接腔。

“给你们出一对联，求横批。听着哈，老处女和老处男要结婚，为表示纯洁，老处女出上联：一条河两座山28年没人观；老处男出下联：一杆枪两颗弹29年没抗战……横批横批……你们快说横批。”姑娘冲他俩催促。

这对联真把南楠怔住了，他脸上故作镇静，心里已经惊异得不行，姑娘这色胆，真有啊！这么糙的话张嘴就来，面不改色心不跳。但是同时南楠也认定，往往越是这种主，嘴里胡说八道，心里越是防范，越是不轻易乱来。

“你这对联……不会是说你俩吧？”同学渐入佳境，居然冲着两人开始起哄。“难道你光棍29年？”姑娘问南楠。“难道你独居28年？”南楠反问姑娘。“必须干一杯啊。”姑娘举起酒杯。“必须干一杯！”南楠把酒杯凑过去。酒杯咣咣，笑声豪爽。

“快把横批如实招来。”一杯酒一扬脖灌进去，南楠催问姑娘。姑娘镇定一下情绪，故作沉静，说你坐稳了，然后一字一顿地说：“今……夜……火……拼！”

这时候，一个陌生男子凑过身子，看着姑娘跟南楠说：别惹她，小心她睡你。看南楠不语，男子又说：你知道不知道你面前的美女，她对什么样的男人感兴趣？男子显然不需要南楠的答案，故作姿态地稍作停顿后，他又开口说：我告诉你，你要是问她，她会低调地告诉你：财大、器粗！说完，男子诡异地稍显猥琐地一笑，然后手指蘸着自己酒杯里的酒，在南楠面前的桌面上写了一个“器”字，嘴里加了句：是这个器哦。

这架势，南楠真没见识过。他估计，此类大胆言行，非酒吧莫属。

男子诡异地离开，南楠看着姑娘不说话，其实是他不知道该说什么，他突然语塞了。

南楠知道，那男子的话，姑娘每一个字都听得清清楚楚，那男子写的那个字，姑娘也一定看见了。他不知道那个陌生男子有何居心，但毫无疑问，他一定是有居心的。南楠善良地猜测，估计是一个被这姑娘拒绝过的男人。

昏暗中，南楠冲陌生男人远去的背影，不屑地哼了一声，算是对姑娘的声援。

“他说的基本没错，就是解释有遗漏，那个不是‘财大’，是‘才大’，那个‘器’没错，不过除了‘器具’，还包含‘器量’。”姑娘歪着脑袋，完全没有顾忌地跟他一一解读。说完，定定地看着他，就那么看着，不言语。

南楠脸热了，感觉心也有点乱跳。

其实，姑娘的目光没有火，姑娘很平静，眼神尽管直勾勾亮晶晶，但是充满了探寻，甚至有几分单纯。是南楠自己出了问题。南楠被点燃了。姑娘只是火柴盒上的一片火药，南楠不小心被擦了一下，自己着了。

显然，陌生男子的话，出乎了那陌生男子的预计，没有形成一场混乱，反而完成了一次催化。

南楠和姑娘的交谈，又活活持续了数个小时，一直到深夜。几个小时的把酒论道，南楠脑海中渐渐浮现出一个结论，这是个特别的女孩，她的特别在于，她能非常谨慎地不谨慎，又能非常得体地不得体。他认为，对一个年轻姑娘来说，此事古难全。

“这丫头，是个女妖吧？你行吗？”同学似乎看出端倪，趁着姑娘去卫生间的功夫，替南楠担心。

“说不定有惊喜呢。”南楠看着远去的女妖说。

“说不定只惊不喜呢。”同学打击他。

“有个说法你没听说过吧，说18岁看身份证，28岁看身手，38岁看身份，48岁看身价，58岁看身世，68岁看身历，78岁看身板，88岁看身影，98岁看身后。我现在正是看身手的年纪，正是显身手的时候，此时不显更待何时啊，看我怎么拿下这小妖。”南楠显得很有信心。其实他的信心，是随着他自己关于身手的解读，逐步提升的。

“喂喂喂，当初谁说要和女人恩断义绝的？”同学噎他。

“我这是根据需要及时转变角色。”南楠狡辩。

“是根据你的需要，还是别人的需要？”同学不怀好意地问。

“当然是别人需要了，我这是出手拯救需要的人。你没见那小妖，就是一把一点就着的烈火，那丫头，聪明绝顶，我的经验，这样的女孩要是被降服了，绝对一枚好老婆的坯子。”南楠胸有成竹。

“你还是救救你自己吧，别到时候好老婆没逮着，你哭着喊着让我们救你。”同学说完起身说不奉陪了，要先撤。南楠说你快撤，别影响我发挥。南楠很得意，他看出来了，同学的妒忌相当明显。

几近黎明，南楠说送姑娘回家，没想到，姑娘却说，送什么送啊，这酒吧就是我的，我家就在旁边胡同。意外中，南楠说我话已出口了，君子一言啊，我得送啊，那就陪你散步到你家吧，这黑灯瞎火的，遇见坏人咋办。姑娘说，谁是坏人还不一定呢，说不定我是那坏人。说完姑娘大笑。边笑边示意南楠一起走。

路上，两个人你东一句我西一句，一句比一句不着调，完全没有主题。慢慢地，话显得有些多余，气氛变得奇怪起来。

“陪我一起数星星吧，你智商低你就数月亮吧！”姑娘突然一改老练成熟，变得像个小姑娘，路走得歪歪斜斜，时不时跑到南楠前面，面对着南楠倒着走，有时还欢快地跳将几下。南楠听得出，说这话的时候，姑娘声音发紧，显然有些紧张。她这么说，是在故意制造玩笑气氛。她这么蹦蹦跳跳，也是在掩饰紧张。

南楠的心脏跳得越来越快，跳得不亦乐乎。

告别的时候，南楠本来想，跟姑娘握个手，潇洒地离开，这样容易留下深刻印象，为日后再联络做好铺垫。无奈，气氛实在太暧昧，幽静的胡同，昏暗的路灯，两个年轻的身影并肩漫步，说说笑笑中突然停止了说笑，静谧得无限可疑……南楠无药可救，他突然伸出手臂揽住了姑娘。

这不是他的设计。

姑娘没有拒绝，稳稳地站着，但眼睛却闭上了，南楠感觉得到她腰肢紧绷。南楠没有让自己再犹豫，他搂紧姑娘，轻轻碰了下姑娘的嘴唇，然后又轻轻吻了下姑娘的右耳根。

后一个动作是南楠临时动意，这个临时动意的动作，效果立即有所显现。南楠清楚地感觉到，在这一吻中，几乎是与此同时，姑娘的身子，在他有力的臂膀中，猛然颤抖了一下，随即就变得瘫软，要不是南楠暗中使了劲，姑娘可能已经就地滑落。

两个轻吻，位置凶险。

点到为止，留有无限遐想的余味。此时此刻，南楠绝对不是计谋，完全是一种胆怯。他是不敢造次。只有面对自己特别在乎的人，南楠才会出现这情况，小心翼翼。南楠为此倍感欣慰，他终于又在乎一个女人了。

那晚，南楠有一种被馅饼砸着的感觉。天上掉下来的那种。

姑娘是个网络作家，还是个图书编辑，开酒吧是副业。

得知此事，南楠彻底释然，姑娘的种种古灵精怪，顿时找到了出处，并且，南楠坚定地做了一个决定，他准备随时葬送自己，用爱的方式。

29. 鞠向东鸡飞蛋打

鞠向东的鸡飞蛋打，还在延续。

自从太太和小 M 相继弃他而去，他以为自己从此被废了，再也没有心情过问感情这个东西了。但是，一切都不以鞠向东的意志为转移，因为他完全忽略了一个人。有一个人，一直对他倍加关注，可以用“虎视眈眈”这个词，并且已经准备好随时冲上去。此时，这个人及时地出现在鞠向东的身边。

未婚女青年及时地来到了鞠向东的身边。

鞠向东是个俊朗的男人，这就注定了他在感情上总是会受宠的，不管结局是否受伤，被女人骄纵和疼爱总是会有。多么信誓旦旦说不以貌取人的女人，都会被男人的英俊弄得失去原则，都难逃男人英俊的沉沦。

未婚女青年就没逃过。

未婚女青年不装，她坦言说自己就是外貌协会的，对鞠向东就是一见钟情。被一见钟情的，除了外貌还能有什么，要是非说是气质吸引，那也有一大半相貌的功劳。比如未婚女青年对鞠向东。她的钟情主要来自于鞠向东的相貌，她就是心甘情愿地沉沦在鞠向东的英俊里，沉沦到了对鞠向东的感情不问来处也不问去处的地步，只要鞠向东愿意接受她的感情，愿意让她跟前跟后地心疼，她就表现得无比满足。

身为师傅，鞠向东似乎完全没有理由抵挡。

未婚女青年一天到晚会给他若干电话，动不动就不请自来，像个主妇似的在他的小出租屋里欢快地忙前忙后，做饭搞卫生洗衣服，人家动作娴熟。每当小屋子里饭菜飘香，鞠向东都有一种恍惚，忘记了自己是个单身男人，忘记了房间狭小的烦恼，忘记了小 M 给他的伤害。这也是鞠向东放任未婚女青年一次次上门的缘由。

放任总是有后果的。

来就来了，关键是未婚女青年一来就好像记性不好，总是忘记了时间，一待就待到很晚，害他只好摸黑送她。有时实在懒得送，或者遇到糟糕天气，就得把唯一的床让给她，鞠向东自己睡沙发。对此，鞠向东非常无奈。这种情况，直到她自己动手搬过来，并且说再也不走了，才算告一段落。

未婚女青年搬到鞠向东的小出租屋，鞠向东是猝不及防的。

那一天，他刚一进门，就看见门前那块狭窄的衣帽间，堆满了女人的东西，那一刻，他还恍惚是太太或者小 M 来了。就在他恍惚之间，未婚女青年撒娇地出现在他面前，她一搂他的脖子，嗲着声调说给你个惊喜你高兴不高兴啊。鞠向东顾不得脖子上吊个重物，急急地问，你你你这是干什么干什么……

鞠向东没有惊喜，似乎出乎了未婚女青年的意外，女青年把自己从鞠向东的脖子上放下来，撅着嘴走开，再也不理鞠向东，自顾自地整理自己的东西去了。鞠向东站在门前愣了好一阵子。他了解女青年，这孩子貌似天真，实际上做事倔强，有点一根筋。他有点后悔，也有点无奈，后悔跟女青年草率上床，无奈木已成舟。他深深地叹了口气，暂时无奈地接受了这个事实。

有一天，心情实在无奈的鞠向东，没留神自己的嘴巴，他跟南楠和高就嘟囔，说未婚女青年住他那里赖着不走。高就婉转地问他，你们有生活了没？南楠则直截了当地问，你和人家干事没？鞠向东被问得语塞。其实大家都明白，都问得多余，住一块还授受不亲，谁信呢？鞠向东的语塞就算是回答。于是南楠又直接来了句，那你就没法拒绝人家了。

本来还被追问得出现语塞的鞠向东，听南楠这么一说，反而来了精神，急急地反问南楠，谁说……那个了就非得……住一块啊？这都什么年代了……男女一谈恋爱……就非得住一起啊？

“看来你们价值观很不雷同啊！这个问题比赖着不走更严重！”鞠向东的反

问没有得到南楠的正面回答，反而让南楠发现了新问题。南楠言辞凿凿地跟他分析，说这女人跟你上了床，然后不跟你商量，就一副理所当然的样子搬进来，这说明，这是个被传统思想严重掌控的女孩子，这样的女孩子一般很难缠，这时候她不跟你讲感情的，她要跟你讲道理，她会瞪着无辜的眼睛问你，你都跟我睡了难道你还不要我吗？如果你迟疑，按照这类女孩子的思路，她会认为你是占人家便宜，甚至是耍流氓。她不知道跟她睡觉的这个男人和所有男人一样，接吻上床只不过是生成了一段关系，和同居结婚没有必然关系。

鞠向东被南楠分析得傻了眼，于是问，你的意思是说，我从此必须和她一起生活？南楠跟鞠向东说，不是我的意思，是人家大姑娘的意思，如果你没有这个意思，那人家的意思我就很难跟你意思了。

就这样，尽管有点稀里糊涂，有点无奈不情愿，但鞠向东无法抵挡地和未婚女青年过上了同居生活。

说实话，同居生活几乎无可挑剔，女青年把她照顾得无微不至。

和小M的物质体贴不同，女青年的体贴绝对属于身体力行层面上的贴身照顾，做饭洗衣保洁按摩全方位地优质服务。同居没几天，鞠向东就有点过美滋滋日子的感觉了。曾经被太太和小M折腾消瘦的体重，也发生了与日俱增的变化，心里的那点不情愿，云散般地很快不见了踪影。

同居半年的时候，未婚女青年提到了结婚的话题。起初，她还有点羞涩，有点支支吾吾，可能是以为这是件水到渠成的事，或者一点就能通，或者抛砖引来玉，她的表达没有那么直接。在她看来，一个未婚的刚到30的女人，水灵灵地摆在一个有过婚史、有一孩子、年过四十的男人面前，即便他是一个英俊的男人，他也没有理由不娶她。

她没想到，鞠向东完全没有接招。

虽然和未婚女青年的日子过得美滋滋，但鞠向东的内心，已经与之前的自己，发生了巨大变化。和小M分手也就几个月的工夫，鞠向东的情感角色来了个大对调：曾经渴望结婚那一个，变成了如今躲避结婚的这一个；曾经追随爱情为爱而泣的那一个，变成了过一天算一天的这一个。这一点，连鞠向东自己都没有想到，这个变化，在没有触及结婚这个话题之前，深藏在鞠向东的内心，他自己也没有发现。

想结婚，但鞠向东一次两次不接招，未婚女青年有点沉不住气了。

有一天，他们在床上云雨，女青年在关键阶段，突然停止呻吟，一下子睁大眼睛跟他说，我们明天去领证。冷不丁地，把鞠向东吓一跳，他的正在进行时立刻就软了。鞠向东很不高兴，他一翻身一翻眼，横躺在一边不说话了。

未婚女青年好像没看见鞠向东的坏脸色，也许看见了装作没看见，她毫不在意鞠向东的半途而废，继续很在状态地跟鞠向东摩挲，嘴里继续着自己的话题。鞠向东无法一直不说话，就搭了一句腔，说我们现在不是挺好的嘛。

这句话未婚女青年当然听见了，并且足够听懂了。她翻身坐起，继续说了曾经无数次跟鞠向东讲过的道理，什么相爱就要在一起，在一起就要好好在一起，结婚是每一对相爱的人的选择，既然迟早都要结婚，那就没有必要浪费时间，我们都不年轻了，我们30岁之前生孩子对孩子好……为了强调问题，未婚女青年有意不说是自己30岁之前生孩子如何，不惜把自己的年龄跟45岁的鞠向东相提并论。鞠向东闭着眼睛伸直了身子，再也不出声了。

看鞠向东不言语，未婚女青年不想自己的深情告白以失败告终，她使出了杀手锏。未婚女青年生气了，她光着身子猛然起身，有豁出来一搏的意思，也有孤注一掷的意思。她开始翻箱倒柜，她把衣服都找出来，一件一件往箱子里扔，搞得动静很大。因为她不时地从鞠向东的身前身后扯东西，鞠向东实在没法子一直闭着眼，更没法子一直视而不见。

箱子都整理好了，她还光着身子，就那么气喘吁吁地走来走去，鞠向东不能再不言语了，他只好起身拉住她，皱着眉头说你再等等。

未婚女青年比他着急，她不想等了。很快，她就制造了一场全民参与的求婚，或者说逼婚。

未婚女青年的行动，跟她擅自搬家跟他同居一样，算是又一次孤注一掷，只不过属于另一种的孤注一掷。但是有可能她不这么认为，未婚女青年更有可能认为，自己在追求自己的幸福，更是在给一个老男人幸福的机会，在制造一次惊世骇俗的浪漫。

在一个阳光灿烂的下午，被阳光弄得心情不错的鞠向东，接到了一个电话，这个电话一下子把他的心情弄到了低谷。

电话是电视台一个编辑打来的。编辑说他是“我们来帮你”栏目的编导，栏目接到一个女孩的电话，当事人希望栏目组能帮她完成和男友结婚的愿望，编导希望录制节目的时候，身为女孩男友的鞠向东能在录制现场出现……

鞠向东的第一反应是荒唐，内心陡然升腾起了一股子火气。他对着话筒很不冷静地说，我不会去的。说完就把电话挂了。这边挂了电话，那边鞠向东就给未婚女青年拨通了电话，火气未消的鞠向东，电话一通就开始咆哮，你神经病啊你？这种事你也找电视台？你不怕丢人我还不想现眼呢，本来好好的事情，我说等几天就等几天，等几天就不行了你？你这么弄你成心让我难堪啊你？说完，不等未婚女青年说话，他就把电话挂了。

连续挂人电话，鞠向东都觉得自己人格下降了，这完全不符合他做人的原则，所以这令他格外恼火。

接下来的数天，电视台的编导锲而不舍，鞠向东几乎每天都要接到数个电话，编导不厌其烦地跟他解说上节目的意义，最后，那编导甚至说，你要是根本就不想结婚，这对你反而是个机会不是吗？

这句话打动了鞠向东。

编导的这句话，说得理不直气很短，聪明的鞠向东及时领会了，并且顿时领悟了其巨大意义。为了劝说自己出场，为了节目录制的完美，编导不小心露出了底线，说是要帮助当事人，其实只要节目好看，当事人是否如愿并不重要，就是说，电视台并不追求帮助谁，他们追求的是节目效果。

编导一语中的，鞠向东心领神会。那好吧，那我就利用这个机会，要么说服未婚女青年不结婚，要么就此分手，反正他也烦了未婚女青年。鞠向东答应出境。

节目录制前，鞠向东做好了充分的理论准备，他自信，听了自己的理由，一定会得到所有人的理解，他信心十足地准备在全国人民面前亮相。那个电视节目是上星的卫视节目，理论上，全国人民都能看见他。

节目录制开始，先是未婚女青年上场，向在座的专家和嘉宾讲述自己的诉求。

那天，未婚女青年和鞠向东前后脚到达，在录制现场的休息室，他们见了面。当时，鞠向东看见她衣着格外鲜亮，他还情绪良好地打趣她，说漂亮得都不像她了。

未婚女青年当着众人，含情脉脉地羞涩一笑，看上去情绪稳定，没跟他多说什么，只说了句你答应到场我很高兴。

坐在场外旁听的鞠向东，被未婚女青年的讲述深深打动，他不由得神情有点恍惚，就像是在听别人的故事，就像自己不是那个男主角。实际上，女青年讲述的一些内容，他已经不太留有记忆，因为当时是女青年一厢情愿暗恋他，他的注意力根本不在她身上，现如今听她讲述过往，他感觉的确有点不真实。

他听见主持人问女青年："你如此深爱并且想一生相伴的男人，是一个什么样的男人呢？"

"爱一个人，真的说不清他好在哪里，自从我第一次见到他，我就忘不了他，就愿意跟他相守一生，为他付出一切。"

"那你们是一见钟情了？"

"应该说是我对他一见钟情。"

"那你问过你的男友吗？他为什么不想结婚？"

"问过，他没有说不结婚，就是要我再等等，可我觉得……"女青年没有说下去，她低下头不语，然后又猛然抬起头，嘴角用力抿了一下，像是给自己打气。

"那么，你希望今天你的男友，能接受你的请求，能向你求婚，是吗？"这回，主持人问得很小心。

"是的，我不知道该怎么说服他，我不太理解他的想法。我希望专家和嘉宾们，能帮我劝劝他……"女青年很快接过了主持人的问话，语气坚定地说。

"今天，你的男友也来到了节目录制现场，那我们就请出你的男友，听听他是怎么说的。"主持人把话引到了鞠向东身上。

掌声响起，鞠向东知道自己该出场了，他从恍惚中清醒过来，快速梳理了一下自己将要陈述的要点，快步走向了灯光聚焦处，步履显得很轻快。

站在聚光灯下，鞠向东的眼睛适应了一会儿。上台前眼前偌大的演播厅，身边密密麻麻的观众，现在都退到了光晕后面，他站在了光晕中心。鞠向东几乎看不清台下的观众，但他马上意识到了一个问题，自己正被睽睽众目包围，正站在全国人民的注视下。

他开始紧张。

主持人问他，你的女友很想结婚你知道吗？他几乎是机械地说了句知道。主持人接着问，听说你不想结婚，或者说不想现在结婚是吗？鞠向东又机械地说是。主持人又问他，你不想结婚一定有你的理由，你能告诉我们吗？他又机械地说能。主持人此时说，看来你和恋人在结婚的问题上有分歧，那你就说说你的理由，看看专家和嘉宾们能不能给你们出个主意，帮你们解决问题。

鞠向东很紧张，他对自己的机械反应很不满意。他在心里一再叮嘱自己，要镇定，一定要镇定，既然已经站在这里，就一定要实现自己的目的，即使不能圆满解决问题，也绝不能丢人现眼，一定要表现良好，不能得到支持，至少要获得同情。也就在瞬间，鞠向东恢复了自信。他确信自己的理由能够获得普遍理解，甚至认同。

“我何尝不想和她生活一辈子……可是，她那么年轻，她还没有孩子，未来还有很多可能……我已经不年轻了，结过婚，有过孩子，我不能太自私……我之所以这么做，就是不想她今后后悔，不想耽误她……”鞠向东的表述很慢，也不太连贯。鞠向东是有意这么做的，他不想让众人感觉到他已经胸有成竹，他希望表现出一种挣扎，给大家传递一个信息，他是一个有情有义的无私的男人，他的舍，是不得不舍。

作为一个资深媒体人，鞠向东很清楚，此时，他是在秀，他必须秀好，他已经登场，他已经没有退路，他需要获得同情，有了同情才会有理解。

现场出现静默。这个短暂的静默给了鞠向东一个错觉，他以为，自己的无私感动了众人。

可是，他会错了众人的意。他万万没有想到，结果正相反，他把众人整恼怒了。

“你不知道一个未婚女孩子想要婚姻很正常吗？”专家一问。

“既然不打算娶她，为什么还要和她在一起？”专家二问。

“一个29岁的女孩子着急结婚生子天经地义，你为什么不能给她一个承诺？”专家三问。

“你说她没孩子，她结婚就要跟你生孩子，她未婚你让她哪来的孩子？你应该知道她没结过婚的吧？”专家四问。

“你说她太年轻，那你之前不知道她多大吗？”专家五问。

鞠向东被逼到了思维的角落，他意识到出问题了，他表情紧张失措，他急于辩解，但词不达意的辩白一出口，听上去却破绽百出："我就是……就是不想耽误她……她太年轻……她还没孩子……开始……她也没说……结婚……就是……"

短短几分钟，情形急转直下，让鞠向东完全来不及有效防守。

哪知，就在此时，主持人突然问未婚女青年：他说过他爱你吗？

这个问题乍一听很自然，但仔细听就听出挑事的嫌疑了。

如果这个男人不爱这个女人，那未婚女青年的一切诉求都无从谈起；如果爱，你就应该娶了你爱的这个女人，没啥好说的。无论鞠向东说爱还是不爱，他都要掉进主持人挖的大沟里。偏偏，这个话题就是鞠向东和未婚女青年关系中的一个软肋，他从来没有跟她说过爱她，未婚女青年自然也问过他N多次，他都选择回避。

鞠向东更加紧张，他有了一种不好的预感。

很遗憾，主持人挑事成功。现场出现了片刻的沉寂，面对主持人的问话，一直侃侃而谈的未婚女青年，突然默不作声了。

几乎是万籁俱寂。

未婚女青年在万籁俱寂之下终于开口。但是显然，她不想撒谎，但又很想替鞠向东辩解，她吞吞吐吐："嗯……他说……其实他……不喜欢表达……他其实是爱我的……就是他不说……我也知道……"吞吐中，未婚女青年的眼睛已经噙满了泪水，声音已经哽咽得变了调，所有人都看得出，她在很努力地克制。

此时，主持人一点不客气地添了一把火："你的意思是，他没有说过爱你是吗？"

未婚女青年几乎要哭了。

鞠向东不能再等了，他抢过主持人的话："请不要再问她了，我爱她。"鞠向东话音刚落，未婚女青年就泪奔了。

现场再一次沉寂，所有人都在默默感受未婚女青年委屈又激动的眼泪。

专家们不再理会鞠向东，他们开始向未婚女青年发问。

专家一问："他跟你在一起快一年了，还从来没有跟你说过爱你，我看他也不是一个说不出口我爱你的男人，你不知道为什么吗？"

专家二问："你确定你爱的这个男人爱你吗？"

专家三问："你就是一个傻丫头啊，感情可以一厢情愿，但婚姻是不能一厢情愿的，你不觉得你是在一厢情愿吗？”

专家四问：“事情很清楚了，你必须离开这个男人，非要嫁给一个不爱你的男人你想好了吗？”

专家五问：“姑娘，即便你们结婚，你想过你们以后的生活吗？你父母同意你这么做吗？”

被晾在一边的鞠向东，渐渐看清了局面。对这一切，栏目组显然早已经设计好了，这个结果他们心中有数，专家的态度他们更是心中有数，说不定事前就是这么策划的，让这个男人在大庭广众攻击之下难堪，让未婚女青年离开他。

他知道自己在劫难逃了。

现场声音几乎一边倒，所有人的话里话外，都在质疑他的真诚，都在指责他的不负责任，说他为自己涂脂抹粉。鞠向东心里后悔莫及，后悔自己不该出镜，不该轻信编导的忽悠，现在想找个地缝都没处可寻了。显然，没人愿意救他。

最后，主持人让现场观众投票，支持未婚女青年离开或者不离开。结果，观众投票在大屏幕上显示，100% 的支持率，一致让女青年离开他。死到临头的鞠向东，不甘心这么灰溜溜走下台，他想给自己挽回一丝面子，在主持人没有安排的情况下，他对女青年说了一句话：我真的不想你后悔，我真心希望你幸福。

他的话，被淹没在现场的音乐里。好像音响师知道他的话注定苍白无力，干脆自作主张把它灭了。

本来想表现自己的无私，结果却被判处自私。本来以为人们对老男人娶年轻女孩不屑，自己身为一个老男人，主动放弃一个年轻女孩，简直等同于放生，这是积德，应该受到尊重。没想到，事情变成了这样，变成了自己偷生。

鞠向东错误地判断了形势。

如果说失去太太，紧接着又失去小 M 是一场鸡飞蛋打，那么此时此刻，他除了失去一个一心一意爱他的女人，还将失去一个男人的品格。

这场打击，对鞠向东来说，非常要命。

30. 三人行谁是我师

三人行谁是我师?

鞠向东、高就和南楠，几年来，他们彼此一直互为人师。他们自己总结，几年下来，南楠的实践和理论都有提升，属于越战越勇；高就是理论不足实践有余，实践不断，总结不断，跟头也不断；鞠向东是战绩不多，败笔不少。

尽管如此，却一点也不影响他们的互帮互助。事实也证明，他们完全可以互为人师，要是谁走不下去了，谁失去方向了，谁走错方向了，谁摔倒弄伤了，三个人坐在一起，一顿嬉笑怒骂，连挖苦带支招，总是能够把大事化成小事，让失去方位的那一个，在重重迷雾中摸爬到一个方向。

但是，不知从什么时候起，好像是忽然之间，他们彼此互望，发现谁也帮不了谁了。

不见面想见面，感觉有需要，见了面就话不投机，明明同病应该相怜，却忍不住要互相挖苦，这成了三个人目前的尴尬。

“今天心情不好，我只有四句话想说，包括这句和前面的两句，我的话说完了！”一见面高就先表了态。高就话音一落，南楠就冲他表示不满：“不就跟小公务员分手吗，这都过去多久了，你还心情不好呢？那根本就不是你的菜，你至于吗你，你应该如释重负才对啊。”

其实，南楠心里很清楚，他知道高就不是为了小公务员，高就情绪低落是为了前妻，他前妻一直不接他的橄榄枝，他望眼欲穿，所以他情绪不好。南楠也一直感觉得到，高就和他前妻关系很怪异——相处怪异、分手也怪异。对女友的事情，高就一向有话就说，发生点什么事情，南楠还没问呢，他就竹筒倒豆子，一通倾泻，可是偏偏对前妻，高就从来都是欲言又止，是那种想说的事情很多，可一张嘴，却又不想说，或者没法说的状态。高就不多说，但南楠看得出来，高就从来就没有真正放下前妻，那段婚姻，在他心里一直存在着。

“我知道，你现在是一饱汉子，太饱了，胃囊都撑大了，眼看着就要当爹了，祝贺你进入了婚姻的坟墓，争取把坟墓打造成一宫殿。”高就冲南楠说祝贺，言不由衷，言语酸溜溜的，一反常态地有点刻薄，还有点幸灾乐祸的架势。

“你还别说，我们都要感谢婚姻这个坟墓，如果没有婚姻这个坟墓，那爱情岂不死无葬身之地。”南楠刚跟女作家结婚，他心情很好，完全不介意高就的态度。

“好啊，你别过几天又哭着喊着羡慕我们单身是贵族了就行。”高就没好气地说。

“有钱人才能叫单身，你那叫单身吗？你那叫光棍！”南楠故意抢白高就。

“我现在发现，这世界最怕的不是单身，而是你明明是个孤苦的单身汉，却被别人当花花公子，就像一个少女，明明很纯洁，却被当荡妇。”高就哭丧着脸说。

“少女就纯洁啦？少女就不是荡妇啦？此比喻很不准确哈，完全是不了解民情。再说我看你整天花儿朵朵的，生活弄得很繁荣，离那花花公子也不远了。”南楠嬉皮笑脸惹逗高就。

“好啦，你别起哄了，你这刚脱离光棍队伍，就教育起人家高就来了？要不，你也教育教育我？”鞠向东拿出大哥的架势，替高就说了句话，也是替自己。

鞠向东知道高就心情不好，但他觉得自己比他更有理由心情不好。

自从在电视上败走麦城，弄得他很长时间缓不过劲来。他很委屈，觉得自己对未婚女青年，完全是一副好心，结果生生被人误解，还在大庭广众之下，被一群不相干的人轮番教育一顿，自己弄得百嘴难辩，众目睽睽下实在是丢人丢大了。事后，未婚女青年居然还不撒手，说不结婚也行，还是要跟他好好过日子。他心里虽然也有不舍，很清楚人家对他是一片真心，但是，事情已经被女青年闹成那样，再走下去就像是一场绑架。再说，经过这么一闹腾，回家再看那女青年，感觉有点不认识她了，觉得她已经不是那个感情单纯的女青年，她变得心机深重。即便她都是为了爱情。

一个女人把所有心思都用在他身上，这叫鞠向东很不自在，也很可怕。这么一想，他顿时失去了相处的心境，甚至没有了当初半推半就时的好感。

没有更多的考虑，他就断然跟人家说了分手。

电视上被一群不相干的人轮番教育，给鞠向东心里留下了阴影，那种毫无招架之力的感觉，至今不敢回忆。所以他现在听见谁教育谁，就不由得心生愤怒，替那个被教育者愤怒。凭什么啊？都是人都有人的苦衷，谁教育谁啊！他知道南楠教育高就是开玩笑，但就是听了心里不舒服，觉得是在教育自己。

“这就是个起哄的时代嘛，不起哄干啥啊，难道抱头痛哭啊！”知道两位哥哥心情都不好，南楠收起了腔调，望着天花板懒洋洋地说。

“你眼看就奔三了，老婆都快给你生娃了，你还没‘二’够啊。”高就不客气地说。南楠听了也不介意，反而得意地晃晃脑袋，说“二”是一种境界，要活到老“二”到老。

“哎？你们80后不是不玩够、不吃够、不折腾够，不要孩子吗？我觉得你还没折腾够呢是吧？怎么就想起当爹啦，改弦更张啦？”鞠向东像是想起了什么，突然问南楠。

“这个……哈哈。”南楠吞吞吐吐。

“是不是奉子成婚啊你小子，早就下种了啊你！”高就终于有了点笑模样，紧追不舍地问南楠。

“啥时候下种有啥关系嘛，我是我儿子他爹！这才是王道。”南楠没有直接回答高就的问话，但是话说得有点得意。

“这年头，我善意地提醒你，少生孩子多种树，天灾人祸多，投胎需谨慎。活着的，乐呵一天是一天，没来的，在娘肚里能不出来就别出来！”高就今天心理比较阴暗，死活见不得人高兴，他劈头盖脸对南楠的得意泼冷水。

“你啊，消极要适度。你也要抓紧，差不多就行了。”鞠向东转向高就，表示自己身为大哥的关心。他的话高就当然听懂了，鞠向东的意思很明显，人家南楠都要当爸爸了，你这奔四十的人，赶紧找个老婆赶紧当爹吧。

“心急吃不了热豆腐，顺其自然吧。”一说当爸爸，高就一下又没了笑脸，无奈地说。

“你跟我不一样，我有儿子了。”看高就无所谓的样子，鞠向东真有点替他着急。鞠向东语气很认真。言外之意你再不结婚耽误了下一代。

“唉，人都说谈恋爱看见的都是优点，痦子都是美人痣；一结婚看见的都是缺点，肚脐眼都成了疤。可现在我发现，也不知道是我特别倒霉呢，还是没赶上好时候，人家根本就不等结婚，跟我谈恋爱就瞪大眼睛找缺点，一个个都那么理智，谁经得起一群放大镜找缺点啊？”高就不知道又想起什么痛苦情事了，委屈地说。

“你就别抱怨人家了，婚前找缺点没啥错，爱情理智了说明社会都理智了。你寻寻觅觅到今天，不就是理智的结果吗？理智点挺好。”鞠向东说。

“爱情本来就是不理智的，理智了还叫爱情吗？”南楠表示不同意见。

“要是男人都变得感性一些、女人都变得理性一些，世界就和平了。”高就无奈地说

“让男人感性，女人理性，你这一竿子就戳到物种和基因上去了，这可难了，岂不是要男不男女不女了？这属于不可能完成的任务。”南楠说。

“女人得慢慢捋，她们不按牌理出牌，讲理没有用。”说完这话，鞠向东自己都叹了口气。他跟小 M 着急过，跟未婚女青年慢悠过，结果都是无果，他的实践也没证明什么。

“所以我说啊，你高兄这一直就不是在谈恋爱，因为对象就找错了，你得找那一心一意爱你，踏踏实实跟你过日子的，什么气质美女，什么金领白领，都是些眼毒心狠的主儿，她们爱的不是你，她们爱的是你的条件，情人眼里才出西施呢，你不是人家情人，你就只是条件，你还指望人家不挑你毛病？如果方向错了，再好的风也不是顺风。重来吧高兄同志，找一个真正的情人，看你啥都好那种。”高就的无奈招来南楠一番长篇大论，“跌倒了，大不了咱爬起来再哭。”说完南楠又补充一句，语气坏坏的，惹得高就跟他瞪眼。

“我已经被折腾得不会谈恋爱了，就是爬起来也没表情了，不会哭也不会笑了。”高就狠狠地冲南楠叫嚣。

高就对生活，的确没法表情了。

他说他现在都不敢独自出门，满北京城都是他的念想，这个饭店那个商场，

这个公园那个景点，都是一次次恋爱留给他的，现在再看，都是旧地，有点满目疮痍的感觉，美好的回忆和当下的失落，常常让他哭笑不得。

“你这就不对了，恋爱怎么能把人弄成这样呢！恋爱的纪念物，从来就不是那些手表和项链，不是坐过的高档餐厅和住过的星级宾馆，甚至也不是那些甜蜜的短信和合照，恋爱最有价值的纪念物，是彼此留在身上的，如同河川留给地形的改变。”南楠的话像念诗一样。

南楠说完，鞠向东就夸他朗诵得好，有点揶揄，但语气绝对真诚。

南楠的诗朗诵，的确不光充满了诗意，也充斥了哲理，把气氛弄得豁然起来。

被鞠向东这一夸，南楠更加来了精神，说给大家上个段子愉悦一下。他说:“北京人在一起，喝酒侃大山，研究国家政治与发展战略;上海人在一起，喝酒拉家常，研究世界科技与经济变化；四川人在一起，喝酒搓麻将，研究如何掣肘亲朋好友，并把他们的钱放到自己的包包；河南人在一起，喝酒搞设计，研究当今世界造假的盲区与最新技术；山西人在一起，喝酒学法规，研究从挖煤到推销多用童工少缴税的致富诀窍；广东人在一起，喝酒做生意，研究合作经营互惠互利的通商渠道与合作协议；浙江人在一起，喝酒办商会，研究怎么把闲钱变热钱炒活一个行业或一方经济……光棍在一起，喝酒说女人，讨论如何从奴隶到将军翻身得解放。”

南楠一口气说了这么多，鞠向东和高就完全没有反应，尤其是高就，脸色反而越来越阴沉，冲南楠耷拉着，像是说到自己的痛处，又像是在说，你说啊说啊，有本事把全中国人民待的地方都说全乎了。鞠向东倒是没耷拉脸，但是基本上没听的样子，独自若有所思。

两个人都在走神。

“好吧好吧，我承认，我愉悦失败。”南楠把头一耷拉，算是表态。鞠向东像是突然从深思中恍然，一看无人喝彩，觉得怠慢了南楠的一片热情，有点不好意思，就跟南楠说，你段子上得不错，不过我好像听过了，我们再给你一次机会，再上一个，你务必抓住机会好好愉悦我们。南楠一听又来精神了，说还是东哥厚道，我一定努力。

不过南楠的努力有点努大了，超出了鞠向东跟高就的承受。

南楠的努力是这样的，他说，自己最近看了一段文字，颇受启发，说的是第一次做爱的感觉。有个女的说自己第一次，是细胳膊细腿的13岁，在一个初夏和初恋男友在学校体育场，说他们艰难而不屈地摸索着彼此的存在，连接吻的时候都会咬伤彼此的嘴唇，不懂情调没有前戏，只凭着初生牛犊一股子不怕死的劲儿，就是要证明自己有多喜欢对方，还说完事之后，男孩子汗津津的头发和低低的啜泣一直历历在目。

显然，南楠有点努力过度，说完这段，南楠稍作停顿，他左右看看两位大哥，鞠向东面无表情，高就也面无表情。

起初他有些糊涂，这么有技术含量的话题，他们不可能没有兴趣，可是很快他就懂了，鞠向东和高就的面无表情，是让他继续，是一种无声的鼓励，他们知道，他们要是假装皱眉或者不屑，南楠立即就会停止，所以他们不约而同选择了面无表情，他们想听下去。

南楠没有猜错。

此时此刻，鞠向东和高就的心情正是如此。南楠抛出的话题的确震撼，他们从来没有讨论过，他们的确有继续的想法，但是，他们又不太好意思明说，按道理他们应该皱眉或者不屑，可如果装不耐烦皱眉头，就没有下文可以听，想继续听，又不能做出一副特别期待的样子，显得自己很无聊。所以，面无表情是最好的表情。于是，他们双双面无表情。

南楠心领神会。他继续说："有一女的说，第一次是20岁，在大学，男的是大学同学，比她大一岁，男的是处男她不是。男的折腾一晚上没成功把她折腾睡着了，男的一直不甘心，早上她还没睡醒他又折腾上了，终于成功，结果巨厉害，长达1个多小时，她从此再也没有经历过那么长。最牛的是，事后那女的跟男的说：别怕，老娘会对你负责的……有个女的第一次是17岁，也是在大学宿舍，说男的只进去了一下就被她推出来，因为疼得死去活来，第二天又试了，进了一点，又被她推开了，说疼得不想活了，觉得第一次很不美好……

"你多无聊啊你，快当爸爸的人了，干点正经事好不好？你从哪看来的？那都什么乱七八糟的，我连标点符号都不信。"南楠稍一停顿，高就率先说话。南楠一口气说这么多，高就担心再装没表情、再不表态，就真的证明自己无聊了。

“不是那个意思，我纳闷的是，女人真都那么小年纪就失贞了？我们真的不可能遇见处女了？13岁和17岁，这都未成年哎！她们真的认为第一次那么糟糕？疼得死去活来？”南楠这回不是装的，他真的一脸疑惑。

“哈哈，我不知道，没人跟我说过。”鞠向东赶紧说。

“我也不知道。”高就跟着说。

“我才不信呢，女人不是都爱跟男人说自己是第一次嘛，我就不信你们不了解……”南楠根本不相信他俩的话。

“我们怎么知道？那是女人的事情，而且是隐私。”高就反驳说。

“也就是说，你们的女人，跟你们在一起都不是第一次？”南楠不满意鞠向东和高就的狡辩，就故意说了句狠话刺激他们。

这个问题的确尖锐，也的确尴尬，鞠向东和高就都愣了下，稍后，高就率先反应过来：“你这是什么逻辑啊？第一次啥感觉人家谁跟你说啊？你就是好意思问，人家还不好意思说呢。”

“你不会观察啊。”南楠继续纠缠说。

“好了好了，你赠送的愉悦到此为止。说实话，我一点也不愉悦，我依然很愁。”高就止住了南楠。

“我懂了。你听过一句话吗？说问君能有几多愁，恰似太监上青楼。”南楠刚一落声，那边高就就急了，说谁是太监你说谁是太监，还边说边冲南楠扔过来一粒花生米。

“哎哎，你可以生气但不能生事，你真是智商有所下降，我说的是恰似，恰似，你这叫对号入座，还叫捡骂你知道吗……”南楠闪身躲过了一粒花生米，继续惹逗高就。

“哈哈，高就你今天真的智商表现不佳。”鞠向东也调侃起高就来。

“最有智商的算你们记者，都是王，谁敢说你们没智商。我就不敢说东哥没智商。”南楠嬉皮笑脸。

“我们中国记者的地位已经很低了，你还忍心挖苦……尤其是经济地位。日本记者刚进入媒体，年薪就是30到40万，10年后达到70万，而我们呢，年薪？刚入行的记者月薪不够付房租的，哪有什么无冕之王，还防贼防盗防记者……我们记者真是越来越没有地位了。”鞠向东叹气。

“不过我听过前苏联有个真实的故事，说赫鲁晓夫视察农场，在猪圈照了一张相片，记者为难了，怎么写图片说明呢？赫鲁晓夫和猪在一起？赫鲁晓夫在猪圈？最后，只好这么写：‘左数第三位是赫鲁晓夫同志’。你看看，你们记者多政治多机智，说明你们记者的聪明才智，个个都能当领导。”南楠说。

“说明我们记者多不容易啊！”鞠向东大发感慨。

“做男人不容易，做男记者更不容易，做一个一辈子只爱一个女人的男记者，更更不容易。”南楠顺着鞠向东的话开起了玩笑。

“说实话，一个男人这辈子，精神在轨道上就没几天。”鞠向东突然又感叹，像是给男人开脱，更像是替自己开脱。

“东哥，那是你吧，我的精神一直循规蹈矩来着。”高就有点缓过精神的样子。

上电视丢人的事，鞠向东没有跟高就和南楠说，尽管那件事情，他的初衷是好的，但结果的确出乎意料地惨。他不好意思讲述，也不想回顾。事后他检讨自己，认为自己没有处理好对未婚女青年的好感，稀里糊涂被未婚女青年牵着走，让对方对他产生一个很大的误会。其实他心里很清楚，年龄差距是一个原因，最主要的原因还是没有爱情。他根本就没有爱上过她。

他把这归咎于精神出轨。

这让他想起了一段话：“原本只想要一个拥抱，不小心多了一个吻，然后发现，还需要一张床，一套房，一个证；原本只想离开一个人，离婚后才发现，还得离开一套房，一张床，一个证。”他觉得这就是自己的写照。

想到这些，鞠向东又深深叹了口气。

“你这是一夜回到解放前了，奋斗了十几年，一下子归零了，确实憋屈。”看鞠向东叹气，南楠以为鞠向东在为自己的鸡飞蛋打感叹，就跟着感叹。他发自内心地同情鞠向东的遭遇，觉得他点儿太背。

“没事，有事找组织，我们组织帮你分析分析形势，尽快转危为安。”高就也很同情鞠向东，就放下自己的烦恼凑过来说。

“你有什么高招吗？”鞠向东显然有点发懵，居然向同样深陷烂泥的高就讨主意。

“就他这水平？他支的招你敢用吗？他还在火上烤着呢，你没闻到糊味啊。”南楠一点面子也不给高就。

“你只有复婚了。”鞠向东的情况太过复杂，高就心里真不敢接招，他也的确没有什么好办法。他想了想，憋出了这一句。

“复婚？你知道你这是什么？你这是把自己的意愿强加于别人你知道吗？”南楠不客气地点破高就。

“别听他胡说……”高就勉强挣扎。

“好吧，你可以不承认，但我有一句话送你，特别煽情，‘死是殉情，等待也是殉情’。怎么样？够煽情吧？高哥你懂的。”南楠意味深长地跟高就说。

“只有这一条路了？”鞠向东还想着高就让他复婚的话，不甘心地问。

“有一条路就不错了。”高就说。

高就想起了自己。

自己倒是想跟前妻复婚，可前妻连个影子都不让他见，他觉得鞠向东比他幸福，至少有个前妻跟儿子在那接着他。他挺羡慕鞠向东的，都离婚了，前妻的家随时随地他可以进去，去了还好吃好喝地招待他，儿子随时随地可以见到，跟没离婚一样。他知道，只要鞠向东愿意，鞠向东复婚是分分钟的事。

“一个人不想做的事情他不得不做，这叫责任；一个人想做的事情却做不成，这叫命运。情爱之路如此挫折，这就是你的命；回归家庭照顾妻儿，这就是你的责任。比如我吧，我虽然离婚了，是前妻离开我，但是我一直照顾前妻，别说她有困难需要帮助我从来没拒绝过，就是人家不言语，我也是找上门去解决困难，这才是负责任，才是爷们，才是真男人，才是真感情……”一番话，高就说得语重心长。

“第一次听人把牛吹得这么超凡脱俗。”南楠又忍不住了，冲着高就开玩笑说。

“本来嘛，男人只有谈责任才有资格谈爱情。”高就不服。

“你们说，爱情像不像大便，来了挡也挡不住，可水一冲就再也回不来了，有时候努力了很久却只是个屁。”南楠这段糙话，说得三个人都不言语。

三个臭皮匠，臭味都一样。三人行无人为师。

三个男人虽然没有抱头痛哭，但抱头痛哭的局面已然形成，就差付诸实施，或者说，他们在心里面，早已经抱头痛哭了。

没有不散的宴席。

酒过数巡，三个人都有些摇晃。南楠站起来，豪迈地做总结发言。他说，一年已经快过去了，离2011年完蛋还有10天了，作为本组织成员之一，希望大家在新的一年里，紧密扎根在组织里，高举“有空必来、有事必言、有酒必喝、有喝必醉”理论的伟大旗帜，认真贯彻落实“雁过留声、人过留言、鸡过留蛋、鸭过留毛”的要求，坚持“知无不言、言无不尽”的指导思想，弘扬“一不怕翘班、二不怕路远、三不怕女人、四不怕露怯”的大无畏精神，把“保持联系、经常骚扰”作为振兴本组织的第一要务！从根本上改变“偶尔来一趟、发慌才想来、来了不说话、想走就走人”的方式！坚持“四有”原则，即“有组织、有预谋、有把握、有成绩”。坚持做“四有”组员，即：“爬升有新思想、日子有新思路、吹牛有新突破、抬杠有新局面”！相互促进、共同发展，从而使组织成员个个走上可持续快速发展的……金光大道。

“你这都什么啊，你公文写多了吧，你语文太差了。”南楠一顿乱扯终于把高就听乐了。

“2011年就要过去了，我很怀念它。”南楠学着某影星的腔调。

说完，南楠突然又问：“你们说，一个男人醉酒之后想打电话的女人，一定是一个放在他内心最深处，在一个干净的角落藏着的女人，或许是爱的人，或许是红颜知己，或许是想暧昧的女人。你们想想，你们喝醉的时候给哪个女人打电话？”

鞠向东和高就都没说话。

高就脑子里出现了前妻。

鞠向东脑子里一片空白。

31. 南禾源落入了雷池

南禾源落入了雷池。

那是他的雷池，因为这个雷池，是他自己亲手挖的。

南禾源不是一个八面玲珑的人，之所以仕途平坦并且还比较通达，都是得益于他的谨慎。对一个处事谨慎的人，他的一生，不出意外的话，是不会跟雷池有关联的。所以，雷池这件事，从来没有在南禾源的人生轨迹中出现，更不要说是自己亲手挖，还亲自跳。

但是，意外还是不可抑制地出现了。

意外到底是怎么发生的？

和小鸟怎么到了今天？南禾源既清楚又不清楚。十几年一路走下来，他们的联系断断续续，并且交往中的高潮和低潮，都是没有征兆地突然出现，事先没有丝毫计划。就像一条没有走过的路，它一会儿坑坑洼洼、一会儿平展如滩、一会儿曲里拐弯、一会儿笔直通天，你根本无法预知。每每回忆，南禾源都需要仔仔细细地梳理，才能弄清他们过往中的来龙去脉。他们之间，什么时候成了雷池，或者说，小鸟什么时候成了他的雷池，他真的含糊不清。就像锅里的青蛙，被渐渐升高的温度麻痹，习惯成了问题所在，被烫着了，才想要往外跳，一切已经来不及了。

真的想过逃离吗？南禾源问自己。

实际上，他们之间的每一次断裂都是人为的，每一次人为的断裂，都是因为小鸟的逃离，他真的没有逃过。尽管他知道，他逃与不逃，他都是小鸟不得不逃的根源，小鸟逃与不逃，他都在那，眼睁睁地看着她逃。

过往是否清晰已经不重要，但有一点他很清楚，如今，他深深爱上了她。可是有一点他不能确定，或者说不敢确定，小鸟是不是也爱他，更或者，也像他一样爱得深厚，像他一样，每天都在惦念，像他一样，深陷不能自拔。

终于有一天，他听到了那三个字，准确地说，是见到了那三个字。不是他的臆想，也不是梦境，是小鸟亲自给他写的。

“我爱你。”一条短信，突如其来。来电显示是他的小鸟。

的确是突如其来。看到来自小鸟的那三个字，南禾源鼻子突然发酸，那一刻他百感交集。他不想有丝毫迟疑，他很快移动拇指，写下了“这句话我等了很久”，点了发送后，他的眼睛就湿了。

“是等我的吗？”少顷，小鸟的回复到了。他一看，收紧的心轻轻舒展了一下，眼里还有泪，嘴角却微微笑了。他看到也感觉到了，小鸟的心情很轻松，还能这么故意逗他。他希望是这样。

“当然。”他毫不迟疑地写下了这两个字。他的回复依然认真。

小鸟的“我爱你”，让南禾源恍如梦境，这三个字一直是他的奢望，他似乎已经渴望很久。他爱她，却一直不敢赤裸裸地全面表示，他以为，小鸟不会赤裸裸完全接受他这份不赤裸的感情，小鸟要的他给不了，所以小鸟不会说出那三个字。看到这三个字，他有点不敢相信，他甚至捏了一下自己的大腿。

可是，这个梦太短了，他的梦境还在痴痴地延续时，就看见小鸟说：“可是……我醒了，我不想再做梦了……我要走了。”

小鸟的一句“我要走了”，让南禾源不相信自己的眼睛，并且让他瞬间跌入谷底，身体出现短暂的失重，就像电梯突然加速下降，心脏一下子悬在半空，像要从嘴里晃悠出来那么难受，没着没落、无依无靠。手机滑落在枕边，他毫无知觉。

什么是走？走意味着什么？往哪走？走多久？还是一直走，远得不再回来？这一连串的问题同时涌入他的思绪。当时是晚上十点半，因为第二天一大早要去机场，他早早上了床，眼皮渐沉正要入睡，短信来了，先说爱，然后说走。

他猛然睁大眼睛，呆呆地瞪着天花板，呼吸渐渐变得急促。他突然翻身起床，脚步踉跄地快步穿过客厅走到客房，进门，一屁股坐在枕边……

这是当初小鸟伤心落泪的地方，也是他安慰她坐过的地方。他呆呆地坐着，出神地看着，轻轻地嗅着，他感觉，似乎枕边还有她留下的温暖气息，空气中似乎也有她的味道，丝丝缕缕地飘散着。他一动不动地注视着她躺过的地方，恍惚中，她纤瘦的背影，她微微颤抖的肩膀，她埋在枕头上的脸，还有那断断续续的哭泣声，都在眼前……

一股子悲悯从心底升起。不是悲悯别人，是悲悯他自己。

南禾源知道，这是小鸟的决定，他的小鸟，终于做决定了。

南禾源没有想到，他们刚刚开始，就要结束了。这一份如此美好如此有缘的爱情，他终究无法抓住。那一刻，他从未有过地悲悯自己，悲悯自己的责任，悲悯自己的虚伪。从他对小鸟说出爱她，已经过去了多少日子他没有算过，但是他知道，如果说只有两个人说爱才算相爱，那么这一刻他可以认定，他们是相爱的，因为小鸟表达了她对他的爱情，这才是他们真正相爱的开始。如果他们的开始就意味着结束，他不知道，自己是宁愿没有开始，还是宁愿它开始然后结束。

我还有选择吗？南禾源的思想，出现了从未有过的迷茫。

第二天，南禾源照例去了机场，但他改了航班，没有去往出差地，他直接飞往北京。

一下飞机，他就迫不及待地掏出了手机，刚要拨，他顿住了，说什么呢？他问自己，说来告别？一想到这个词，他的心脏立即就有点不舒服。在哪里见面呢？他又问自己。这是一场特殊的会面，餐厅太闹，咖啡馆也不静，公园？他立刻摇头否定了。

他想起了一次尴尬的境遇。有一次和小鸟吃完饭，饭店旁边有一个公园，他们散步就进了公园。当时正是黄昏，公园里除了锻炼的人，就是关系不一般的男男女女，他当时这么认为。他和小鸟走在他们中间，他感觉很怪。他们之间的距离，不是一对恋人的距离，他们之间的交流，也不是夫妻常有的样子，夹在那样的人流中间，他顿时感到手足无措。他当时还夹了个公文包，身上还西装革履，他还想到了自己的身份，他觉得很不自在。他当时无比深切地感到，在公园约会，真不是他这样的人可以做的。当时他就后悔带着小鸟进公园了。

南禾源一时没了主意。

他没有叫公司北京办事处的司机接机，径直钻进出租车，跟出租车司机说先进城。路上，他一直在想和小鸟见面的地方，一直没有一个满意的主意。要不先回家？念头一起就被否定。最后，他决定先跟小鸟通话，告诉她自己回来了，他要见她。他不知道小鸟现在是什么心情，担心她不会见他，他决定要不容质疑地跟她说。

电话接通，就像早已经知道，小鸟第一句话就是："你回来了？"然后是第二句话："我安排好了地方，我把地址发给你。"第三句话是："我们见面再说。"电话挂了，很快，见面的地址发了过来，一看，是个什么俱乐部，南禾源没有什么印象，就跟出租车司机说了，司机说知道，他就不再言语了，身子往后重重一靠，陷入了沉思。

小鸟的举动，跟她昨晚的"我爱你"一样，很是反常。在他们之间，在哪里见面在哪里吃饭，吃饭的时候点什么菜，从来都是南禾源一个人做主，因为小鸟从来都说"听你的"。这回，小鸟前所未有地果断，本来，他还想不容置疑呢，结果让小鸟不容置疑了。

南禾源有点不安，隐隐地，小鸟的不容置疑，让他更加确定小鸟做了某种坚定的决定。他原本心里还有的一丝侥幸，被小鸟不容置疑的安排，给弄得七零八落。他知道，小鸟是那种外柔内刚的女人，她原本就不是个没主意的人，之所以在他面前很听话，用她的话说，她喜欢那种感觉，喜欢被他安排。这样的女人，一旦决定了，就不会轻易改变。

南禾源忐忑不安。

忐忑中，出租车停在了一家豪华俱乐部门前。付费，下车，南禾源抬头仰望俱乐部的巨幅招牌，六神无主。南禾源第一次这么忐忑不安六神无主地和小鸟见面。进了俱乐部奢华的大门，按照小鸟短信的指示，他从男宾部入口，换了衣服存了衣物，给服务生说了包间号码，服务生领着他，再进电梯，上楼，穿过幽暗静谧的长长的走廊，在522房间门口，他站住了。

这是小鸟定的包间。

紧张、欢喜、不安，诸多情绪一拥而上。服务生跟在身后还没有离去，南禾源来不及多想，强作镇定，从容地推开了门。

一件很雅致的包间，除了沙发酒柜，还有一张大床。看着那张大床，南禾源突然百感交集，忐忑和不安相继退去，幸福和感伤次第出现。随后，他就看见，小鸟从卫生间里走出来，袅袅地走出来，身上一袭粉红色的睡衣，显得格外柔情。不是南禾源身上那种统一制式的。

两个人，面对面，都穿着睡衣，场面很特别。小鸟脸上出现了短暂的羞涩，微微一低头，再抬起来，就已经充满了灿烂。四目再次相对，几乎同时，他们将对方拥入怀中。

接下来的事情，距离想象和渴望很遥远。两个赤裸相拥的男女，几乎什么也没有做。

南禾源想做，他很想做，可他却什么也做不了。裆间的家伙，自始至终就是不举，像个极度胆怯的孩子，黑夜里害怕地藏在被窝里。南禾源焦急又奇怪，过去别说见了小鸟，每次一想起她，他的裆间都是必有响应，这回，这是怎么了？难道它也知道绝望？

小鸟似乎并不介意，更不刻意，像安慰一个不如意的孩子，看他皱着眉头跟自己着急，嘴里还一迭声地跟她说着对不起。她温暖地笑着，时不时拍拍他的脸颊，或者捏一下他冒汗的鼻子，把纤细的手指伸进他浓密的头发里，一下一下地轻轻地梳理着，好像他正在做的事情，只是一件他自己想做而又难做的事情，跟她没有关系。

小鸟的体贴，让南禾源更加焦急不堪，有一瞬间，他甚至想起了某种药物。

南禾源的努力始终无果。后来，小鸟干脆拉他坐起来聊天。小鸟一直很体贴，边聊天，边温柔地抱着他。她看南禾源一直没有放弃努力，就轻轻地抚摸着他的背，时不时亲吻他的耳根，轻轻说着话，像是生怕惊扰了他。

南禾源就是不举。

南禾源对自己很恼火，更是奇怪，他不知道是一种什么情绪抑制了自己，是紧张？还是绝望？这场缠绵明明在梦中想象过无数回，明明自己已经渴望到置身沙漠，明明她每一寸肌肤都令他眩晕，明明她已经张开身体等待他的进入……小鸟做了从来没有做过的举动，从来没有过的亲吻，即便这些举动和亲吻叫他心颤、令他难耐，他的家伙依然还是不争气地瘫软，前所未有。

南禾源真的绝望了。难道此生，他真的永远无法拥有小鸟？

事情变得令人难以置信。

他们是第一次赤裸相对，但他们却像一对恩爱的无所顾忌的老夫老妻。他们干脆不做了。他说自己脑后边有白头发，够不着，让她给拔了。她说你这是气人，我的白头发都拔不过来了。他就央求她，她就故意生气，他就把头埋到她的胸前，她只好抱着他的脑袋，扒拉着他的一头浓密的黑发，眯着眼睛找白的……

她说，我很感谢你，你真的对我很好。他说，没有男人会对你不好。她仰着头问他，你的意思是说你对我的好，没有什么特别？他笑了，笑容苦苦的，她也笑了，一行眼泪从她的脸上滑下。

她喃喃地说，我不怨你，我真的感激你，你没有对不起我，你让我的生活有了快乐，你让我不孤单……他说，你永远不会孤单，我会陪着你。她问，你怎么陪。他无言，眼里都是委屈。她继续说，有你，我更加孤独。他问，怎么会。她说，因为失落是负数。

"但是……"南禾源想接过小鸟的话，可小鸟用手指压住他的嘴，拦住了他，说不要说但是。小鸟噙着眼泪笑着问他，你知道吗，世界上最疼痛的话是"我爱你，但是……"，世界上最甜蜜的话是"……但是，我爱你"。

那晚，小鸟跟他说了很多。小鸟说，算起来，我们已经认识十几年。南禾源说，是啊，十几年了，我们相识十几年，相知也十几年。南禾源说他还记得他们第一次见面时她的样子，还有心里的那轻轻一动，说那其实预示着一个故事的开始。小鸟娇嗔地瞪他一眼，说他自作多情。然后，又神情幽幽地说，她也清楚地记得那时他的样子，一个性情温和、高大而儒雅的男人。

知道告别的时刻到了，南禾源想听他的小鸟再说一遍我爱你，他想亲耳听她亲口说。他有点哽咽地央求她，可她摇头了，她说，那三个字，从此在她心里关着，一说出来，她怕就飞了。他不语，身子凑过去，耳朵贴着她的心口，她没有拒绝，温柔地看着他。他说："我听见了，那三个字正在里面怦怦乱跳，急着要出来……"

那次见面之后，南禾源收到了小鸟的一条短信："从今天开始，帮自己一个忙，不再承受身外的目光，不必在意他人的评价，为自己活着；从今天开始，帮自己一个忙，做喜欢的事情，爱最亲近的人，抛弃伪装的面具，不再束缚情感的空间；从今天开始，帮自己一个忙，卸下所有的负担，忘却曾经的痛苦，抚平心灵的创伤，让自己活得轻松而充盈。”这是一条转发的短信，南禾源知道，但是，他需要判断的是，这是小鸟说给他的还是说给她自己的。他反复地看，仔细地琢磨，然后确定，这是说给他们两个的。这么一想，他心里居然重新升起了一丝的希望。

可是随后，他又收到一条信息：“结束，是从切割自己的心开始。我的心，从此被切割了。”南禾源的喉头，一阵发紧，刚刚升起的期望，瞬间破灭。那一刻，他真真切切地确定，小鸟真的决定离去。

那一刻，他也深刻体会到，当一个人身心都没有了爱，人就像没有了灵魂的躯壳，跌入无底的黑洞。他终于真真切切地确定，小鸟要卸下这份情感带给她的负担，忘却他给她的痛苦，轻松地飞了。他人生的这一道最美的风景，他再也无法真切感受，将永远成为梦境。

小鸟飞走了，南禾源却沦陷了。

南禾源的雷池，是一个无底的黑洞。别人的雷池，可能就是一池脏水，如果掉下去弄脏了，也就是打开淋浴蓬头就能冲刷的事情；或者，是一池子冰水，爬上来，空调电热毯就能把你捂热乎了。而南禾源的雷池，是一个给思念的乱麻填满的池子，翻越不慎掉下去，就可能深陷纠缠，越挣扎越难以挣脱，永无摆脱的可能。

这个雷池，他终究没有越过，因为他让自己跳了下去。

南禾源深深明白，他们谁也无法等候谁，结局是注定的。他曾经问过自己，后悔吗？遗憾吗？答案清晰而又模糊。他想起他第一次牵上小鸟的手，小鸟曾经神情幸福地跟他说，她以为她就是他的一个过客，邂逅，逗留，消失。当时，这句话让他心碎，他听懂了小鸟的心思，她担心他们没有结局，她认定他不会给她结局。

再一次回忆起这句话，南禾源更加心碎。他一直尽力去爱，他希望她看得懂，这已经超出了他的承受范围。

看着小鸟的短信，尤其是那句“从此被切割”，他泪眼婆娑。南禾源脑子里出现了两句话，一句是柏拉图说的：“我以为小鸟飞不过沧海，是因为小鸟没有飞过沧海的勇气。十年以后我才发现，不是小鸟飞不过去，而是沧海的那一头，早已没有了等待……”一句是他说的：“小鸟虽小，可它玩的却是整个天空。”他的心不由得一悸。心想，我以为我的翅膀足够大，可我却无法呵护我的小鸟，更无法带她飞翔，我不配做小鸟的大鸟。

一种悲悯的情绪，再一次从他的心底升起。

南禾源不知道，他的悲悯才刚刚开始。

数月后的一天，儿子南楠在他给买的婚房里，用A4纸划破了自己的手腕，血涌如泉的那一刻，儿子想到了父亲和母亲，儿子如梦方醒，惊慌地冲进卧室，把一整瓶云南白药倒在了手腕上……

当时，南禾源刚刚落地北京。他走下飞机时，下意识地打开手机要给小鸟拨电话，忽然，他意识到了，他的小鸟已经飞走了。

父子两个不知道，一种叫做抽离的事情，当时，同时发生在他们父子两个人身上了。

32. 南楠出事了

“南楠出事了。”

当鞠向东声音发抖地把这句话告诉高就时，电话那头的高就，已经急不可待地跟他说：“我看到报纸了，社会新闻，头条。”

高就手里的报纸，随着高就的话音，瘫软地落在了桌面上，一个大号黑体字的标题格外醒目，“婴儿死在父亲手里”，副题同样醒目，“80后年轻夫妻莫名争吵，父亲一怒之下误杀婴儿”。在标题旁边，有一张大幅照片，一个年轻的男子戴着手铐，被两个警察拉着往前走。报上没有写名字，但样子清晰，鞠向东和高就一眼就能认出，那是南楠。

“怎么回事啊？”鞠向东问。

“怎么会这样啊？”高就问。

“我们赶紧过去看看吧。”鞠向东说。

“去哪看啊？他家住哪你知道吗？他现在在哪你知道啊？哪个分局你知道吗？”高就说了一连串。

此时，两个人似乎才意识到，他们不知道怎么找到南楠，更不知道如何探寻事情真相。他们不知道南楠家地址，南楠父母的家他们也不清楚，南楠的单位位置也比较含糊。南楠工作比较弹性，学校的授课地点不止一处，平时他就是今天海淀明天朝阳地到处跑，就是找到学校总部，人家不见得知道他家里发生的事情。高就说打手机试试，结果一直无人接听。

鞠向东说看报纸南楠已经被刑拘，那么人一定在公安局。高就说他想想办法，看能不能见到人。鞠向东说对对，如果见不到人，至少可以打听一下情况，报纸上说得并不清楚。

说到报纸，两个人似乎又想起什么，赶紧在电话两端分别捡起报纸细细研读，希望能找出更多端倪。“今日凌晨，某小区一幢楼里传出激烈的争吵声，随后传来一个老太太的大声哭叫。110民警赶到发现，一名年轻女子昏迷在床上，一个三个月大的婴儿已经死亡。据家中老太太称，是孩子的父亲割断了孩子的颈动脉。一年轻男子已割腕企图自杀。据邻居反映，平时很少见到这对年轻夫妻，事发当晚，有人听到小夫妻家中不断传出争吵，还有女人的尖叫声，有人怀疑是家暴……”高就对着话筒念，电话那边，鞠向东也在念。“家暴？”鞠向东怀疑地问。“南楠绝不会打女人。”高就肯定地说。

电话两头，两个人都沉默了。

他们实在难以相信，那个幽默快乐的南楠，那个似乎什么都能自我排解的南楠，会成为这样一件令人震惊的事件的主角。在他们三个当中，如果说情绪失控，最没有可能的就是南楠，别看他年轻没有多少阅历，但是他却比鞠向东和高就活得精神更皮实，在他们三个人中间，只有南楠，最擅长举一反三地解决纠结，栽了跟头会自己拍拍屁股爬起来的，也只有他会这么解救自己，并且动作最利落。

到底发生了什么？

鞠向东问高就，说我们上一次聚会是什么时候。高就说得有好几个月了。高就还说那次见面，记得南楠说他老婆快生了。“我记得他挺高兴。”鞠向东说。“没错，是挺高兴。”高就也肯定地说。

“几个月没见就……”鞠向东没有说下去。

“一定发生了一些事情，要不然，他也不会……”高就也没有说下去。

随后的几天，鞠向东动用自己媒体的关系，用撒大网的架势，到处探寻事件的真相。

事件蹊跷并且显得残忍，不少媒体的社会新闻版面都在津津乐道，有的还在搞追踪报道。微博上的评论更是说什么的都有，有说婚外恋的，有说私生子的，有说精神分裂的，甚至还有人说是乱伦。媒体的分析尤其是网上的分析铺天盖地，人们都在探究，究竟是什么样的压力，导致一个80后的年轻父亲走向疯狂。鞠向东被各种消息弄得很不冷静。除了因为各种传说都很难听，自责也令他深度激动，他怪自己对南楠关心不够。

高就找尽关系也没有见到南楠，但是却从警察朋友那里得到了一些信息。组合起来，事件渐渐在他们的脑子里还原……

一年时间，南楠的确经历了数次意外，意外都是他那个开酒吧的作家老婆带给他的。

一年前，南楠跟女友在酒吧相识。一个桀骜不驯、冷热无常，在酒吧抽烟喝酒的女孩，放在过去，是从来不会入了南楠的法眼的。他当时就下意识在心里笃定，这个女人不会和他有故事。但是意外发生，他们有了故事。

结识当晚，他们很快有了交集，几乎是当晚就开始恋爱。恋爱两个月，也就是相识两个月的时候，女朋友告诉他说，自己怀孕了，说想要这个孩子，想跟他结婚，想让孩子有个家。

南楠当时喜出望外。已经29岁的南楠，正想结婚。

和这个女朋友相处时间虽然短，但却是南楠有女朋友历史以来，最为中意和得意的一个。从严格意义上说，南楠对她不算是一见钟情，第一印象并不那么良好，但却是印象深刻。这个深刻印象，导致了他们的关系出现意外转折，短时间内迅速升温，并且之后嗖嗖地加分，短短两个月，他们彼此满意，相处融洽，俨然一对甜蜜的小夫妻，人前人后都是。

恋爱刚起，女朋友悄悄怀孕，对南楠来说绝对又是个意外，因为他只顾沉浸爱河，根本忘记了激情之后还会有孩子这码事。女朋友的怀孕以及她想结婚的心愿，让他心里充满了感激，这个意外属于惊喜。那时候，他自信地认为，一个桀骜不驯的时尚网络女作家，已经被自己彻底征服，人家不仅给他一个孩子，还要给他一生。他感动之余随即决定娶她。

尽管之前还没有结婚打算，或者说没有敢想结婚的事，但此事来临时，南楠还是毫不犹豫地点头答应。他遵照女友吩咐仓促上阵，收拾房子、添置新家具、安排婚宴，在短短一个月的时间内操办了婚礼。

奉子成婚这件事，说起来，南楠一直美滋滋的。

未婚先孕，对女人来说喜忧参半，意义含糊，可对一个男人来说，算是一件特别有面子的事情。除了说明他有能力完成造人这件事，还说明他非常具有责任感，有了孩子就娶孩子他妈，就立即考虑结婚，这是多大的担当！一个女人呕吐了，却不用担心需不需要堕胎的事，不让女人受二遍苦、遭二茬罪，此男人绝对属于有情有义有担当。

对南楠来说，恰好又是自己喜欢的女人怀孕，恰好是这个怀孕的女人主动向他明示结婚，恰好这个明示他很需要，于是，老天成就了南楠。不管南楠是不是真的那么有责任感，一切似乎都是天意，机遇成就南楠成了一个有责任感的好男人。

南楠对此称心如意，他没有理由不美滋滋。

称心如意的南楠，又意外地发现，自己不仅是一个有责任敢担当的男人，还是一个懂体贴疼老婆的丈夫。

婚后的生活忙碌而又充实，因为南楠不想让怀孕的老婆受一丁点累，他勇敢地包揽了全部的家务活，之所以说是勇敢，因为他几乎是从怎么擦地开始学起。年近而立，南楠几乎没有拿过拖布。小时候在学校做值日，拖把是他的玩具，到了中学，他宁可搬桌椅干重体力活，也不愿意干打扫的事情，回到家，更是拖布放在哪他都不知道。所以，南楠的家务活，是从熟悉各种拖布的作用，以及各种拖布的功能开始的。

勇挑重担的南楠，果断减少了自己担任的课程。他除了奔波在上下班的高峰队伍，还奔波在菜市场里，他学习了各种菜的营养知识，以及烹饪技法，他潜心研究，并且一一把它们端上家庭餐桌。除了勇敢地包揽家务活，他还勇敢地放弃自己。他完全没有时间喝大酒吃大餐，跟人谈事匆匆来匆匆去；没有时间进健身房打球健身，实在手脚痒痒就拿家务活当锻炼；实在没有时间上网游戏消遣娱乐，就跟老婆练嘴皮子，以哄老婆开心为己任。当然，他也没有时间会朋友，包括鞠向东和高就。

南楠已经不是那个昔日的玩主了。他表现得很收心，倾心倾力地做着好丈夫，当然，做好父亲的姿态更是积极。他特意买了一个光身子娃娃做练习，学习了包括换尿布在内的所有育儿知识。老婆对他很满意，挺着大肚子还接了两个活儿，非要写剧本写小说，说是做好胎教，也是为他分担奶粉压力。

似乎一切都向着幸福美满的方向稳步前进。

可是，又一个意外发生了，这个意外是一场悲剧的开始。

孩子满月的时候得了一次小病，岳母很紧张，坚持去医院做检查。检查的时候验血，岳母在一边说顺便看一下孩子的血型，结果出来，孩子是AB型血，岳母当时还说血型不错，跟他妈一样，看来孩子跟妈亲。当时，大家都只顾着孩子的病，没有过多注意孩子的血型有什么问题。事后有那么一瞬间，孩子的血型浮上南楠心头，他还挺得意，觉得孩子是AB型血不错，和他妈是一个血型。他还跟老婆开玩笑，说我是O型血，属于献血爱心人士，以后我负责给你们娘俩供血。

后来，一个偶然，南楠看一个电视剧，有一个剧情说到，O型血和AB型血人结合生出的孩子，血型不会是父母中的任何一方，只能是A或者B。正喝着水的南楠，愣住了，举着水杯的手，停在了半空。老婆是AB血型，这个事情他太清楚了，老婆经常拿自己的AB血型说事，说她是双重性格，说他娶她这个AB血型的女人，就是娶了两个老婆，占了大便宜等等。老婆的血型他想不清楚都不行。

而他，是O型血。也就是说，他和老婆生不出AB型血的孩子。

这问题太严重，他必须问清楚。

当他跟老婆说这件事的时候，他是小心翼翼的，他担心医院验血结果出错，也担心自己的听说不准确，他还担心，孩子真的有问题，孩子不是他们的，是医院把孩子给抱错了，老婆知道肯定承受不住……总之，他怕这问题问不好，影响了他们之间的感情，惹出一堆麻烦事，他覆水难收。

果然覆水难收。

那次，他们爆发了相识以来第一次争吵。南楠觉得，自己问得已经非常小心翼翼了，但老婆依然显得很激动。老婆的激烈反应超乎寻常，她滔滔不绝说了很多话，也流了很多眼泪，中心意思就是南楠伤了她的心。可是争吵中，南楠却逐渐发现，自己并没有说伤老婆心的话，他只是把自己的疑问说出来，他认为这个疑问有几种结果，比如验错了血型，比如抱错了孩子，比如自己听错了。但是，老婆完全是不由分说，直接锁定一种结果，说南楠这是不信任她，这态度让南楠顿生疑惑，他确定自己没有说半个不信任的字眼，没有半点怀疑的心思，他不知道老婆的指责出处在哪里。

疑惑的结果，也让他思路大开。

他觉得，老婆对此解释过度。

老婆的眼泪流得过多，多得让他难以理解；老婆的反应也太激烈，激烈得让他接不住。在老婆的大吵大闹中，关于孩子，他的问题不仅没有得到消解和遏制，反而使得他更想得到一个答案：孩子有什么问题？此愿望更加强烈。

于是，他一反一直小心翼翼的态度，他开始追问。

面对他突发的追问，老婆突然开始支支吾吾，有些关键问题回避不说，有些枝节问题揪住不放，有些复杂问题避重就轻，一向口齿伶俐的她，居然出现语意不详、前言不搭后语、上句不接下句的状况。

老婆的支支吾吾，让南楠逐渐抛弃了之前所有的其他猜测：不是医院抱错婴儿，不是医院验错血型，不是他的偶然听说有错，而是孩子的基因真的出了差错。

在确定之后，他非常难过，震惊和意外压得他喘不过气来。他万万没有想到，自己会面对这样一件事情：自己老婆生的孩子，居然不是自己的；自己娶回家的女人，居然怀着别人的孩子。难过和意外的同时，他也开始奇怪：支支吾吾从来都不是老婆的个性，她一向都是敢作敢当的样子。起初他还大度地以为，也许是她怕牵连别人，她是在保护另外一个男人，保护孩子的亲生父亲，这一点倒是符合她的个性，老婆做人还是比较仗义，可是一路追问下来，南楠忽然猛醒，他恍然大悟：老婆的支支吾吾，不是她不想说出一个男人的名字，而是她根本说不清是哪个男人。

这个结果最终令南楠崩溃。

其实，知道了事情真相，在经过短时间的思想争斗之后，南楠已经做好了接受现实的准备。他翻来覆去地回忆，确信老婆是真心爱他，真心要和他好好过日子的，也确信老婆并不是成心要他给别人的孩子当爸爸，她自己也是浑然不知，以为孩子就是他的。他更确信，自己离不开她。

南楠选择要原谅，并且决定一辈子不告诉旁人，包括自己老爸老妈。

可是机缘注定，南楠无法将宽容和善良进行到底。

那天之后，关于孩子的父亲，他们再一次发生了激烈的争吵。南楠认为，在原谅老婆之前，自己有权利知道事件所有真相，尤其是孩子的亲生父亲。他要求老婆无论如何要说出实情，他认为自己的要求一点也不过分，他也发现，她理论上也认可他的要求，所以，他决定不顾她的支支吾吾，坚持要听真相。

那一次，南楠变得不依不饶，导致他老婆也出现了不退不让，两个人都变得很强硬，强硬的结果，南楠得出了令他崩溃的结论，那就是，她也弄不准孩子的父亲是谁，更要命的是，对此推论，老婆居然没有否认。他希望她断然否认，哪怕是欺骗。

南楠狂怒。

狂怒的南楠，嘴里大声吼叫着“离婚离婚”，他冲进书房，从书桌上一把扯过几张崭新的A4纸，跑进卧室向老婆挥舞，嘴里叫着，你写你写你写……你写我马上就签字。南楠的狂怒持续升级并且一发不可收拾，他手里挥舞着A4纸，他一直在狂乱地挥舞——他向老婆挥舞，因为老婆在躲那张纸；他向丈母娘挥舞，因为丈母娘在抢那张纸。终于，他冲向了大床，向着床上的孩子挥舞……

刀一样锋利的A4纸，瞬间划过孩子软嫩的脖颈，脖子一侧的动脉处，鲜血喷涌而出，一眨眼的工夫，献血就染红了床单，并且像涨潮一样蔓延。

一个婴儿的血，完全经不起喷涌。几个大人的惊慌失措，导致孩子的血涌没有得到及时控制，很短的时间，孩子就没有了哭声，急救车赶到的时候，孩子已经没有了呼吸。

时隔数月没有见面，南楠经历的事情，鞠向东和高就根本无法想象，但南楠内心的混乱，身为男人，他们完全可以想象。

但是，有一件事情他们不知道，就是这一件事情，给南楠的混乱情绪雪上加霜。

南楠看到了老爸跟一个他很陌生的漂亮女人在一起。

那是一个下午，他进了一家著名连锁餐厅。那家餐厅是老爸推荐的，以前家里的亲友聚会基本上都是选择那家餐厅。结婚后他带老婆去过，老婆特别爱吃那家餐厅的红烧鲈鱼，他那天是特意去打包红烧鲈鱼的。等待的时候，他在餐厅远处的角落，看见一个熟悉的身影，那是他老爸。老爸在海江，他没听老妈说老爸回京，惊讶的南楠正要走过去，可是，紧接着目睹的一幕，让他停下了脚步。

老爸温柔地凝视着那个女人。

老爸面对那个女人的神情，南楠从未见过。那是一种温柔无比的神情，远远从身姿上就能判断。老爸身材高大，他的倾斜很明显，并且倾斜得很谦恭很到位，他一直倾斜着身子，侧着头跟身边的女人说话，他身子尽可能地往前伸，似乎为了方便身边女人，让她一抬眼就能看见他。老爸和女人，他们几乎近在咫尺。

尽管隔着几张桌子，老爸的神情也是清晰的，属于非常温柔而又体贴的那种。

那个身姿和神情，出现在老爸身上脸上，让南楠深感陌生外，还有震惊。老爸和那个女人并排而坐，这完全不符合一般意义上的两个人吃饭，除非是特殊关系。他看到老爸不断地给她夹菜，说话的样子体贴之极，微笑的样子更是温存之极。女人的幸福也清晰可见，老爸的温存，她娇嗔地接受着，从南楠的角度望过去，她娇小的身躯，几乎陷在老爸的怀里。

南楠绝望了，从看到老爸神情的那一刻。

不是害怕也不是难过，而是一种孤儿的感觉，瞬间就裹挟了他。世界空洞，脚下悬浮，左右无靠，一种失去了所有爱的感觉，弥漫了他所有的神经。那一刻他觉得，爱情、孩子、亲人……都已经渐渐离他远去，即便他再怎么努力都抓不住了。

他已经被世界抛弃。

得知老婆怀着别人的孩子跟他结婚，得知那孩子根本不是自己的，那时候，南楠真不想活了。当时，冲动之下，他用一张崭新的A4纸划破了自己的手腕。就在鲜血从手腕处流出的时刻，他脑子里突然出现了父母的影子，这让他顿时猛醒。他模糊的意识忽然感知到，就是失去了全世界，他还有个温暖的家，父母永远都不会抛弃他，只要他一转身，父母就在他的身后。

父母的出现让他停止了继续自杀，当时伤口不深，他泪流满面地压住了伤口，选择忍受这一切，就算为了父母。

直到看到父亲的举动，看到父亲对另一个女人真切的温情，那一刻，南楠的精神开始坍塌。绝望出现，那个想要疯狂想要追究的念头，也再一次强烈地涌上脑海。

老爸的婚外情，狠狠地戳到了他的精神底线。

谁也不知道，南楠的底线，是他的父亲。

南楠一直是独立的，但是南楠所有的独立表现，全是因为他有一个精神依托，就是他的父母和他们给他的这个家庭。无论社会多么复杂、婚姻多么脆弱，他从来没有想过自己的父母会分开，即便他们彼此冷漠。他的自由自在，他的我行我素，都基于这个根基，他从来不担心自己的精神去哪里落脚，在哪里流浪，他走得再远，只要一回头，老爸老妈的目光，就在那里接他。只要想起父母，他就敢随心所欲地折腾自己，从来不怕掉进深渊。

南楠很清楚，老爸是严肃的，对他一直态度严肃，但老爸是爱他的。他的人生之路从高中毕业，就一直违背着老爸的意愿，老爸一直严肃着他的严肃，但对儿子带给他的违背，一直没有强行干涉。他在选择自由行动的时候，给老爸增添了多少担忧，他心里很清楚。可是，老爸总是在一声叹息之后，给予他彻底的支持，在每个关键时刻及在他做出选择之后。老爸从来没有给他过多的埋怨，一直让他感到一种支撑，即便老爸很少说出来。当然，他心里也知道，如果按照老爸的意愿求学求职，他的前途也会有另一番光明。

现在，他看到老爸的心正在离去。凭他对老爸的判断，那绝对不是儿戏，老爸这是动真的了。如果说自己老婆生下别人的孩子摧残了他的意志，那么，老爸背叛了老妈、背叛了家庭，爱上了别的女人，则彻底摧毁了他的意志。

老爸的外遇，给了他致命一击。

南楠原本就不那么坚强的神经，在整个过程中，经受了前所未有的考验。他原本是有底线的，可是面对残酷的现实，他原本的善良让他的底线一退再退，直到退到理智的墙角，被死死抵住。无路可退的时候，他别无选择，似乎要做点什么了。

绝望之下，冲动的念头再一次升起，并且那么的不可遏制，他再一次选择了A4纸，或者，A4纸选择了他。